EVA REICHL

Mühlviertler Todesstoß

ZUGESTOCHEN Jakob Grünwald, Geschäftsführer der Grünwald Ofen GmbH, wird auf Schloss Weinberg ermordet. Durch die hohe Anzahl an Besuchern vor Ort gibt es viele Spuren und genauso viele Verdächtige. Aber auch jemand aus der Familie des Toten könnte der Täter sein. Seine beiden Kinder streiten sich um die Übernahme der lukrativen Firma. Zudem war er in zweiter Ehe mit einer Frau verheiratet, die so alt ist wie seine Kinder, und mit seiner Ex war er bis zuletzt eng befreundet. Ist Eifersucht das Mordmotiv? Oder konnten es die Kinder nicht erwarten, endlich das Erbe anzutreten? Außerdem wollte ein Konkurrent Grünwald seine Firma abkaufen, was dieser ablehnte. Hat er dem Firmeninhaber den finalen Todesstoß versetzt, um ihn loszuwerden? Verdächtige verwickeln sich in Widersprüche. Doch wer hatte wirklich ein Motiv? Ging es um Geld, um Eifersucht oder um einen Firmenkrieg? Während Chefinspektor Oskar Stern die komplexen Beziehungen des Opfers durchleuchtet, deckt er Verbindungen auf, die weit über die Landesgrenzen hinausreichen.

Eva Reichl wurde in Oberösterreich geboren und lebt mit ihrer Familie im Mühlviertel. Schon früh entdeckte sie ihre Leidenschaft für kreative Ausdrucksformen und hat vieles ausprobiert. Glas- und Materialkunst, Malen. Geblieben ist das Schreiben, da Worte kraftvoll sind und eigene Welten erschaffen können. Mit ihrer Mühlviertler Krimiserie mit Chefinspektor Oskar Stern und den Thrillern rund um Diana Heller verwandelt sie ihre Heimat in einen Tatort. Im Jahr 2025 startet Reichl eine neue Krimiserie mit Chefinspektorin Lotta Meinich und ihrem Vater Gustav, einem Chefinspektor im Ruhestand, und weitete damit ihr mörderisches Schaffen auf ganz Oberösterreich aus.

EVA REICHL

Mühlviertler Todesstoß

KRIMINALROMAN

GMEINER

Personen und Handlung sind frei erfunden. Ähnlichkeiten mit lebenden oder toten Personen sind rein zufällig und nicht beabsichtigt.

Bei Fragen zur Produktsicherheit gemäß der Verordnung über die allgemeine Produktsicherheit (GPSR) wenden Sie sich bitte an den Verlag.

Im Ehnried 5, 88605 Meßkirch
Telefon 07575/2095-0
info@gmeiner-verlag.de

1. Auflage 2025

Satz: Mirjam Hecht
Umschlaggestaltung: U.O.R.G. Lutz Eberle, Stuttgart
unter Verwendung eines Fotos von: © Eva Reichl
Druck: CPI books GmbH, Leck
Printed in Germany
ISBN 978-3-8392-0895-3

Für meine Familie

1. KAPITEL

Die Klänge von »O Tannenbaum« hallten vom Turm des Schlosses Weinberg in Kefermarkt in alle Himmelsrichtungen. Die um 1600 ausgebaute und umgestaltete mittelalterliche Burg zählte mit dem charakteristischen Mittelturm und der Ringmauer zu den beeindruckendsten Renaissanceschlössern in Oberösterreich. Für drei Tage im Advent beherbergten die geschichtsträchtigen Mauern einen der schönsten Kunsthandwerksmärkte von Österreich, der zugleich einer der stimmungsvollsten des ganzen Landes war.

Die Turmbläser gaben ihr Bestes und verbreiteten eine vorweihnachtliche Atmosphäre. Die Gestalt, die zielstrebig den Berg hinaufging, hörte sie schon von Weitem. Den kostenlosen Shuttlebus vom Parkplatz nahe dem Bahnhof zum Weinberger Schloss Advent hatte sie nicht nehmen wollen, um niemandem im Gedächtnis zu bleiben. Keiner sollte sich an sie erinnern. Und zwischen den Wohnhäusern des Weinberges war genügend Platz, um unerkannt zum Schloss zu gelangen. Kein Gedränge, kein Gezerre.

Oben angekommen, begegneten der Person zahlreiche fröhliche Menschen, die von nah und fern angereist waren, um das festliche Treiben zu bestaunen und den Klängen der Musik zu lauschen. Wie Ameisen strömten sie herbei und bildeten auf dem kulinarischen Standlmarkt vor dem Schloss rund um den Teich kleine Grüppchen oder stellten sich an für eine der Köstlichkeiten. Manche genossen das Rehbeuschel von der hiesigen Jägerschaft, andere die Pofesen der Goldhaubengruppe oder die traditionellen Bratwürsteln mit Sauerkraut.

Die Gestalt stahl sich unauffällig an den Essensständen vorbei, obwohl sie gerne einen Happen zu sich genommen hätte. Doch sie wusste nicht, ob sie alles bei sich behalten könnte, wenn es später so weit war. Wenn sie ihre Mission erfüllte. Deshalb verzichtete sie auf Speis und Trank und ging den Teich entlang zu den Einlässen. Dort kaufte sie sich eine Tageskarte für den Kunsthandwerksmarkt und trat auf die Brücke, die wie eine herausgestreckte Zunge in das Renaissanceschloss führte. Dabei achtete sie darauf, dass sie auf keinem der Fotos zu sehen war, die die Besucher von der Brücke in Richtung des Rundbogeneingangs schossen. Auch der Schlitten gleich nach dem Tor war ein beliebtes Fotomotiv. Sobald ein Handy gezückt wurde und sich die Menschen in Pose warfen, kehrte sie ihnen den Rücken zu.

Endlich erreichte sie den inneren Burgring. Ausgelassenes Gerede schwappte an ihr Ohr, und so manche Wortfetzen drangen bis in ihr Bewusstsein vor. »Familienfeier …«, »Geschenke …«, »Weihnachtswünsche …«. Womit sich die Leute zur angeblich besinnlichen Jahreszeit herumplagten, interessierte die Gestalt nicht. Sie hielt Ausschau nach der Zielperson und drängte sich durch die Besuchermenge, die Hände frierend in die Taschen gesteckt. Handschuhe hatte sie nicht mitgenommen, das war unbedacht gewesen. Zu sehr hatte sie sich mit dem beschäftigt, was auf dem Weinberger Schloss

Advent passieren sollte. Ein Schal hielt ihren Hals und den Kopf warm. Sie hatte ihn sich tief in die Stirn gezogen, was nicht nur der Kälte geschuldet war. Ihr Gesicht sollte vor den Blicken der Menschen verborgen bleiben.

Der Duft von Bauernkrapfen und ofenfrischen Nuss- und Topfenkipferln wehte durch den gepflasterten Gang, der rund um den Mittelturm verlief, er verführte zum Konsum an den Genussstandln. Je mehr gegessen und getrunken wurde, umso zufriedener waren die Gäste und selbstverständlich die Verkäufer. Gewiss drang der verführerische Geruch auch bis in das Schloss vor, in dessen Räumen mehr als hundert Kunsthandwerker ihre Waren zum Verkauf anboten. Das hatte die Gestalt erfahren, als sie sich auf den heutigen Tag vorbereitet hatte, ebenso dass manche Aussteller in »Lebenden Werkstätten« ihr Können zeigten.

Der Weinberger Schloss Advent war weit über die Landesgrenzen hinaus bekannt, auch das wusste die Person, die wie ein Tiger auf der Jagd durch das Schloss schlich und das Revier erkundete. Die vielen Besucher aus allen Teilen des Landes und dem nahen Ausland waren die perfekte Ablenkung für ihr Vorhaben. Sie alle hatten nur ein Ziel: eine vergnügliche Zeit zu verbringen. Und ein angenehmer Nebeneffekt war, dass es auf einen Schlag viele Verdächtige geben würde. Die Polizei würde der Menschenmenge nicht Herr werden und schlampig agieren. Bevor die verstand, was los war, wäre die Person längst wieder weg.

Langsam stieg sie in den Turm hinauf, um sich dort umzuschauen. Stände mit Schmuck, Kleidung, Kerzen und Christbaumkugeln lockten beidseitig in die hohen

Räume, dazwischen schoben sich Marktbesucher hindurch. Bei dem Rundgang im ersten Stock wurde die Gestalt nicht fündig. Keine Spur von dem Mann, den sie suchte. Also folgte sie der Steintreppe in die nächste Etage. Dort erwartete sie das gleiche Schauspiel. Stände mit Kunsthandwerk. Freundliche Blicke, die sie nicht erwiderte. Gut gelaunte Menschen, die ihr den letzten Nerv raubten. Im Rittersaal fand hinter verschlossenen Türen ein volkstümliches Konzert statt, die Klänge von Zither und Ziehharmonika drangen gedämpft durch das dicke Holz der Pforte. Auf einem Plakat wurde darauf hingewiesen, dass Kindern irgendwo im Schloss eine Weihnachtsgeschichte vorgelesen wurde.

Die Person überfiel Panik. Die vielen Menschen waren ihr ein Gräuel. Von überall kamen sie her. Aus ihren Löchern krochen sie, um sich zu vergnügen. Sie selbst liebte die Einsamkeit, mied Menschenansammlungen dieser Art. Doch für das, was sie zu tun gedachte, waren sie ihr nützlich. Also musste sie sich beruhigen. Sie atmete tief ein und aus. Lockerte den Schal um Hals und Kopf, weil sie Angst hatte, nicht genügend Luft zu bekommen.

Was sie vorhatte, hatte rein gar nichts mit der Glorie und dem Glanz von Weihnachten zu tun, mit der Geburt eines Menschen. Nein, ihr ging es um den Tod.

Das Geld lockte. Verführte sie. Duftete wie die Kekse und das Windgebäck an den Standln. Der Gedanke daran senkte ihren Herzschlag und brachte sie wieder zur Besinnung. Ihr Blick scannte die Umgebung. Auch hier war der Mann nicht. Aber er hielt sich auf dem Schlossgelände auf, da war sie sich sicher.

Jemand rempelte sie an. Ein Kind, und noch eines. Sie scherten sich nicht um die anderen, sondern schlüpften zwischen den Mänteln und Jacken hindurch. Spielten Fangen. Kamen erneut auf die Gestalt zu. Berührten sie an der Seite, umrundeten sie. Lachten.

Schweiß drang aus den Poren der Person. Es kam ihr vor, als bewegten sich die Wände auf sie zu. Sie musste von hier weg. Die Kinder, die vielen Adventmarktbesucher … zu nah kamen sie ihr – Menschen und Wände. Alle!

Die Gestalt lief die Treppe des Turms hinunter und wurde dabei mehrmals von Flanierenden aufgehalten, die ihr wegen ihrer Drängelei ungehaltene Blicke zuwarfen. Ihr Ansinnen, nicht aufzufallen, warf sie für einen Augenblick über Bord. Unten angekommen, trat sie in den Burgring hinaus, wo kalte Luft sie empfing. Und Hunderte Menschen.

Die eisigen Temperaturen trugen dazu bei, dass sie sich beruhigte und bald wieder unter Kontrolle hatte. Die Panikattacke flaute ab. Eine Weile stand sie neben dem Eingang des Turms und blickte zu einem Standl mit Maroni hinüber. Der Geruch weckte Erinnerungen in ihr. Als Kind hatte sie Edelkastanien geliebt, die ihre Mutter im Ofen für sie gebacken hatte.

Vielleicht war es doch keine gute Idee gewesen, die Tat in diesem Umfeld auszuführen?

Was, wenn etwas schieflief? Die Menschenansammlung machte der Person zweifelsohne zu schaffen, das hatte sie zu wenig berücksichtigt. Sie hatte geglaubt, sie hätte es im Griff.

Was, wenn sie im letzten Augenblick kniff?

Oder wenn jemandem auffiel, was sie vorhatte?

Die Gestalt streckte den Rücken durch und schaute sich um. Niemand beobachtete sie. Keiner schenkte ihr Beachtung. Sie atmete mehrmals tief durch …

Alles war gut, sie war wieder auf Spur.

Die Suche ging weiter.

Sie richtete ihren Schal und drängte sich bei der nächsten Tür in das Schloss. Beinahe wäre sie über die Schwelle gestolpert. Sie musste besser aufpassen, schalt sie sich selbst und schob sich mit den anderen Adventmarktbesuchern durch die Ausstellungsräume. Dazwischen drang das Trompeten der Turmbläser von draußen an ihr Ohr. »Stille Nacht, heilige Nacht.« Der Höhepunkt aller Weihnachtslieder.

Und auch die Gestalt würde heute einen Höhepunkt erleben. Sie würde töten, etwas Größeres gab es im Leben eines Menschen nicht, war sie überzeugt.

Etwas Vergleichbares, das einem die Macht über Leben und Tod verlieh.

Etwas, das einen selbst unsterblich machte.

Die Person verließ die überfüllten Räume und stieg eine Treppe hinab. Bemühte sich, langsam zu gehen und Interesse an den angebotenen Kunstwerken zu zeigen, damit ihre Ungeduld nicht auffiel. Damit sie eine von vielen blieb. Sie schlenderte vorbei an gedrechselten Christbäumen, Keramikfiguren und mit Lavendel gefüllten Pölsterchen. Schmuck aus Horn und Draht. Kerzen aus Bienenwachs. Figuren aus rostigem Metall.

Ob sie zur Tarnung etwas kaufen sollte?

Viele Besucher hielten Papiersackerl oder Gegenstände, die in den Taschen keinen Platz fanden, in Händen. Eine Frau mit einer Kerze aus Holz, die sie eben an einem Stand erworben hatte, bat die Gestalt, ihr die Tasche aufzuhalten, damit sie die Kerze hineingleiten lassen konnte. Das war nicht gut, weil die Begegnung Nähe herbeiführte und Erinnerungen schaffte. Freundlich, um nicht mehr aufzufallen als notwendig, kam die Person der Bitte nach. Es gelang ihr sogar, die Frau anzulächeln.

Im Schutz der Menge, die die Gestalt wieder mit Anonymität beschenkte, stieg sie die alten Stufen des Schlosses in die nächste Etage hoch. Dort waren noch mehr Verkaufsstände und noch mehr Menschen. Die Holzdielen ächzten unter den Füßen der Menge, doch der von ihr Gesuchte befand sich nicht darunter.

In der barocken Schlosskapelle beruhigte sich das Treiben ein wenig, wurde leiser. Nur wenige Besucher hatten sich in dem im Jahr 1635 errichteten Ort des Glaubens eingefunden. Da das, was die Gestalt plante, vor jedem Gott eine Sünde war, durchschritt sie die Kapelle schneller, wobei sie sich einredete, dass manche Individuen es durchaus verdient hatten, nicht mehr auf der Erde zu wandeln. Recht und Gerechtigkeit waren oftmals nicht dasselbe.

Und spielte sie selbst nicht auch ein wenig Gott, wenn sie jemandem das Leben entriss?

Als die Gestalt aus der Kapelle trat, entdeckte sie die Zielperson.

Endlich!

Vielleicht war das ein göttliches Zeichen …

Die Person verbarg sich hinter einer Gruppe Pärchen. Keine gute Wahl, denn einer der Männer hatte zu viel Glühwein oder Punsch getrunken. Er redete sehr laut, was Aufmerksamkeit auf sich zog. Um dem zu entkommen, schlängelte sie sich durch die Flanierenden, bis sie genügend Distanz zwischen sich und den auffälligen Mann gebracht hatte. Von ihrer neuen Position aus beobachtete sie den Gesuchten, der sich mit einer Verkäuferin von Holzspielzeug und Dekogegenständen für Wohnung und Garten unterhielt. Die Frau lachte übertrieben gekünstelt.

Daneben drechselte ein Mann einen Christbaum aus hellem Holz. Argwöhnisch blinzelte er die miteinander Schäkernden an und wägte wahrscheinlich ab, ob es besser war, den Mund zu halten oder sich einzumischen. Dieses Verhalten verriet ihn als Partner der Frau, dachte die Gestalt und glaubte, in seinen Augen Wut aufblitzen zu sehen.

Das war gut, sehr gut sogar!

Mit etwas Glück würde sich einer der Umstehenden daran erinnern und ihn damit zum ersten Verdächtigen küren.

Die Zielperson zog weiter. Der Jäger folgte seiner Beute. Noch war sie nicht erlegt, aber die Gewissheit, dass es heute passieren musste, verspürte er so stark wie nie zuvor.

An dem Stand mit den Holzfiguren blieb die Person stehen und kaufte einen besonders stark zugespitzten Tannenbaum, der genau in diesem Augenblick zur Tatwaffe bestimmt wurde.

Ein zufriedenes Lächeln breitete sich auf dem Gesicht der Gestalt aus, und ein erregter Schauer lief ihren Rücken hinab. Adrenalin schoss pulsierend durch ihre Adern und half ihr, die vielen Menschen um sich herum völlig auszublenden und sich auf das zu konzentrieren, was wichtig war. So fühlte es sich an, wenn man zu den Siegern gehörte.

Sie steckte den hölzernen Tannenbaum in die Jackentasche, das glatte Holz mit den Fingern befühlend, und stellte sich vor, wie der Weihnachtsbaum zwischen den Rippen des Mannes, auf dessen Fährte sie sich wieder heftete, in den Körper eindrang und das Herz durchbohrte. Wie dieses noch ein paarmal schlug und Blut durch das Loch nach draußen pumpte. Der Verletzte würde zusammenbrechen und binnen Augenblicken sterben.

Die Gestalt wartete nur noch auf den richtigen Moment.

2. KAPITEL

Die Gläser klirrten. Chefinspektor Oskar Stern saß Silvia Burgstaller im Schlosscafe in Linz gegenüber und schaute ihr in die Augen. »Zum Wohl!«, sagte er und nahm zufrieden einen Schluck Rotwein.

»Cheers!« Silvia prostete ihm zu. »Schön, dass wir einen Tisch bekommen haben. Im Advent ist das gar net so leicht, weil alle ihre Weihnachtsfeiern abhalten.«

Am Nachbartisch feierte eine Gruppe Männer und Frauen, die von einem IT-Unternehmen zu sein schienen – ihre lautstarken Gespräche drehten sich um Programmcodes und Server, um VR und 3D. Sie machten einen betrunkenen Eindruck. Bestimmt war das so eine Weihnachtsfeier, wie Silvia sie gerade angesprochen hatte. Stern hoffte, dass sich die Gruppe, wenn sie mit dem Essen fertig war, in die Linzer Altstadt verziehen würde, um dort die Bars zu überfüllen. Oder dass sie auf einen Punsch zu einem der Stände auf dem Christkindlmarkt auf dem Hauptplatz gehen würde. Dann würde es hier ruhiger werden und er könnte die vorweihnachtliche Stimmung in angenehmer Atmosphäre mit Silvia noch mehr genießen.

»Da hast du recht. Und ich hab dafür nicht einmal meinen Dienstausweis herzeigen müssen.« Stern lächelte Silvia an. Dass ihm mit dieser Frau ein zweites Glück vergönnt war, konnte er immer noch nicht glauben. Manchmal fühlte er sich wie ein verliebter Teenager. So wie jetzt, wo er es kaum erwarten konnte, dass sie zu ihm in die Wohnung in die Herrenstraße gingen. Das Hauptgericht hatten sie bereits zu sich genommen – beide hatten ein gegrilltes Lammkotelett mit reichlich Zuspeisen auf Empfehlung des Hauses gewählt –, nun legten sie eine Pause ein, damit im Magen genügend Platz geschaffen wurde, um den Besuch im Schlosscafe mit etwas Süßem abzurunden. Danach würden sie aufbrechen. Zu Fuß, um noch ein wenig die Adventsstimmung in der Stadt zu genießen. Linz war festlich geschmückt und mit Millionen Lichtern hell erleuchtet.

»Deine Dienstwaffe wäre noch wirkungsvoller g'wesen«, sagte Silvia schmunzelnd und nahm einen weiteren Schluck Zweigelt aus dem Burgenland.

»Und auch damit hast du recht«, pflichtete Stern ihr bei. Er mochte den Humor seiner Begleiterin, immer wieder brachte sie ihn zum Lachen. Bevor er ihr begegnet war – und nach der Scheidung von seiner Ex-Frau Franziska – hatte er gedacht, er würde einmal als einsamer Grantler sterben. Offenbar hatte das Schicksal so ein Ende für ihn nicht vorgesehen. Dafür war er sehr dankbar.

»Bist du schon für die Nachspeise bereit?«, fragte Silvia.

»Ich bin immer für eine Nachspeise bereit«, erwiderte Stern zweideutig.

Silvia lachte. »Ich nehme den hausg'machten Kuchen«, sagte sie, seine Anspielung ignorierend.

»Dem schließe ich mich an.« Stern wusste, dass er damit nichts falsch machen konnte. Seine Begleitung hatte ein gutes Gespür für ausgezeichnete Desserts, die auch ihm schmeckten.

»Wie geht es Melanie und Tobias?«, erkundigte sich Silvia nach Sterns Enkelkindern.

Der Chefinspektor seufzte und ließ sich einen Moment mit einer Antwort Zeit.

»So schlimm?« Silvia ergriff über den Tisch hinweg seine Hand.

Stern nickte theatralisch.

»Was ist passiert?«

»So, wie sich Tobias im Augenblick verhält, ist er nun auch in der Pubertät«, stieß er leidend aus.

Silvia schmunzelte. »So schlimm kann das doch net sein, er ist ja erst elf. Das sind bestimmt nur vorpubertäre Anwandlungen. Außerdem geht diese Zeit vorüber, du wirst schon sehen. Danach sind sie wieder die Alten.«

»Eben nicht! Nach der Pubertät sind sie erwachsen und wollen sich nicht mehr von ihrem Großvater umarmen lassen«, erzählte er, was ihn schmerzte.

»Das wollen sie doch jetzt schon net mehr«, warf Burgstaller ein, die zwei erwachsene Töchter hatte und bestens über diese Entwicklungsphase Bescheid wusste.

»Und genau davon rede ich!«, rief Stern, dämpfte aber sofort seine Stimme, um die anderen Gäste nicht zu stören. »Weil sie nun beide in der Pubertät sind. Melanie und Tobias!«

Der Kellner kam und nahm die Bestellung der Nachspeise auf. Bevor er in der Küche verschwand, schenkte er vom Zweigelt nach.

»Wie verbringst du Weihnachten?«, wechselte Silvia das Thema.

Stern hatte darüber zwar nachgedacht, war allerdings zu keinem Ergebnis gekommen. »Ich weiß es nicht. Du?«

»Bislang hat mich weder die Evelyn noch die Gloria eing'laden, damit ihre Mutter an den Feiertagen net alleine daheim sitzt«, ließ Burgstaller ihn wissen.

»Die werden das doch bestimmt nachholen, oder?«, fragte Stern begriffsstutzig.

»Wenn ich schon etwas anderes vorhätte, bräuchten sie mich net einzuladen …« Silvia spielte mit dem Stiel von ihrem Glas.

»Und? Hast du etwas vor?« Stern beobachtete seine Freundin.

»Für einen Chefinspektor vom Landeskriminalamt hast du eine ziemlich lange Leitung«, erwiderte Silvia und trank einen Schluck Wein.

»Also hast du nichts vor?«

»Nein.«

»Dann könnten wir beide …« Stern ließ den Satz offen. Er hoffte auf ein positives Zeichen seines Gegenübers.

Doch das ließ ihn zappeln und fragte stattdessen: »Was könnten wir?«

»Ja, äh … Wenn du Lust hast, könnten wir beide doch …« Das Läuten seines Handys unterbrach Stern. »Entschuldige.« Er holte das Gerät aus seiner Tasche, kniff die Augen zusammen, weil er seine Brille nicht aufhatte, und fixierte mit ausgestreckter Hand das Display.

»Es ist Bormann«, kam ihm Silvia zu Hilfe, deren Sehkraft viel besser war als seine.

»Da muss ich rangehen. Warte, ich hab's gleich.« Der Chefinspektor wischte über den Bildschirm und flüsterte: »Ja?«

»Stern? Sind Sie es?«, rief Bormann am anderen Ende der Leitung. Laute Musik drang aus dem Lautsprecher des Smartphones.

»Ja, was ist los?«, fragte Stern genervt, weil er das Gespräch schnell hinter sich bringen wollte. Immerhin hatte er heute frei. Er schaute zu Silvia Burgstaller hinüber, um zu erfahren, wie sie die Störung aufnahm. Sie nippte an ihrem Wein und ließ den Blick durch die Gaststube schweifen. Stern stellte fest, dass sie ihr Glas beinahe leer getrunken hatte, während seines nach wie vor voll war.

»Wir haben einen Toten«, verkündete Bormann. Und mit »wir« meinte er eindeutig Stern. Er selbst hatte sich noch nie an einem Tatort blicken lassen. Zumindest nicht, wenn keine Pressekameras vor Ort gewesen waren.

»Wo?«, fragte der Chefinspektor.

»Im Schloss Weinberg. Mehr weiß ich nicht. Fahren Sie hin und machen Sie sich vor Ort ein Bild. Und informieren Sie mich, ich bin auf der Weihnachtsfeier im Landhaus und kann dem Landeshauptmann dann persönlich Bericht erstatten.« Laute Stimmen und Musik im Hintergrund bestätigten Bormanns Aussage.

»Ja, Chef.« Stern seufzte. Er hatte keine andere Wahl, er musste das Essen für beendet erklären.

»Und Stern …« Der Dienststellenleiter war offenbar noch nicht fertig.

»Ja?«

»Dieses Wochenende findet auf dem Schloss Weinberg der Adventmarkt statt. Gehen Sie also mit größtmöglicher Sorgfalt bei den Ermittlungen vor, damit keine negativen Schlagzeilen entstehen, verstehen Sie? Sie wissen ja, wem …«

»Wir ermitteln immer mit größtmöglicher Sorgfalt«, unterbrach Stern seinen Vorgesetzten und verabschiedete sich. Dass er den Abend nicht mit Silvia Burgstaller verbringen konnte, war schon schlimm genug, da musste er sich nicht auch noch Belehrungen von Bormann anhören. Außerdem hasste er es, wenn sich der Dienststellenleiter in die Polizeiarbeit einmischte. Meistens geschah das, wenn eine wichtige Person aus Politik, Wirtschaft oder Kultur in einen Fall verwickelt war. Dann war Bormann besonders daran gelegen, dass die Polizei eine gute Figur abgab, weil das Medieninteresse groß war.

»Es tut mir leid«, begann er an Silvia gerichtet.

»Schon gut, ich versteh das«, erwiderte sie.

»Wirklich?« Stern wollte es ein weiteres Mal hören, denn seine Ex-Frau hatte kein Verständnis für seine Arbeit aufgebracht. Vielmehr waren seine unregelmäßigen Dienstzeiten der Grund dafür gewesen, warum ihre Ehe nicht funktioniert hatte. Zumindest hatte Franziska ihm das ständig vorgeworfen.

»Natürlich, das ist dein Job. Was ich allerdings net verstehe, ist, warum du mich net einfach fragen kannst, ob ich Weihnachten mit dir verbringen möchte.«

»Das wollte ich gerade tun, als der Anruf reinkam«, verteidigte sich Stern.

»Doch nur, weil ich dich dazu g'drängt hab«, ergänzte Silvia.

»Ja, schon …« Natürlich hatte sie recht. Stern tat sich mit solchen Dingen schwer. Aber wenn er mehr Zeit gehabt und ihn das Läuten des Handys nicht unterbrochen hätte, hätte er das bestimmt irgendwie hingekriegt. »Ich bin in solchen Dingen halt nicht geübt. Es tut mir leid.«

»Ich will net, dass du dich bei mir entschuldigst«, sagte Silvia eindringlich. »Ich will, dass du mich endlich fragst!«

Stern kam sich ein wenig blöd vor, so mit der Nase darauf gestoßen zu werden. Immerhin war er ein erwachsener Mann. Dennoch überwand er sich. »Meine Liebe, mein Herz«, fing er an, was sich geschwollen anhörte. Trotzdem blieb er dran. Wenn Silvia es so haben wollte, dann zog er es jetzt durch. Und an Silvias Blick erkannte er, dass er damit genau richtiglag. »Willst du Weihnachten mit mir gemeinsam feiern?«

Burgstaller genoss den Augenblick offenkundig und lächelte Stern an. »Ja, ich will!«, sagte sie just in dem Moment, als der Kellner an ihren Tisch herantrat und die georderte Mehlspeise abstellte.

Das Gesicht des jungen Mannes hellte sich auf und ein Lächeln breitete sich darauf aus. »Gratuliere herzlichst!«, rief er und machte in Richtung seines Kollegen kryptische Gesten, gefolgt von einem Daumen-hoch-Zeichen. Der zweite Kellner verschwand aus der Gaststube, während der ihre neben dem Tisch stehen blieb, weiterhin breit grinsend. Die übrigen Gäste schauten zu ihnen herüber und fragten sich gewiss, was los war. Das fragte sich auch Stern, denn dass Burgstaller und er gemeinsam Weihnachten feiern würden, empfand er nicht als so große Sache. Zumindest nicht für die Leute hier, die sie gar nicht kannten. Für ihn selbst war es natürlich schon aufregend, und er würde sich überlegen müssen, wie er es Barbara und seinen Enkelkindern beibringen wollte. Aber dass darum so ein Aufstand veranstaltet wurde …

Das Rufen der ITler-Gruppe am Nebentisch holte Stern aus seinen Überlegungen zurück. Die Leute prosteten ihnen zu. Der Alkoholgehalt in ihrem Blut war inzwischen weiter angewachsen und mehrere nicht klar verständliche Glückwünsche schwappten zu Sterns und Burgstallers Tisch herüber.

»Äh …« Stern wollte den Kellner gerade um die Rechnung bitten, als die Tür zur Gaststube aufging und der zweite Kellner mit Spritzkerzen auf Kuchenstücken hereinkam, diese vor Burgstaller und ihm abstellte und die unverzierten Tortenstücke wieder mitnahm.

»Herzlichen Glückwunsch zur Verlobung!«, verkündete er so laut, dass alle es hörten. Daraufhin stimmten auch die Gäste, die weiter entfernt saßen, in das Gegröle der IT-Firmengruppe ein und klatschten begeistert.

Sterns Herzschlag setzte mindestens einmal aus.

Hatte er tatsächlich eben um Silvias Hand angehalten?

Er bemerkte ihren amüsierten Gesichtsausdruck. Sie zwinkerte ihm zu, ein Signal, den Irrtum nicht aufzuklären.

Aber wäre es so falsch, diese Frau zu heiraten? Er entdeckte nichts, was ihn daran stören würde. Doch war es dafür nicht zu früh?

»Danke«, sagte Silvia zu den Kellnern und nickte den anderen Gästen zu, was ihren Dank für die Gratulationen ausdrücken sollte.

Stern folgte ihrem Beispiel, wenn auch ein wenig peinlich berührt. Nach und nach wurde das Geklatsche leiser, bis es gänzlich verstummte.

»Das hätt ich dem alten Sack gar net zug'traut«, vernahm Stern eine Stimme vom Nebentisch und dachte, dass ihm die jungen Leute wahrscheinlich noch so einiges mehr nicht zutrauten, nämlich, dass er Chefinspektor am Landeskriminalamt war und im Einsatz mit einer Glock bewaffnet herumlief. Doch er beschloss, den Kommentar nicht persönlich zu nehmen. Vielleicht war es sogar ein Kompliment gewesen. Für die Restaurantbesucher war die Angelegenheit jedenfalls erledigt. Nicht aber für ihn.

»Du bist ja richtig rot g'worden«, sagte Silvia.

»Du auch«, gab er zurück.

»Ich finde, dafür ist es zu früh, oder?« Silvia schaute auf ihren feuerspeienden Kuchen hinab.

»Kann sein«, erwiderte Stern erleichtert.

»Trotzdem hat es mir g'fallen«, gab sie zu.

»Mir auch.« Stern ergriff ihre Hand und sah ihr tief in die Augen. Was hätte er jetzt dafür gegeben, um hierbleiben zu können.

»Du musst weg. Los, lass uns diese süße Verführung schnell essen.« Die Spritzkerze auf Silvias Kuchenstück war erloschen, ebenso jene auf Sterns. Silvia entzog ihm die Hand und stach mit der Gabel in das Schokoküchlein.

Diese Zeit wollte sich Stern noch nehmen. Denn wenn er schon auf den richtigen Nachtisch verzichten musste, der für ihn Silvia Burgstaller hieß, dann wollte er zumindest etwas Schokoladiges auf seinem Gaumen spüren.

»Darf ich bei dir in der Wohnung schlafen? Ich hab zu viel Wein g'trunken, um nach Bad Kreuzen zu fahren. Und wer weiß, vielleicht ist das, was deine Anwesenheit so dringend erfordert, ja schneller aufg'klärt als erwartet …« Silvia lächelte den Chefinspektor an.

»Das ist eine gute Idee«, erwiderte Stern. Er selbst würde sich von Grünbrecht abholen lassen. So konnte er noch ein paar Minuten bei Silvia Burgstaller verweilen und zusehen, wie sie sinnlich den Schokokuchen verzehrte.

3. KAPITEL

Der BMW jagte über die A7 ins Mühlviertel. Auf Höhe von Unterweitersdorf ging die Autobahn in eine Schnellstraße über, was aber nichts an der überhöhten Geschwindigkeit des Wagens änderte. Gruppeninspektorin Mara Grünbrecht schien der Meinung zu sein, dass sie die verlorene Zeit unbedingt aufholen mussten. Der Verzehr des Schokokuchens hatte länger gedauert, als Stern geplant hatte, aber die Stimmung zwischen Silvia und ihm war durch die vermeintliche Verlobung so innig gewesen, so warmherzig, dass er jede Sekunde hatte auskosten wollen. Ihm war gar nicht aufgefallen, wie rasend schnell die Minuten verstrichen waren. Währenddessen hatte Grünbrecht vor dem Schlosscafe auf ihn gewartet und ihm nach einer Weile eine Nachricht geschickt, die er allerdings nicht gelesen hatte. Erst nach ihrem Anruf hatte er hastig bezahlt und das Restaurant unter den verwunderten Blicken der anderen Gäste fluchtartig verlassen. Nun saß er auf dem Beifahrersitz des viel zu schnellen BMW und hielt sich rechts am Griff über der Tür und links am Sitz fest.

»Muss das sein?«, japste er leidend, da er befürchtete, sein Magen könnte rebellieren. Das wäre wirklich schade, denn sowohl die Haupt- als auch die Nachspeise hatten ihm vorzüglich geschmeckt.

»Was?«, fragte Grünbrecht, ohne den Blick von der Straße zu nehmen.

»Dass du so schnell fährst«, erläuterte Stern.

»Wir sind im Einsatz«, antwortete Grünbrecht knapp.

»Schon ... aber ...«

»Außerdem sind wir eh gleich da«, unterbrach ihn die Gruppeninspektorin.

Was Grünbrecht als »gleich« bezeichnet hatte, dauerte noch zehn Minuten, in denen sich Sterns Finger verkrampften. Erst als der Wagen in Kefermarkt auf den Weinberg abbog und sich durch die engen Straßen den typischen Mühlviertler Höhenrücken hinaufschraubte, nahm die Gruppeninspektorin den Fuß ein wenig vom Gaspedal. Oben auf dem Parkplatz, der von den Uniformierten bereits zum Großteil geräumt und abgesperrt worden war, stellte sie den BMW hinter jenen der Kollegen ab und seufzte: »Wir sind wieder einmal die Letzten.«

»Das ist doch kein Problem«, meinte Stern und stieg aus. »Sag einfach, dass ich gefahren bin.«

»Geht nicht, man riecht, dass du Wein getrunken hast.« Schnellen Schrittes querte Grünbrecht den Platz vor dem Schloss. Ihre Eile war nicht allein der Verspätung geschuldet, sondern auch dem Wind, der eisig den Hang heraufpfiff, was so manchen im Land gewiss hoffen ließ, dass die Temperaturen bis Weihnachten noch unter null sanken und rechtzeitig vor dem Heiligen Abend Schnee vom Himmel fiel.

Normalerweise labten sich um diese Zeit die letzten Adventmarktbesucher auf dem Vorplatz des Schlosses an den regionalen Schmankerln im schummrigen Licht der Weihnachtsbeleuchtung. Jetzt war das Areal rund um den Teich beinahe menschenleer, und Polizisten passten auf, dass kein Unbefugter das Schloss betrat. Auf dem Teich schwammen stimmungsvolle Lichterkugeln.

»Hast du ein Pfefferminzbonbon?«, rief Stern seiner Kollegin hinterher, um damit seinen Weinatem zu übertünchen. Er zog den Kopf ein, um sich vor dem Wind zu schützen, und steckte die Hände in die Taschen seiner Winterjacke.

»Nein. Die sind in deinem Wagen, ich hab so etwas nicht.« Grünbrecht schritt ungerührt weiter auf die Brücke zu, die über einen tiefen Graben führte.

Stern folgte ihr und warf einen Blick über das Geländer. Aufgrund der Dunkelheit konnte er nicht sehen, wie weit es da in die Tiefe hinabging. Bestimmt weit genug, um sich das Genick zu brechen. Aber dort unten lag die Leiche nicht, sonst wäre hier weitaus mehr Polizeiaufgebot. Er wandte sich ab und eilte Grünbrecht hinterher durch das Tor in der Ringmauer, die beidseitig in zwei Rundtürmen endete. Die vielen Lichter des Adventmarktes sorgten für eine indirekte Beleuchtung, in der die mächtigen Mauern wie Schattenfiguren in den beinahe schwarzen Himmel hinaufragten.

Im Hof wurde ihnen von einem ortskundigen Kollegen der Weg gezeigt. Geradeaus, die Stiege hinauf, links, dann noch ein paar Stufen und oben angelangt so lange weiter, bis sie die Burgkapelle erreichten. Sie könnten es gar nicht verfehlen, ergänzte der Uniformierte, es seien eh schon so viele von der Tatortsicherung und vom Landeskriminalamt da. Stern fragte noch rasch, ob der Gerichtsmediziner auch bereits anwesend sei, aber das wusste der Kollege nicht.

Und tatsächlich erreichten Stern und Grünbrecht

der Wegbeschreibung folgend mühelos die Burgkapelle. Von dem vorweihnachtlichen Flair war hier nichts übrig. Männer und Frauen in Schutzanzügen sicherten Spuren. Ein Polizeifotograf machte Fotos vom Tatort und der Leiche. Dominik Weber, der Gerichtsmediziner, untersuchte Letztere gerade in der ersten Sitzreihe vor dem Altar, was Sterns Frage nach dessen Ankunft beantwortete und ihm einen Seufzer entriss. Stern wäre gerne vor Weber da gewesen. Dieses Rittern, wer von ihnen beiden als Erster am Tatort einlangte, war zwar kindisch, über die Jahre jedoch zur festen Gewohnheit geworden. Die Gruppeninspektoren Martin Heinze und Hermann Kolanski beobachteten Weber bei seiner Arbeit und hofften auf erste Ergebnisse. Eine Gestalt saß seitlich an die Wand gelehnt. Von Sterns Position aus hätte man meinen können, dass sie andächtig bete. Aufgrund ihrer Kleidung und Statur nahm er an, dass es sich um einen Mann handelte.

»Grüß euch!«, warf Stern in die Runde.

»Hast du es auch endlich hergeschafft? Ich hab schon geglaubt, du kommst heute nicht«, erwiderte Weber, ohne aufzublicken.

Klar, wäre Stern vor ihm da gewesen, hätte es keinen Anlass für die Stichelei gegeben. »Hat etwas gedauert, immerhin hatte ich heute frei«, brummte er, schlüpfte in einen Schutzoverall und streifte Plastikhüllen über seine Schuhe.

Grünbrecht hielt sich mit einem Kommentar zurück und begrüßte ihrerseits die Kollegen.

»Da bekommt ›O Tannenbaum‹ gleich eine ganz andere Bedeutung«, sagte Weber. Er richtete sich auf und zog seine Handschuhe aus. Ein Zeichen dafür, dass er mit der Vorort-Beschau der Leiche fertig war.

»Was meinst du?«, fragte Stern im Näherkommen. Dabei fiel ihm ein Hut auf, der auf dem Boden lag und wahrscheinlich dem Opfer gehört hatte. Er stieg darüber hinweg.

»Schau selber!« Der Gerichtsmediziner deutete auf die leblose Gestalt.

Stern trat heran. Es war tatsächlich ein Mann. In seinem Hals steckte etwas Hölzernes. Der herausragende Teil wirkte wie ein runder Sockel, über dem sich mehrere seitlich abstehende, sich verjüngende Ringe befanden. Mindestens einer dieser Ringe war im Hals des Toten verborgen. Stern beugte sich nach vorne, um das Ganze genauer zu betrachten. »Ist es das, für was ich es halte?«

»Ich weiß nicht, für was du es hältst, Oskar. Auch wenn ich gut im Raten bin. Aber ich bin mir ziemlich sicher, dass du zu viel Wein oder Punsch getrunken hast und dass das der Grund für deine Verspätung ist.« Weber grinste.

»Wie gesagt, ich hatte heute frei«, wiederholte Stern die Begründung für sein spätes Erscheinen, die ebenso beinhaltete, warum er nach Alkohol roch, auch wenn er sich deshalb nicht erklären musste. Immerhin war Weber nicht sein Vorgesetzter. Außerdem fühlte er sich nicht betrunken, nicht einmal beschwipst war er.

»Das ist ein Tannenbaum«, erkannte Grünbrecht. Sie stand hinter Stern und schaute ihm über die Schulter.

»O Tannenbaum, o Tannenbaum, wie scharf ist deine Spitze …«, sang Heinze schief. Dass er nicht jeden Ton traf, schien ihm egal zu sein.

»Ich gehe davon aus, dass die Tatwaffe tatsächlich die Form eines Tannenbaums hat. Der Täter hat sie dem Opfer mit Wucht in den Hals gerammt und dabei die Luftröhre erwischt, wahrscheinlich ist der Mann erstickt oder an dem Blut, das sich in der Lunge angesammelt hat, ertrunken. Aber Ertrinken ist nur eine andere Form des Erstickens. Die Halsschlagadern hat der Täter nicht getroffen, denn sonst müsste hier viel mehr Blut sein.« Weber machte sich zum Abfahren bereit und räumte seine Utensilien in den Koffer.

»Dann stammt die Tatwaffe vom Markt hier, oder?« Stern deutete auf das Holzstück.

»Wenn du mir einen Asservatenbeutel reichst, holen wir das Ding heraus. Eigentlich wollte ich das erst in der Gerichtsmedizin machen, aber ich bin eh schon neugierig.« Weber streifte sich frische Handschuhe über, um keine Spuren auf dem Holz zu vernichten oder gar selber welche zu hinterlassen, und Heinze besorgte von den Kollegen der Tatortsicherung einen Beweismittelbeutel. Als er damit zurückkehrte, fragte Weber in die Runde: »Bereit?«

»Mach es nicht so spannend, Dominik!«, trieb Stern den Gerichtsmediziner zur Eile.

»Wer sagt, dass es ein Tannenbaum ist?«, wollte der jedoch vorher wissen.

Stern verdrehte die Augen. »Echt jetzt?«

»Ach, tut mir den Gefallen«, bettelte Weber.

»Ich«, antwortete Stern und verschränkte die Arme vor der Brust.

»Ich«, echote Kolanski.

Heinze und Grünbrecht schlossen sich ihnen an.

»Na dann!« Weber wandte sich der Leiche zu und zog das Holz aus deren Hals, was nicht ohne schmatzende Geräusche vonstattenging.

Die Kriminalbeamten verzogen angewidert ihre Gesichter, beobachteten aber dennoch gespannt, wie das Holzteil immer größer und schmaler wurde. Am Ende hielt Weber es ihnen entgegen.

»Ein Tannenbaum«, stellte Stern trotz der theatralischen Inszenierung nüchtern fest. Der runde, gezackte Gegenstand verjüngte sich zu einer markanten Spitze. Stern hatte derartige Dekobäume schon öfter gesehen, in weihnachtlich gestalteten Auslagen, an Verkaufsständen oder in Prospekten, doch er hätte nie gedacht, dass man damit einen Mord begehen könnte. Das einst helle Holz des Baumes hatte sich mit dem Blut des Opfers vollgesogen, und Teile von menschlichem Gewebe hingen wie rotes Lametta daran. Dadurch schaute der Weihnachtsbaum ziemlich unappetitlich aus.

»Es dürfte für den Täter gar nicht so schwer gewesen sein, dem Opfer den Tannenbaum in den Hals zu rammen. Recht viel Kraft hat er dafür nicht gebraucht. Das Jugulum oder auch die Drosselgrube genannt ist weich und beinahe wie eine Zielscheibe für so ein Ding.« Weber hielt den Holzbaum wie einen Dolch in der Hand und zielte damit auf Sterns Hals. Dann machte er mit der Tatwaffe eine Vorwärtsbewegung und stoppte wenige Zentimeter vor dem Chefinspektor. »Das Eindringen des Holzes in den Körper ist wahrscheinlich geräuschlos vonstattengegangen. Es hat sicher nicht lange gedauert, bis das Opfer keine Luft mehr bekommen hat und schlussendlich gestorben ist. Ob es das bewusst miterlebt hat, kann ich euch nicht sagen.«

»Wie lange ist das her?«, fragte Stern und trat einen Schritt zurück. Dass ihm der Gerichtsmediziner mit dem grauslichen Ding derart auf die Pelle rückte, fand er unangenehm. Er schaute auf sein Handgelenk und kniff die Augen zusammen, weil er wieder einmal seine Brille nicht aufhatte.

Grünbrecht kam ihm zu Hilfe. »Es ist jetzt 22:10 Uhr.«

Stern nickte und erinnerte sich schmerzlich daran, dass er jetzt neben Silvia Burgstaller im Bett liegen könnte.

»Vielleicht zwei bis vier Stunden«, meinte der Gerichtsmediziner. »Länger nicht. Die Körpertemperatur fällt pro Stunde je nach Außentemperatur um 0,8 Grad Celsius. Hier drinnen ist es zwar nicht besonders warm, aber auch nicht so kalt wie draußen. Außerdem hat die Totenstarre bei den Augenlidern schon eingesetzt, was nach etwa ein bis zwei Stunden passiert. Die Kaumuskeln sind ebenfalls betroffen, das wiederum geschieht bis zu vier Stunden nach dem Tod. Und die kleinen Gelenke sind teilweise erstarrt. Ich denke, innerhalb der letzten zwei bis vier Stunden ist er gestorben.« Der Gerichtsmediziner ließ den blutigen Tannenbaum in den Asservatenbeutel gleiten, den Heinze aufhielt und anschließend verschloss.

»Also zwischen 18 und 20 Uhr«, stellte Stern fest.

»Kennen wir seine Identität?«, fragte Grünbrecht. Da sie gemeinsam mit Stern als Letzte am Tatort erschienen war, hatten Kolanski und Heinze die Anwesenden schon ohne sie befragt.

»Der Hausmeister, der den Toten gefunden hat, sagt, dass das Jakob Grünwald ist«, erwiderte Heinze.

»Grünwald … Der Name kommt mir bekannt vor.« Stern grübelte.

»Ich kenne nur die Grünwald-Öfen«, warf Weber ein. »In meinem Keller steht einer, ein Grünwald-Pelletskessel. Holzöfen macht die Firma auch, soviel ich weiß. Aber keine Öl- oder Gaskessel.« Der Gerichtsmediziner schüttelte den Kopf. »Die sind ganz auf Grün und umweltfreundlich eingestellt.«

Heinze deutete auf die Leiche. »Angeblich war er der Firmenchef von der Grünwald Ofen GmbH.«

»Mit so einem Namen musst du ja auf Öko machen.« Kolanski grinste.

»Der Name ist Verpflichtung, meinst du?« Stern dachte darüber nach.

Kolanski zuckte mit den Schultern. »Irgendwie schon, oder?«

»Die Firma ist ziemlich erfolgreich und hat ihren Umsatz im letzten Jahr um 30 Prozent gesteigert«, las Heinze von seinem Handy ab. Es war wie immer das modernste Smartphone, das es auf dem Markt gab. »Das steht auf deren Homepage.«

»Viele haben in den letzten Jahren ihre Öl- und Gasheizungen gegen Pelletöfen oder Wärmepumpen ausgetauscht, so wie ich. Das hat Firmen wie der Grünwald Ofen GmbH in die Hände gespielt. Die mussten sich nicht einmal anstrengen, die Kunden haben ihnen regelrecht die Tür eingerannt. Die sind mit dem Produzieren gar nicht hinterhergekommen«, ergänzte Weber. »Ich habe ewig auf einen Termin gewartet.«

»Ja, wegen dem Russlandkrieg und der Energiekrise«, warf Grünbrecht ein. »Ist ja kein Wunder.«

»Und weil der Einbau von Ölheizungen in Neubauten seit 2020 in Österreich verboten ist«, führte Heinze als weiteres Argument für den Boom dieser Heizungen an.

»Es gibt immer Gewinner und Verlierer«, sagte Stern. »Egal wegen was. Die einen freuen sich, während andere leiden. Sogar im Krieg gibt es Gewinner, mehr, als man denkt. Und Firmen wie die Grünwald Ofen GmbH profitieren eben von der Energiewende.«

»So philosophisch heute?«, zog Weber den Chefinspektor auf.

»Das ist keine Philosophie, das ist das Leben«, erwiderte Stern und fragte: »Wann hat der Hausmeister die Leiche gefunden?«

»Als er seine Runde gemacht hat, um nachzuschauen, ob eh niemand mehr hier ist. Der Adventmarkt schließt um 18 Uhr, danach sind nur mehr die Standln vor dem Schloss geöffnet. Und bevor alles abgesperrt wird, überprüft der Hausmeister, ob sich niemand versteckt oder verlaufen hat oder gar noch auf dem Klo sitzt. Wie er ihn entdeckt hat, hat er zuerst gedacht, der Typ macht ein Nickerchen, und wollte ihn aufwecken. Als der Mann auf seine Rufe nicht reagiert hat, ist er zu ihm gegangen. Da erst hat er gemerkt, dass er tot ist, und hat sofort den Notruf gewählt«, erzählte Kolanski.

»Wann ist der Notruf in der Zentrale eingegangen?«, wollte Stern erfahren.

»Ich frage mal nach«, bot Heinze an.

»Danke, Martin.«

»Wissen wir sonst noch etwas?« Sterns Blick fiel auf den Toten, in dessen Hals ein unschönes Loch klaffte. Der Tannenbaum hatte wie ein Stöpsel gewirkt, sodass kaum Blut ausgetreten war. Und als Weber ihn aus dem Hals entfernt hatte, war das Blut bereits zum Teil geronnen gewesen, sodass lediglich eine schmale Kruste um die Öffnung zu sehen war. Was Sterns Aufmerksamkeit erregte, war die Wahl der Tatwaffe. Ein Gegenstand, den es auf dem Adventmarkt zu kaufen gab. Demnach war es wahrscheinlich eine Affekthandlung gewesen und kein geplanter Mord, denn da hätte der Täter die Mordwaffe mitgebracht. Ein Messer vielleicht, das viel leichter in das Fleisch eingedrungen wäre.

Weber, der Sterns Gedanken zu erraten schien, sagte: »Die Tat könnte auch von einer Frau ausgeführt worden sein. Der Tannenbaum ist recht spitz, und wenn du mit der Hand ausholst und ihn mit Wucht in dein Opfer rammst, wenn es dir gegenübersteht, dann klappt das schon. Vielleicht hat es auch schon hier gesessen und der Täter ist gestanden, dann wäre das Ganze noch einfacher.«

»Es ist also alles möglich«, fasste Stern zusammen.

»Wie im Lotto!« Weber grinste.

»War der Mann verheiratet?«, fragte Stern und ignorierte den Kommentar mit dem Glücksspiel.

»Ja, war er. Er bewohnte eine Villa ein wenig außerhalb von Kefermarkt. Ich hab die Adresse«, verkündete Grünbrecht.

Im selben Moment kehrte Heinze zurück und teilte ihnen mit, was er von den Kollegen der Zentrale erfahren hatte. »Der Notruf ist um 20:17 Uhr eingegangen.«

»Der Beginn der Primetime«, witzelte Weber, der heute besonders gut drauf zu sein schien. »Zumindest im Fernsehen.«

»So wie es ausschaut, fand der Höhepunkt des Abends auch hier um diese Uhrzeit statt«, meinte Kolanski.

»Nur dass das hier kein Film ist, sondern die Realität«, gab Stern zu bedenken.

»Ich frage mich, wenn der Kunsthandwerksmarkt im Schloss um 18 Uhr schließt, warum hat der Hausmeister erst um 20 Uhr seine Runde gemacht? Zwei Stunden benötigt der doch nicht, um zu kontrollieren, ob noch wer herinnen ist, oder?«, überlegte Grünbrecht.

»Das ist eine gute Frage«, meinte Stern.

»Die wir dem Hausmeister stellen sollten.«

»Vielleicht hatten die beiden ja einen Streit, der eskaliert ist, und der Hausmeister rammt ihm den erstbesten Gegenstand, den er erwischt hat, in den Hals. Prüft nach, ob in den angrenzenden Räumen solche Holzbäume verkauft werden«, verlangte Stern von den Kollegen.

Die schwärmten sogleich aus und kamen kurz darauf zurück.

»Fehlanzeige«, sagte Grünbrecht, die nach rechts gelaufen war.

»Bei mir auch«, verkündete Kolanski, der auf der anderen Seite nachgesehen hatte.

»Die Kollegen von der Tatortsicherung haben im Stockwerk darunter und bei ein paar Standln auf der anderen Seite im Schloss solche Christbäume gefunden«, berichtete Heinze.

»Demnach war es vielleicht doch keine Tat im Affekt. Der Täter hat den Baum entweder schon mit der Tötungsabsicht erworben – oder ihn entwendet – und erst in der Kapelle als Tatwaffe eingesetzt«, überlegte Stern laut.

»Oder er hat ihn für sich gekauft und bei sich getragen und dann im Affekt eingesetzt, weil er und Grünwald aus irgendeinem Grund aneinandergeraten sind«, warf Grünbrecht ein.

»Auch das ist natürlich möglich«, stimmte Stern ihr zu. »Morgen befragen wir die Standbesitzer, die die Bäume verkaufen, ob sie sich an jemanden erinnern, der ihnen verdächtig vorgekommen ist. Wo ist der Hausmeister?«

»Er wartet draußen«, wusste Heinze.

»Gut, wir sind hier ohnehin fertig.« Stern verließ die Kapelle und verabschiedete sich von Weber.

Im Innenhof des Schlosses deutete Heinze auf eine Gestalt, die ein Punschhäferl in der Hand hielt. »Das ist der Hausmeister.«

Stern stellte sich dem Mann vor und bat ihn, noch einmal zu erzählen, wie er den Toten gefunden hatte.

Der Angesprochene wiederholte, was Heinze zuvor bereits berichtet hatte. Etwas Neues war nicht dabei.

»Und wieso haben Sie erst um 20:17 Uhr den Notruf gewählt, wo der Standlmarkt im Inneren des Schlosses doch schon um 18 Uhr schließt?«, hakte Stern nach.

»Ja mei, ich hab erst so spät meinen Rundgang g'macht, weil ich noch a bisserl was g'trunken hab, draußen bei den Standln. Des muasst machen, damit die da draußen mehr G'schäft haben«, sagte er und deutete auf das Häferl in der Hand, aus dem es nach Glühwein roch.

»Kannten Sie den Toten?«, fragte Stern.

»Den kennt bei uns jeder«, erwiderte der Hausmeister. »Des ist der Grünwald!«

»Was können Sie uns über den Herrn Grünwald sagen? Wie ist er denn so gewesen?«

Der Hausmeister zuckte mit den Schultern. »Ganz okay, glaub ich. Persönlich hab ich ihn net g'kannt, nur halt so, wie das der Fall ist, wenn jemand a bisserl prominent ist, wissen S'?«

»Also Klatsch und Tratsch, was sich die Leute im Ort so erzählen«, fasste Grünbrecht zusammen und schaute sehnsüchtig auf das Häferl in der Hand des Mannes.

»Ja genau!«, pflichtete der Hausmeister ihr bei.

»Und was erzählen sich die Leute über ihn?«, hakte Stern nach.

»Na ja, a bisserl komisch ist er schon g'wesen, der Grünwald«, erwiderte der Hausmeister und nahm einen Schluck.

Grünbrecht fragte: »Woher haben Sie das Getränk?« Sie deutete auf das Häferl in der Hand des Mannes.

Ihr war offenbar kalt, das sah Stern ihr an. Auch er hätte nichts gegen ein bisschen Wärme einzuwenden gehabt. Obwohl die Schlossmauern den Großteil vom eisigen Wind abhielten, fror er.

»Draußen von einem der Standln«, antwortete der Angesprochene.

»Magst auch einen?«, wandte sich Grünbrecht an ihren Chef.

»Jetzt kriegen S' leider keinen mehr, weil Ihre Kollegen haben den ganzen Platz abg'sperrt und alle Besucher und Standlbetreiber heimg'schickt, nachdem sie ihre Personalien aufg'nommen haben. Meine übrigens auch«, erzählte der Hausmeister.

Die Enttäuschung war Grünbrecht anzusehen. Frierend rieb sie ihre Hände aneinander und steckte sie anschließend in ihre Taschen.

»Was meinen Sie damit, dass der Grünwald ein bisschen komisch gewesen ist?«, setzte Stern die Befragung fort.

»Der hat sich auf seine alten Tage noch eine Jüngere g'sucht. Man munkelt, dass er sie aus einem Katalog im Internet b'stellt hat.«

»Das kommt heutzutage schon mal vor, dass sich Leute im Internet kennenlernen«, erwiderte Grünbrecht.

»Ja eh«, winkte der Hausmeister ab. »Ist halt so ein G'schwätz von den Leut. Aber auffällig ist es schon, dass dem Grünwald seine Neue jünger ist als dem seine Kinder.«

»Gab es denn familiäre Probleme?«, fragte Stern.

»Ja mei, Genaues weiß man net, aber vorstellen könnt ich es mir schon«, blieb der Hausmeister vage und setzte das Häferl erneut an seine Lippen. »Ist leer«, stellte er fest und fragte: »Brauchen wir noch lange? Mir ist nämlich saukalt.«

»Wir sind fertig, die Kollegen haben eh Ihre Adresse, Herr …?«

»Johann Hamml. Ich schau, dass hier alles läuft. Bin quasi das Mädchen für alles.« Johann Hamml grinste.

»Gute Nacht, Herr Hamml«, verabschiedete sich Stern von dem Mann, der daraufhin das Schloss verließ.

Der Chefinspektor wandte sich den Kollegen zu. Deren Nasen waren gerötet, ebenso die Ohren. Die Hände hatten sie tief in den Taschen ihrer Jacken vergraben. »Mara und ich überbringen der Familie die Todesnachricht. Hermann und Martin, ihr beide könnt nach Hause fahren. Schlaft euch aus, morgen wird ein langer Tag. Bei den vielen Menschen, die heute bei dem Adventmarkt gewesen sind, stehen viele Befragungen an.«

4. KAPITEL

Stern und Grünbrecht klingelten an einem modernen Architektenhaus. In ein Schild neben der Türglocke waren in geschwungener Schrift die Namen der Eheleute eingraviert: Jakob und Maike Grünwald. Aufgrund der Dunkelheit konnte man von dem Gebäude nicht viel erkennen, nur die Zufahrt und der Eingangsbereich wurden durch automatische Lichter beleuchtet. Das Portal und der überdachte Platz davor waren für ein Wohnhaus äußerst großzügig gestaltet mit riesigen Glasflächen und künstlich gealtertem Metall. Mehrere rostfarbene Pflanzgefäße, die zu dieser Jahreszeit leer und mit Tannenreisig abgedeckt waren, trennten den Eingang von dem angrenzenden Ziergarten.

Es dauerte eine Weile, bis eine weibliche Stimme verschlafen aus der Gegensprechanlage drang. »Hallo?«

»Kriminalpolizei. Sprechen wir mit Maike Grünwald?«, fragte Stern.

»Ja?« Die Überraschung der Frau war selbst aus diesem einzigen Wort zu hören. Auch schien die Müdigkeit wie weggepustet zu sein. »Ist etwas passiert?«

»Wir möchten das persönlich mit Ihnen bereden. Machen Sie uns bitte auf«, erwiderte Stern.

Ein Knacken in der Sprechanlage ließ die Inspektoren wissen, dass die Verbindung unterbrochen wurde und sich die Person wahrscheinlich auf den Weg machte.

Augenblicke später erschien sie an der Tür, spähte aber zuerst durch ein Seitenteil aus Glas. »Zeigen Sie mir bitte Ihre Ausweise, halten Sie sie in die Kamera«, verlangte sie.

Stern und Grünbrecht kamen der Aufforderung nach, und die Tür ging auf. Die Frau, die ihnen gegenüberstand, trug einen weinroten Morgenmantel, den sie vor der Brust mit einer Hand zusammenhielt.

»Was ist los?«, fragte Maike Grünwald alarmiert. In vielen Betroffenen spielte sich in solchen Momenten ein Konflikt ab, einerseits die Nachricht unbedingt wissen zu müssen, sie andererseits aber nicht hören zu wollen. Denn wenn es einmal ausgesprochen war, war es nicht mehr rückgängig zu machen. Dann wurde die Ahnung zur Gewissheit.

»Gehen wir zuerst rein …«

»Sagen Sie es mir jetzt!«, verlangte die Frau. Ihr deutscher Akzent war deutlich zu hören. »Ist etwas mit Jakob?«

»Frau Grünwald, es tut uns schrecklich leid, Ihnen mitteilen zu müssen, dass Ihr Mann verstorben ist«, sagte Grünbrecht einfühlsam.

»Nein!«, rief die Frau und taumelte mehrere Schritte zurück. »Das kann nicht sein … Nein, nein, nein!« Sie hielt sich eine Hand vor den Mund, die andere drückte sie gegen ihren Bauch. Sie wankte in den Wohnbereich, Stern und Grünbrecht folgten ihr und ließen sie nicht aus den Augen. Um sie aufzufangen, wenn sie stürzte. Um sie zu stützen, bis sie sich setzte.

Maike Grünwald ließ sich in einen gepolsterten Lederstuhl in dem großzügigen Esszimmer fallen. Tränen rannen ihr übers Gesicht. »Wie ist er …? War es ein Autounfall?«, fragte sie stockend.

»Er wurde ermordet.«

Die Witwe stieß einen spitzen Schrei aus und schlug beide Hände vor den Mund. Mit großen Augen sah sie die Kriminalbeamten an.

»Können wir Ihnen ein paar Fragen stellen?«, begann Grünbrecht vorsichtig, die Verfassung ihres Gegenübers in Erfahrung zu bringen.

»Wer hat ihn …?«, fragte die Frau.

»Das wissen wir noch nicht«, antwortete Stern.

»Und wie …?« Der tränenverhangene Blick von Maike Grünwald sprang zwischen Grünbrecht und Stern hin und her.

»Er wurde erstochen, oben im Schloss Weinberg, auf dem Adventmarkt«, antwortete Stern.

»Und Sie irren sich nicht? Ist es sicher mein Mann?«

»Wir sind sicher. Aber Sie müssen ihn natürlich noch identifizieren …«

Die Frau stand auf und wollte sich offenbar ankleiden gehen.

»Nicht jetzt, Ihr Mann befindet sich gerade auf dem Weg in die Gerichtsmedizin«, teilte Grünbrecht ihr mit. »Morgen oder übermorgen ist es so weit.«

Die Witwe nickte und nahm aus der Lade einer Kommode eine Packung Taschentücher, zog eines heraus und schnäuzte sich. Dann setzte sie sich wieder und bot den Beamten an, auf Lederstühlen ebenfalls Platz zu nehmen. »Ich weiß nicht, was man in so einem Moment tut«, sagte sie verzweifelt. »Wollen Sie Tee? Oder Kaffee? Draußen ist es ja kalt … Oder haben Sie Hunger?«

»Nein, danke«, lehnte Grünbrecht ab. »Wir brauchen nichts, wir müssen Ihnen nur ein paar Fragen stellen.«

»Ja, klar … Haben Sie etwas dagegen, wenn ich mir ein Glas Wasser hole?«

»Nein, natürlich nicht.«

Die Frau stand auf und ging durch einen breiten Durchgang in die angrenzende weiße Hochglanzküche. In drei Gläser ließ sie Wasser laufen und kehrte damit zurück. Zwei stellte sie vor den Inspektoren ab, ein Glas nahm sie sich selber und trank es zur Hälfte leer. Daraufhin ließ sie sich wieder auf den Lederstuhl sinken und knetete das Taschentuch.

»Können Sie sich vorstellen, wer Ihren Mann umgebracht haben könnte?«, begann Stern mit der Befragung.

Maike Grünwald überlegte und schüttelte schließlich den Kopf. »Nein, nicht wirklich. Ich meine, Jakob hatte sicher nicht nur Freunde, aber dass man jemanden ermordet, da gehört doch viel mehr dazu. Nein, mir fällt niemand ein.« Mit dem Taschentuch tupfte sie ihre Wangen trocken.

»Wieso war Ihr Mann alleine auf dem Adventmarkt? Weshalb haben Sie ihn nicht begleitet?«

Die Witwe schüttelte erneut den Kopf. »Das ist nichts für mich. Die haben dort nur Kunsthandwerkszeugs. Und kalt ist es obendrein. Und das Gedränge bei den vielen Leuten … Nein, zu so etwas ist Jakob immer ohne mich gegangen.«

»Wollte er sich bei dem Adventmarkt mit jemandem treffen?«

»Davon hat er mir nichts erzählt. Hat er sich denn mit jemandem getroffen?« Verunsichert schaute sie die Kriminalbeamten an.

»Das wissen wir nicht, wir stehen erst am Anfang unserer Ermittlungen«, gab Stern zu bedenken. »Wann ist er denn auf den Markt gegangen?«

»Nach dem Mittagessen, das war so gegen halb zwei«, erinnerte sich Maike Grünwald.

»Wie lange sind Sie schon verheiratet?«, fragte die Gruppeninspektorin.

»Seit neun Jahren«, antwortete die Witwe.

»Wie haben Sie sich kennengelernt?«

»Warum spielt das eine Rolle?«

»Alles spielt bei einem Mord eine Rolle. Wir müssen ein genaues Bild von Ihrem Ehemann erhalten, wie er gewesen ist, was er getan hat. Nur so können wir herausfinden, wer ihn ermordet hat und warum«, erklärte Stern geduldig.

»Sie erfahren es sowieso irgendwann.« Maike Grünwald seufzte.

»Was erfahren wir?«, fragte Stern sofort nach.

»Dass wir uns über eine Dating-Plattform kennengelernt haben. Ich hatte damals gerade meinen ersten Mann verloren und hab mich dort angemeldet. Ich wollte nicht alleine sein. Und bei Jakob war es ähnlich. Seine erste Frau ist ausgezogen und hat sich von ihm scheiden lassen. Auch er hat sich nach Liebe und Wärme gesehnt. Zuerst haben wir uns nur geschrieben, dann hat er plötzlich in Hamburg vor meiner Tür gestanden und hat mir angeboten, ich könnte bei ihm wohnen. Nur für kurze Zeit, damit wir sehen, ob das mit uns beiden überhaupt klappt.« In Erinnerung versunken lächelte Maike Grünwald. »Aus der kurzen Zeit sind über neun Jahre geworden. Wir haben bald geheiratet …« Das Lächeln verschwand und erneut flossen Tränen aus ihren Augen. Ihr Gesicht verzerrte sich zu einer leidenden Grimasse. Mit belegter Stimme krächzte sie: »Und jetzt? Jetzt bin ich wieder allein. Seine Kinder hassen mich und ich … ich hatte doch nur ihn.« Maike Grünwalds Körper wurde vom Weinen geschüttelt. Sie schluchzte laut auf und schnäuzte sich abermals in das bereits völlig durchfeuchtete Taschentuch, erst danach wechselte sie es gegen ein neues. »Was soll ich denn nun tun?«

»Wieso hassen seine Kinder Sie?«, hakte Stern ein. Das Thema könnte für die Ermittlungen interessant sein, auch wenn seine Nachfrage wegen des Heulanfalls der Witwe gewiss unsensibel erschien.

Maike Grünwald beruhigte sich bei dieser Frage jedoch ein wenig und atmete einmal kräftig ein und aus. »Die haben mich nie gemocht, weil ich so alt bin wie sie. Anna ist eigentlich ganz nett, aber wenn es um das Geschäft geht, ist sie echt hart. Sie hat selber zwei Kinder und steht trotzdem jeden Tag ihre Frau. Ich glaube, sie war keinen einzigen Tag krank, seit ich hier bin. Die Frau ist tough! Von der können sich einige Männer eine Scheibe abschneiden.«

»Und warum glauben Sie, dass Anna Sie nicht mag?«, fragte Grünbrecht.

Maike Grünwald zuckte mit den Schultern. »Es ist so ein Gefühl, wissen Sie? So etwas spürt man. Ich könnte niemals leisten, was sie macht, doch ich glaube, das erwartet sie von mir. Das erwartet sie von jedem, der in der Firma beschäftigt ist.«

»Arbeiten Sie im Unternehmen Ihres Mannes?« Stern witterte das erste Motiv. Vielleicht war der Konkurrenzkampf um die Gunst von Jakob Grünwald zwischen den beiden Frauen eskaliert.

»Das ist wohl Ansichtssache«, erwiderte die Witwe. »Wenn ich jetzt sagen würde, ich arbeite mit, würde Anna bestimmt das Gegenteil behaupten. Ich hab Jakob unterstützt, wo ich konnte, aber das war ihr nie genug.« Maike Grünwald traten erneut Tränen in die Augen.

»Sie haben vorhin von Kindern gesprochen. Daraus schließe ich, dass Ihr Ehemann noch mehr Nachkommen hat als Anna.«

»Ja, seinen Sohn Matteo. Er hat lange Zeit im Ausland gelebt, jetzt ist er zurück und auch in der Firma tätig. Er und Jakob haben sich wieder versöhnt«, erzählte die Frau bereitwillig.

»Weswegen gab es Streit?«

»Wegen mir«, gab Maike Grünwald zu. »Nicht wegen mir als Person, denke ich mal, aber eben weil sich Jakob in eine viel jüngere Frau verliebt hat, als nach Matteos Meinung zu ihm passt. Ich nehme das nicht persönlich … zumindest meistens nicht. So etwas ist für Kinder halt schwer zu ertragen.« Die nunmehrige Witwe seufzte.

»Wie sind Sie damit umgegangen?«, fragte Grünbrecht.

»Ich habe Jakob geliebt und alles getan, damit er nicht zwischen den Stühlen sitzt. Ich … ich … ich habe die Gemeinheiten, die sie mir unterstellt haben, runtergeschluckt. Damit Frieden herrscht. Jakob hat mich immer damit aufgezogen, dass ich harmoniesüchtig bin.« Die Witwe lächelte bei dem Gedanken an ihren Ehemann, auch wenn sie die Erinnerungen gleichzeitig sichtlich schmerzten.

»Was haben Ihnen Jakobs Kinder denn unterstellt?«

»Dass ich ihn nur wegen des Geldes geheiratet habe.«

»Und? Stimmt das?«

»Nein! Wir haben uns wirklich geliebt. Außerdem hatte ich vorher auch schon ein wenig Geld, und diesen Luxus brauche ich doch gar nicht.« Sie deutete um sich. Die Möbel waren zweifelsohne teuer gewesen und stammten nicht aus einem Möbelhaus. Alles schien aus edlen Materialien maßgefertigt zu sein. Die Stühle, auf denen sie saßen, waren mit beigem Leder überzogen, und der Boden glänzte in hellem Marmor. Die Kombination von Schwarz und Weiß zog sich durch das Esszimmer und die Küche, nur wenige Farbtupfer waren gezielt gesetzt worden. Einer davon waren die hellgrünen Blumentöpfe auf dem Fensterbrett. In einem entfaltete ein Weihnachtsstern seine roten Blätter, mehr weihnachtliche Dekoration war nicht vorhanden. Auch kein aus Holz gedrechselter Tannenbaum.

»Wie kommen Ihre Stiefkinder dazu, Ihnen das zu unterstellen?«

»Das müssen Sie die beiden selbst fragen«, antwortete Maike Grünwald sichtlich erschöpft.

»Das werden wir. Können wir jemanden für Sie verständigen, bevor wir fahren? Jemanden, der sich um Sie kümmert?«, fragte Stern.

Die Witwe schüttelte den Kopf. »Nein, ich schaff das schon. Ich rufe Anna und Matteo an und sag ihnen das mit ihrem Vater ... Das darf ich doch, oder?«

»Natürlich. Und teilen Sie den beiden bitte mit, dass wir morgen mit ihnen reden wollen.«

»Das mache ich.«

»Auf Wiedersehen, Frau Grünwald.« Die Kriminalbeamten verließen das moderne Haus.

Draußen beim Wagen fragte der Chefinspektor seine Kollegin, was sie von der frischgebackenen Witwe halte.

»Ich finde sie eigentlich ganz nett. Dass ein älterer Herr eine Beziehung mit einer deutlich jüngeren Frau eingeht, ist nicht selten. Denk nur an den Richard Lugner, der hat das andauernd gemacht. Und dass die Beziehung den Kindern nicht gefallen hat, kann ich verstehen, vor allem, wenn viel Geld im Spiel ist. Da geht es wahrscheinlich tatsächlich nicht um Maike Grünwald persönlich, ob sie sie mögen oder nicht. Da geht es um das Erbe«, tat die Gruppeninspektorin ihre Meinung kund.

»Dem schließe ich mich an. Ich schlage vor, wir fahren jetzt nach Hause und finden morgen heraus, was an der Sache dran ist.« Es war weit nach Mitternacht.

5. KAPITEL

Leise schloss Stern die Wohnungstür auf, denn er wollte Silvia Burgstaller nicht wecken. Er schlüpfte im Flur aus seinen Kalbslederschuhen und schlich in Socken in die Küche, um Miro ihr Abendessen zu geben. Wider Erwarten war der Napf nicht leer, wahrscheinlich hatte Silvia so lange Futter nachgefüllt, bis die Katze satt gewesen war. Von dem Vierbeiner fehlte jede Spur. Er schaute im Wohnzimmer auf das Sofa, wo Miro üblicherweise zusammengerollt auf einer Decke schlummerte, wenn seine Freundin bei ihm übernachtete, doch auch dort war die Katze nicht.

Stern ahnte etwas.

Der Anblick im Schlafzimmer bestätigte seinen Verdacht. Silvia und Miro lagen im Bett und schliefen. Die Katze hatte seine Abwesenheit genutzt und es sich auf seiner Seite gemütlich gemacht, wo sie alle viere von sich streckte. Stern zog Hose und Hemd aus und versuchte, unter die Decke zu kriechen, ohne Silvia zu wecken.

»Wie spät ist es?«, fragte seine Freundin verschlafen.

»Viertel über zwei«, antwortete Stern.

Silvia drehte sich zu ihm um und kuschelte sich an ihn. »Und? Was ist passiert?«

Stern legte einen Arm um sie. Er roch den blumigen Duft ihres Parfüms, das sie am Abend aufgetragen hatte. »Auf dem Weinberger Schloss Advent wurde ein

Mann ermordet«, sagte er sanft. Der Inhalt der Nachricht passte nicht zu seiner Stimme.

»Ich hab so etwas befürchtet«, murmelte Silvia.

»Lass uns schlafen, ich erzähle dir morgen alles«, brummte Stern. Ihm fielen die Augen zu und er spürte, wie Miro probierte, sich in den Spalt zwischen ihm und Silvia zu drängen. Er war zu müde, um die Katze aus dem Bett zu scheuchen. Nach ein paar erfolglosen Versuchen blieb Miro seitlich auf ihm liegen. Mit dem Gedanken, welches Bild sie wohl abgaben, schlief er ein.

*

Am nächsten Morgen beim Frühstück erzählte Stern Silvia Burgstaller, was genau auf dem Weinberger Schloss Advent passiert war.

»Das ist ja schrecklich!«, erwiderte sie. »Dann findet der Markt heute wohl net statt, oder?«

»Nein, die Kollegen von der Tatortsicherung sind gewiss noch den ganzen Tag damit beschäftigt, alle Spuren zu sichern. So ein Tatort ist der Albtraum eines jeden Ermittlers. Da hast du Spuren en masse. Außerdem könnte es für die Marktbesucher gefährlich sein, solange wir nicht wissen, weshalb Jakob Grünwald ermordet wurde. Wenn er bloß ein zufälliges Opfer war, weil er etwas beobachtet oder mit angehört hat, kann es sein, dass der Täter erneut zuschlägt, weil Grünwald nicht sein eigentliches Ziel gewesen ist. Vielleicht haben wir es aber auch mit jemandem zu tun, der Weihnachten hasst und wahllos Leute ermordet, damit der Weinberger Schloss Advent nicht mehr stattfindet. Alles ist möglich!« Stern steckte eine Gabel Eierspeis in den Mund und schob einen Bissen gebratenen Speck hinterher. Wenn er mit Silvia frühstückte, gab es nicht bloß zwei Tassen Espresso, wie er das sonst handhabte. Das wirkte sich mittlerweile auf seinen Bauchumfang aus, und Stern glaubte, dass er schon das ein oder andere Kilo zugenommen hatte.

»Der Gedanke ist furchtbar«, erwiderte Burgstaller. »Wer mag denn bitte Weihnachten net? Eigentlich hab ich überlegt, ob ich heute nach Weinberg fahren soll, um tolle Kunsthandwerkssachen zu kaufen. Ich brauche noch ein paar Geschenke.«

»Wirklich?« Stern war überrascht. »Das hast du mir gar nicht erzählt.«

»Ich erzähl dir einiges net«, tat Burgstaller geheimnisvoll. »Zumindest noch net.« Sie lächelte ihn an und trank einen Schluck Kaffee. Ihre Portion Eierspeis mit Speck, die wesentlich kleiner als seine ausgefallen war, hatte sie längst aufgegessen.

»Was denn zum Beispiel?«, hakte er nach.

»Wird das ein Verhör?«

»Entschuldige«, sagte er rasch. Er hatte sich so sehr daran gewöhnt, Fragen zu stellen, dass er gar nicht mehr darüber nachdachte, ob diese in der jeweiligen Situation angebracht waren. »Da ist wohl der Chefinspektor mit mir durchgegangen.«

Silvia lachte.

Gott sei Dank nahm sie es mit Humor, dachte Stern erleichtert und lächelte ebenfalls.

»Das ist kein Problem.« Burgstaller leerte ihre Tasse und stellte sie auf den Tisch. »Irgendwann werde ich dir alle meine Geheimnisse anvertrauen.«

»Auf diesen Tag freue ich mich.«

»Und was ist mit deinen Geheimnissen?«

»Ich hab keine«, war sich Stern sicher.

»Jeder hat welche …«

»Ich nicht. Ich bin ein offenes Buch, mich kannst du zu jeder Zeit alles fragen.« Stern wischte sich den Mund ab und stand auf. »Nur jetzt nicht, ich muss nämlich los.«

*

Stern war heute früh dran. Auch wenn die Nacht kurz gewesen war, hatte er dennoch tief geschlafen und fühlte sich halbwegs ausgeruht. Das war eigentlich fast immer der Fall, wenn er Silvia im Arm hielt und sie sich an ihn kuschelte. Diese Frau wirkte beruhigend auf ihn.

Als er auf der Dienststelle eintraf, war er der Erste vom Team. In seinem Büro setzte er sich an den Schreibtisch, zog die Brille aus dem Etui und schob sie auf seine Nase. Dann schaltete er den Computer ein, weil er wissen wollte, ob die Tatortsicherung schon erste Ergebnisse geschickt hatte. Wie er die Kollegen kannte, hatten sie die Nacht durchgearbeitet.

Doch im Mailordner befanden sich keine neuen Nachrichten.

Es wunderte ihn, dass Bormann ihn nicht längst kontaktiert hatte. Immerhin hatte der Dienststellenleiter Stern gestern aufgefordert, ihn umgehend in Kenntnis zu setzen, sobald er wisse, was in Kefermarkt passiert sei. Stern hatte vergessen, ihn anzurufen. Deshalb machte er sich nun auf den Weg in das Büro seines Chefs.

Als er das Vorzimmer betrat, begrüßte ihn dessen

Sekretärin mit überraschtem, aber freundlichem Blick. »Herr Chefinspektor, Sie schon so zeitig da?«

»Ja. Wir haben einen neuen Mordfall und …«

»Ich hab es mitbekommen, deshalb bin ich ja auch hier. Bei Mord gibt es keinen Sonntag. Heute werden sicher die Telefone glühen«, unterbrach Gloria Breitenbauer ihn. Seit er ihr ein Kätzchen geschenkt hatte, das Miro mit zwei weiteren Katzenkindern in seinem Wohnzimmer zur Welt gebracht hatte, war sie Stern äußerst zugetan. »Wirklich schlimm, dass das ausgerechnet auf dem Adventmarkt geschehen ist. Ich meine, das kriegst du ja nie mehr aus dem Kopf. Also ich gewiss nicht!«

»So ein Mord kommt bei uns ja nicht alle Tage vor. Sie können jeden Adventmarkt besuchen, den Sie wollen. Es wird Ihnen nichts passieren, außer dass Sie vielleicht zu viel Punsch trinken und davon Kopfweh kriegen«, versuchte der Chefinspektor einen Scherz.

»Ich weiß nicht …« Breitenbauer schien weiterhin unsicher zu sein.

»Ist Bormann auch da?«, wechselte Stern das Thema.

»Nein, und ich bin mir nicht sicher, ob er heute überhaupt kommt. Er hat mir um 3 Uhr in der Früh eine kryptische Nachricht geschickt. Warten Sie …« Sie holte ihr Handy aus der Tasche und wischte darauf herum. »Hier!« Sie hielt es Stern hin.

Der setzte seine Brille wieder auf und las laut vor: »Ich hab was chslechtes erwish udn kann hetue odr mogen nicht kome.«

»Ich hab etwas Schlechtes erwischt und kann heute oder morgen nicht kommen«, übersetzte Gloria Breitenbauer.

»Er hat auf der Weihnachtsfeier zu viel getrunken«, trug Stern seine Vision des Geschriebenen vor.

»Männer!«, fauchte die Sekretärin.

»Nicht alle Männer sind so«, stellte Stern rasch richtig. Seit sich Gloria Breitenbauer tränenreich von ihrem Freund getrennt hatte, war sie eine eingefleischte Singledame. Stern wusste bis heute nicht, warum die Beziehung zerbrochen war, darüber schwieg sie sich aus. Aber da sie seither auf alles Männliche allergisch reagierte, nahm er an, dass ihr Ex-Freund sie betrogen hatte.

»Sie sind nicht so, das weiß ich«, erwiderte sie versöhnlich.

Stern lächelte. »Sagen Sie Bormann bitte, dass er mich anrufen soll, wenn er wieder halbwegs nüchtern ist.«

Gloria Breitenbauer kicherte. »Das mache ich gerne.«

»Ich wünsche Ihnen einen hoffentlich stressfreien Tag, trotz der vielen Anrufe, die es wegen dem Mord geben wird.« Mit diesen Worten ging Stern zur Tür hinaus und in sein Büro zurück. Unterwegs holte er sich einen frischen Espresso aus der erst jüngst angeschafften Kaffeemaschine.

»Guten Morgen, Oskar!«, grüßte Mara Grünbrecht zehn Minuten später durch die offene Bürotür.

Sie sah müde aus, fand Stern. Es war ja auch eine kurze Nacht gewesen. Trotzdem war sie vor Heinze und Kolanski gekommen, die gestern schon viel früher nach Hause gefahren waren. »Guten Morgen, Mara!«, rief er ihr zu, stand auf und holte einen Kaffee. Den stellte er vor Grünbrecht auf den Schreibtisch.

»Danke! Den brauch ich jetzt unbedingt.« Sie trank einen großen Schluck.

»Heute gibt es keine Dienstbesprechung. Wenn Kolanski und Heinze da sind …«

»Sind hier!« Die Kollegen betraten das Großraumbüro und zogen ihre dicken Winterjacken aus.

»Die könnt ihr anlassen«, sagte der Chefinspektor zu ihnen. »Wir fahren nach Kefermarkt. Mara und ich reden mit den Kindern des Toten, und ihr beginnt mit den Befragungen der Aussteller. Die warten darauf, dass sie ihre Standln abbauen können, da der Markt heute geschlossen bleibt. Solange die Tatortsicherung kein grünes Licht gibt, darf allerdings nichts verändert werden. Und jemand soll die Marktbesucher kontaktieren, von denen wir die Daten aufgenommen haben, und sie fragen, ob ihnen etwas aufgefallen ist, das im Zusammenhang mit der Tat stehen könnte.«

»Na, dann los!« Heinze machte auf dem Absatz kehrt und verließ das Büro. Kolanski folgte ihm.

»Jetzt warst du aber streng zu den beiden«, rügte Grünbrecht ihren Chef und trank noch rasch einen Schluck, bevor er auch sie aufscheuchen würde.

»Findest du?« Stern zog überrascht eine Augenbraue hoch. Ihm war das gar nicht aufgefallen.

»Ja. Während wir beide Kaffee schlürfen, müssen die zwei gleich los.«

»Die fahren zu einem Adventmarkt mit vielen Genussständen, auch wenn die geschlossen haben. Aber die Standlbetreiber haben die guten Sachen ja nicht weggeschmissen und freuen sich bestimmt, wenn sie ein bisschen davon an den Mann oder die Frau bringen. Ich kann dir versichern, verhungern oder verdursten werden die beiden nicht. Außerdem befindet sich im Schloss das

Landesbildungszentrum vom Land Oberösterreich mit hervorragender Küche, da kümmert sich gewiss wer um sie, falls die Standlbetreiber schon alles eingepackt haben, wovon ich aber nicht ausgehe. Da haben die Kollegen von der Tatortgruppe sicher etwas dagegen.«

»Hast auch wieder recht.«

»Wir hingegen können nicht mit einer Bewirtung rechnen, wenn wir zu den Angehörigen fahren. Du solltest dir eher Sorgen um uns machen.« Stern trank seinen Espresso aus und ging zur Tür.

»Warte«, hielt Grünbrecht ihn zurück. »Wir brauchen noch die Adressen von der Anna und dem Matteo Grünwald. Ich besorge sie uns rasch. Bislang hatte ich keine Zeit dafür, wir sind ja erst spät in der Nacht von Kefermarkt zurückgekommen. Und heute warst du schon vor mir …«

»Alles klar, Mara«, unterbrach Stern die Kollegin und fragte sich, ob er wirklich so einen Druck auf seine Mitarbeiter ausübte. Das wollte er nämlich nicht, und er nahm sich vor, ein wenig mehr darauf zu achten.

*

Stern und Grünbrecht fuhren nach Kefermarkt zu der Adresse der Tochter des Verstorbenen. Dieses Mal saß Stern am Steuer, und eilig hatte er es beim Autofahren noch nie gehabt. Sie würden mit Anna Grünwald beginnen und anschließend den Bruder befragen. Stern war schon gespannt auf die »toughe Frau«, wie die Stiefmutter Anna Grünwald genannt hatte, die verheiratet war, offenbar bei der Hochzeit ihren Namen behalten hatte und Mutter von zwei Kindern war. Vor Frauen, die es schafften, Familie und Karriere unter einen Hut zu bekommen, hatte er großen Respekt. Er wusste, dass sie es gerade im ländlichen Raum nicht leicht hatten, da vielerorts Kinderbetreuungsplätze fehlten und es leider noch immer so war, dass der überwiegende Teil des Familienmanagements und der Care-Arbeit in der Hand der weiblichen Bevölkerung lag. Er war da keine Ausnahme gewesen, was er im Nachhinein bereut hatte. Spätestens, als sich Franziska von ihm hatte scheiden lassen.

Die Stimme aus dem Navigationsgerät lotste Stern durch Kefermarkt nach Kirchenfeld und zu einem schmucken Einfamilienhaus. Im Vorgarten stand ein aus Lichterschlauch gefertigter Schlitten mit einem vorgespannten Rentier, der in den Abendstunden gewiss Weihnachtsstimmung verbreitete.

»Dann schauen wir mal«, brummte der Chefinspektor, als sie ausgestiegen waren, und betätigte die Klingel.

Die Tür ging auf und eine Frau um die 40 stand vor ihnen. Ihre kurzen schwarzen Haare passten zu dem Bild, das sich Stern durch die bisherigen Erzählungen von ihr gemacht hatte. Sie war schlank und drahtig, woraus Stern schloss, dass sie offenbar neben Beruf, Haus und den Kindern auch noch Zeit für Sport fand.

»Anna Grünwald?«, fragte er.

»Ja, und Sie sind g'wiss die Herrschaften von der Polizei, die meine Stiefmutter ang'kündigt hat«, erwiderte die Tochter des Toten.

Stern stellte Grünbrecht und sich selbst vor und folgte der Hausherrin in die warme Stube.

»Der Verlust Ihres Vaters tut uns aufrichtig leid und wir können nachvollziehen, dass Sie anderes im Kopf haben, als unsere Fragen zu beantworten, aber wir müssen herausfinden, wer Ihrem Vater das angetan hat«, leitete Stern das Gespräch ein.

»Das verstehe ich. Fragen S' ruhig. Darf ich Ihnen inzwischen was anbieten? Kaffee oder Tee?«

»Für mich gerne Kaffee, wenn es nicht zu viele Umstände macht«, erwiderte Stern und nahm in der Sitzecke neben dem blaugrünen Kachelofen, von dem angenehme Wärme ausging, Platz.

Grünbrecht setzte sich neben ihn und bat um Tee. Minuten später kam Anna Grünwald mit den Getränken zurück und stellte zudem Milch und Zucker auf den Tisch.

»Haben Sie eine Ahnung, wer Ihren Vater ermordet hat?«, begann Stern mit jener Frage, mit der sie vielleicht am schnellsten zu einem Ergebnis gelangten.

Ihr Gegenüber schüttelte den Kopf. »Nein, eigentlich net.«

»Was heißt eigentlich?«, hakte Grünbrecht nach.

Anna Grünwald setzte sich zu den Inspektoren an den Tisch. »Mein Vater ist kein einfacher Mensch g'wesen. Er hat das getan, was er für richtig g'halten hat und was für ihn das Beste g'wesen ist. Er war sich halt selbst der Nächste, wie man so schön sagt. Er hat das Leben genossen, deshalb hat sich meine Mutter von ihm scheiden lassen. Er hat sie betrogen, wenn ihm g'rad danach g'wesen ist, das hat sie nimma ausg'halten. Klar, welche Frau will das schon?« Anna Grünwald blickte die Beamten fragend an, erwartete allerdings offenbar keine Antwort, da sie gleich weiterredete. »Und wie wir noch klein g'wesen sind, hat er für uns Kinder nie Zeit g'habt.

Er ist nach Hause g'kommen, da waren wir schon im Bett, und in der Früh ist er in die Arbeit g'fahren, da haben wir noch g'schlafen.« Sie sagte dies, als spräche sie nicht über ihren ermordeten Vater, sondern über einen Bekannten, fiel Stern auf. Offenbar hatte ihr Verhältnis unter dem Verhalten des Vaters bis zuletzt gelitten.

»Und wie war das mit seiner jetzigen Frau? Hat er die auch betrogen?«, wollte Grünbrecht erfahren.

»Wundern tät es mich net«, antwortete Anna.

»Etwas Genaueres wissen Sie nicht?«

Die Frau verneinte.

»Wie war Ihre Beziehung zu Ihrem Vater?«, fragte Stern.

»Geschäftlich, würde ich meinen, gut, privat hatten wir so unsere Probleme. Das ist aber net ung'wöhnlich, wenn man sich den ganzen Tag im Büro sieht und zusammenarbeiten muss, weil es da immer wieder zu Meinungsverschiedenheiten kommt.«

»Daraus schließe ich, dass Ihr Vater nach wie vor die Firma geleitet hat. Er war 68 Jahre alt, oder?«

»Ja, das stimmt«, erwiderte Anna Grünwald.

»Gab es diesbezüglich Schwierigkeiten?«, wollte Stern wissen.

Anna Grünwald seufzte. »Natürlich hat mein Vater das Unternehmen aufg'baut, das stellt ja keiner infrage. Aber es hätten in den letzten Jahren einige Modernisierungen durchg'führt werden müssen. Gegen die hat er sich g'wehrt. Er wollt das Geld lieber für sich ausgeben, solange er noch etwas davon hat, hat er g'sagt, und wann er irgendwann einmal nimma ist, dann kann eh modernisiert werden.«

»Das Unternehmen läuft doch gut, oder?«

»Wir können uns net beschweren«, antwortete die Frau.

»Der Klimawandel und der russische Angriffskrieg spielen Ihnen dabei in die Hände. Alle wollen weg von den fossilen Brennstoffen und schaffen sich Heizungen an, die mit erneuerbaren Energien betrieben werden«, resümierte Stern.

»Mein Vater hatte die Vision vom biologischen Heizen, schon lange bevor es in der Gesellschaft ang'kommen war. Unsere Firma gibt es seit über 20 Jahren, da haben die meisten noch auf billiges Öl oder Erdgas g'setzt, net aber mein Vater. Da war von diesen ganzen Krisen noch gar keine Rede.«

»Ein Visionär, wie man so schön sagt«, schloss Stern.

»So hat er sich selber am liebsten g'sehen«, bestätigte Anna Grünwald lächelnd.

»Was ist eigentlich Ihre Funktion im Unternehmen?«, erkundigte sich Grünbrecht.

»Offiziell bin ich für Marketing und Finanzen zuständig.«

»Und inoffiziell?«

»Kümmere ich mich um das, was gerade anfällt. Ich bin sofort nach meinem Studium an der JKU in Linz ins Unternehmen eing'stiegen und hab alles von der Pike auf g'lernt. In jeder Abteilung bin ich g'wesen und kenne jeden Handgriff, ang'fangen damit, wie man Öfen zusammenbaut, bis hin zur Logistik. Wenn es hakt, kommen die Leut zu mir.« Anna Grünwald schaute die Inspektoren selbstbewusst an.

Eine toughe Frau, schoss Stern erneut die Formulierung der Stiefmutter durch den Kopf. »Werden Sie die Nachfolge Ihres Vaters antreten?«, fragte er.

»Davon gehe ich aus. Ich hab g'schuftet wie ein Ochs und nebenbei die Kinder großg'zogen. Ohne meinen Mann wäre das freilich net g'gangen, der hat mich immer unterstützt und mir vieles abg'nommen. Doch die Leitung der Firma steht eindeutig mir zu!«

»Wo sind Ihr Mann und Ihre Kinder jetzt?«

»Mein Mann ist in der Schule, er ist Lehrer. Er muss noch schnell was erledigen, hat er g'sagt, damit ein Kollege für ihn unterrichten kann, weil er ein paar Tage wegen dem Tod meines Vaters ausfallen wird. Und die Jungs sind oben in ihren Zimmern. Wollen Sie mit denen reden?«

»Nein, vorerst nicht. Sollten sich Fragen ergeben, kommen wir darauf zurück.«

Anna Grünwald nickte.

»Wie war das Verhältnis zwischen Ihrem Vater und seiner jetzigen Ehefrau?«, interessierte sich Stern für die Meinung der Tochter.

»Mein Vater ist mit der Maike glücklich g'wesen. Sie hält ihn jung, hat er g'sagt. Klar, der Altersunterschied von 28 Jahren war beträchtlich, aber für mich war's okay, solange es für ihn g'passt hat.«

»Hat Maike als seine Ehefrau nicht auch ein Recht auf die Firma?«, fragte Grünbrecht.

»Sicher net!«, erwiderte Anna Grünwald entschieden. »Die hat doch nie was fürs Unternehmen g'macht! Das Private ist das eine und das Geschäftliche das andere. Die Firma geht die Maike nix an.«

»Sie behauptet, dass sie Ihren Vater unterstützt hat, wo sie konnte«, brachte Stern vor.

»Tja«, zischte die Tochter des Ermordeten. »Das ist wohl Ansichtssache.«

»Was heißt das?«

»Dass sie ihn begleitet hat, wenn er irgendwo eingeladen g'wesen ist und es ein kostenloses Buffet g'geben hat, mehr net«, echauffierte sich die Frau. »Und g'arbeitet hat sie schon gar net, vielleicht hat sie mal bei ihm im Büro vorbeig'schaut und ist auf seinem Schoß g'sessen, aber das war's dann. Unter arbeiten versteh ich was anderes. Außerdem: Was hätt sie denn Großartiges machen sollen? Die hat ja keine Ahnung von dem, was wir tun. Die legt irgendwo einen Schalter um und schon wird es warm in ihrem schmucken Palast, aber warum und wie, weiß die doch gar net.« Anna Grünwald schnaubte. Die Inspektoren hatten offenbar einen wunden Punkt erwischt.

»Hat sich Ihr Vater darüber beschwert, dass Maike ihn nicht ausreichend unterstützt hat? Dass sie, so wie Sie es sagen, nicht mitgearbeitet hat?«

»Nein. Mein Vater hat die Maike auf Händen g'tragen. Sie hat alles von ihm g'kriegt …«

»Auch die Firma?«

Anna Grünwald schien der Gedanke zu erschrecken. »Ich hoff net!«

»Ich finde es ungewöhnlich, dass Ihr Vater die Firmennachfolge nicht vorbereitet hat. Ich meine, so eine geordnete Übergabe zu Lebzeiten wäre doch für alle von Vorteil gewesen. Warum hat er das denn nicht gemacht?«, fragte Grünbrecht.

»Mein Vater war kein gewöhnlicher Mann. Er wollt die Fäden erst aus der Hand geben, wenn er selbst net mehr entscheidungsfähig g'wesen wäre oder ihn andere Umstände daran g'hindert hätten, die Firma zu leiten.

So hatte er bis zuletzt alles unter Kontrolle«, erklärte Anna Grünwald.

»Wie schaut es mit der Konkurrenz aus? Gibt es da Probleme?«, wollte Stern erfahren.

»Net wirklich.« Die Tochter des Toten schüttelte den Kopf. »Oder warten Sie ... Einer hat meinem Vater mal ein Angebot g'macht, dass er die Firma kaufen möchte, aber mein Vater hat das selbstverständlich abg'lehnt.«

»Wer war der Interessent?«

»Alfons Steffenberger. Ihm g'hört die NewÖfen Group. Er wollt mit dem Kauf sein Imperium erweitern. Ich nehme an, dass unsere Marktzugewinne der letzten Jahre auf seine Kosten gehen und er durch uns Marktanteile verloren hat.«

Stern deutete Grünbrecht, sich den Namen zu notieren. Vielleicht hatte dieser Steffenberger zu härten Mitteln als üblich gegriffen, um einen Konkurrenten loszuwerden. Denn sollte Maike Grünwald die Firma erben, würde sie das Unternehmen vielleicht verkaufen – zumindest hielt Stern das für denkbar angesichts dessen, was sie bislang erfahren hatten. Maikes Herz hing als Angeheiratete gewiss weniger an dem Unternehmen, als es bei Jakob Grünwalds Kindern der Fall war.

»Waren Sie gestern auch auf dem Adventmarkt beim Schloss?«

»Mein Mann und ich gehen jedes Jahr dorthin. Das g'hört zu unserem Ritual, damit bringen wir uns in Weihnachtsstimmung. Und das eine oder andere Geschenk kaufen wir immer bei den Standln. Sie sollten sich den Weinberger Schloss Advent mal anschauen. Es kommen eh viele aus Linz her, eigentlich von überall aus Oberösterreich.« Anna Grünwald seufzte. »Für uns wird es net mehr das Gleiche sein, jetzt, nachdem …« Sie brach ab und kämpfte das erste Mal mit den Tränen.

Bei der Erwähnung der Geschenke fiel Stern ein, dass er auch noch eines besorgen musste, und zwar für Silvia Burgstaller. Natürlich schenkte er ebenso seiner Tochter und seinen Enkelkindern etwas an Heiligabend, doch das war relativ einfach. Für Melanie und Tobias bekam er von seiner Tochter eine Liste, was sie sich wünschten, aus der er wählen konnte. Dann brauchte er nur noch in ein Geschäft zu gehen und die Sachen zu kaufen. Und seine Tochter und seinen Schwiegersohn beglückte er meist mit Gutscheinen für Thermen oder teure Restaurants, da sie sich einen Besuch dort selber nicht gönnten. Er fand, dass die beiden ohnehin viel zu wenig Zeit miteinander verbrachten und eventuell Gefahr liefen, sich auseinanderzuleben.

Aber was sollte er Silvia schenken?

Ein leichtes Unwohlsein breitete sich in seiner Magengegend aus, verursacht durch Ratlosigkeit und der einsetzenden Panik, keine passende Idee zu haben.

»Entschuldigen Sie«, durchbrach Anna Grünwald Sterns Gedanken und tupfte sich die Wangen trocken.

»Wann haben Sie den Adventmarkt verlassen?«, fragte Grünbrecht sanft.

»Das war kurz nach Mittag. Wir sind bereits nach dem Frühstück rauf, wissen S'? Wir haben oben bei den Standln Bratwürsteln g'gessen und sind so gegen eins oder halb zwei heim«, erwiderte die Frau nun wieder gefasster.

Der Mord an Jakob Grünwald hatte erst nach 18 Uhr stattgefunden, wussten die Kriminalbeamten. Zu diesem Zeitpunkt war das Ehepaar also nicht mehr auf dem Schloss gewesen.

»Danke, Frau Grünwald, dass Sie sich die Zeit genommen haben, mit uns zu reden.« Stern trank seinen Kaffee aus und erhob sich von der bequemen Sitzecke neben dem Kachelofen.

Die Inspektoren verabschiedeten sich.

Draußen empfingen sie eisiger Wind und Temperaturen um den Gefrierpunkt. Nach der angenehmen Wärme in der gemütlichen Stube wirkte die Kälte umso aggressiver. Stern beeilte sich, in den Wagen zu steigen. Grünbrecht nahm neben ihm Platz und wartete darauf, dass er den Motor startete und die Heizung zu laufen anfing.

»Du, Mara, ich muss dich etwas fragen«, begann Stern zögernd.

»Ja, was denn?« Grünbrecht schaute ihn von der Seite an.

»Ich möchte … Ich brauche …«

»Was?« Die Gruppeninspektorin lachte ob Sterns Verlegenheit.

»Ich will für Silvia ein Weihnachtsgeschenk kaufen, weiß aber nicht, was«, rückte er mit der Sprache heraus. »Es ist lange her, dass ich mir um solche Dinge Gedanken machen musste.«

»Um dir einen guten Tipp geben zu können, kenne ich Silvia zu wenig. Aber mit einem Parfum, das diesen Namen auch wert ist, liegst du immer richtig. Gewand oder Schuhe sind ebenfalls nie verkehrt, halt etwas, das sie sich selber nicht kaufen würde, weil es ihr beispielsweise zu teuer ist. Oder wenn du weniger ausgeben möchtest, dann wären solche Sachen, wie wir sie auf dem Adventmarkt gesehen haben, ebenso möglich. Etwas Außergewöhnliches, Künstlerisches, was nicht jeder hat«, erwiderte Grünbrecht.

Recht hilfreich waren ihre Tipps in der Tat nicht, fand Stern, dafür waren sie zu allgemein gehalten. Und wie sollte er für Silvia ein passendes Kleidungsstück aussuchen? Er selbst kaufte sich stets die gleichen Sachen, weil er mit Mode nichts am Hut hatte. Trotzdem sagte er: »Danke, irgendetwas ist bestimmt dabei.« Er startete den Motor, und Grünbrecht gab die Adresse von Matteo Grünwald ins Navigationsgerät ein.

6. KAPITEL

Hermann Kolanski und Martin Heinze befragten nun schon seit zwei Stunden die Aussteller auf dem Schloss Weinberg. Man hatte ihnen dafür zwei Räume zur Verfügung gestellt und sie mit heimischen Schmankerln von den Standbesitzern versorgt, die wegen des geschlossenen Marktes ohnehin auf ihren Waren sitzen blieben. Böse Zungen könnten behaupten, dass es ein Bestechungsversuch wäre, den Adventmarkt doch stattfinden zu lassen, da weiterhin Besucher anreisten, die dann vor verschlossenen Türen standen. Offenbar hatte es sich bislang nicht überall herumgesprochen, was auf dem Weinberg passiert war.

Der Mann, der Kolanski gegenübersaß, war sichtlich über den Todesfall schockiert. Vielleicht auch, weil die Polizei ihn befragte, was sich für einen Unbedarften anfühlen musste, als hätte er etwas mit der Sache zu tun. Vielleicht war der Mann aber auch ein guter Schauspieler und hatte tatsächlich etwas mit dem Mord zu tun, immerhin verkaufte er an seinem Stand aus Holz gefertigte Tannenbäume. Doch auch wenn er unschuldig war, sorgte wahrscheinlich allein die Befürchtung, der Täter könnte ausgerechnet bei ihm die Tatwaffe erworben haben, für Unwohlsein.

»Ich kann mich doch net an jeden erinnern, der so einen Baum g'kauft hat«, antwortete er auf Kolanskis

Frage. »Ich kann mich an gar keinen mehr erinnern. Ich bin abends froh, wenn ich möglichst viele von den Dingern losg'worden bin und ich sie net wieder nach Hause schleppen muss. Unterm Jahr verkauft sich so was verständlicherweise net!«

»Haben Sie etwas bemerkt, das uns bei der Aufklärung des Mordfalles weiterhelfen könnte?«, fragte der Gruppeninspektor.

»Es laufen so viele Depperte herum, von denen könnt jeder euer Mörder sein. Die Leut werden immer unfreundlicher und unverschämter und … wie g'sagt, depperter«, behauptete der Mann.

Kolanski seufzte. »Ist Ihnen denn einer von diesen Depperten besonders aufgefallen?«

Der Mann schüttelte den Kopf. »Ich erinnere mich lediglich an einen, der versucht hat, den Preis runterzuhandeln. So ein Baum kostet eh nur 20 Euro, und der hat g'sagt, er gibt mir zehn. Wir sind doch net auf einem türkischen Basar!«, regte sich der Mann auf.

Kolanski hatte genug gehört. »Danke! Wenn sich noch Fragen ergeben, melden wir uns.«

»Kann ich endlich zusammenpacken und heimfahren?« Der Mann hatte den anfänglichen Schock offenbar überwunden und wirkte jetzt genervt.

»Wenn die Tatortgruppe den Bereich freigibt, in dem Sie Ihren Stand haben, dann ja. Sonst müssen Sie noch ein wenig Geduld haben. Auf Wiedersehen!«

Der Holzbaumverkäufer murrte, stand auf und verließ den Raum.

»Der Nächste bitte!«, rief Kolanski durch die offene Tür.

Ein Mann und eine Frau traten ein.

»Bitte einzeln«, verlangte der Gruppeninspektor. Jeder sollte ungehindert sagen können, was er wollte.

»Das ist meine Frau«, begehrte der Mann auf.

»Die sicher für sich selbst reden kann, oder?« Kolanski sah die Angesprochene an.

»Ja schon, aber …«

»Kein Aber«, verlangte der Gruppeninspektor. »Mit Ihnen fange ich an.« Er deutete auf den Ehemann.

Die Frau zog sich zurück und schloss hinter sich die Tür. Der Mann setzte sich Kolanski gegenüber.

»Ihr Name?«, fragte der Gruppeninspektor.

»Horst Steinwim.«

Kolanski notierte die Daten in seinem Laptop. »Haben Sie den Toten gekannt?«

»Nein.« Der Angesprochene schüttelte den Kopf.

»Haben Sie etwas beobachtet, das uns bei der Aufklärung des Falls behilflich sein könnte?«

»Ja mei … vielleicht.«

Kolanski zog interessiert die Augenbrauen hoch. »Und wollen Sie mir das auch mitteilen?«

»Der Tote hat mit meiner Frau ang'bandelt, wenn S' wissen, was ich meine.«

»Ich verstehe, was anbandeln bedeutet, nicht aber, wie ein Toter das tun könnte«, erwiderte Kolanski genervt, da er schon zig solcher Befragungen durchgeführt hatte, bei denen allesamt nichts rausgekommen war.

»Da war er ja noch net tot, das war vorher. Er hat sich bei uns umg'schaut und mit der Resi g'redet. Zuerst eh normal, doch irgendwann ist er immer lustiger und angeberischer g'worden.« Der Mann verzog verärgert das Gesicht.

»Und dann?«, bohrte Kolanski nach.

»Ist er g'gangen.«

»Hat er einen Holzbaum bei Ihnen gekauft?«

»Nein, hat er net, des ... Na ja ...«

»Was?«

»Geizig ist er offenbar auch noch g'wesen. Zuerst meine Frau anbraten und dann nix kaufen«, echauffierte sich der Mann.

»Wie hat Ihre Frau reagiert?«, wollte Kolanski erfahren. Denn vielleicht hatte ihr die Unterhaltung ja gefallen, woraufhin der Ehemann durchgedreht war und den vermeintlichen Nebenbuhler aus dem Weg geräumt hatte.

»Der hat es g'fallen«, bestätigte der Aussteller auch schon. »Drum wollt ich ja, dass wir zusammen eine Aussage machen, weil die lässt das sicher unter den Tisch fallen, weil ihr das jetzt unangenehm ist, wir haben deswegen nämlich g'stritten. Aber ich hab mir g'dacht, dass es wichtig für den Fall sein könnt, oder?«

»Da haben Sie recht«, erwiderte Kolanski. »Wo waren Sie gestern zwischen 18 und 20 Uhr?«

»Brauch ich ein Alibi?«

»Es ist immer von Vorteil, wenn man eines hat. Also?«

»Um sechs, wie der Markt zug'sperrt hat, haben die Resi und ich das Geld weg'bracht, und anschließend haben wir draußen bei den Standln noch was g'gessen. Da können S' die anderen fragen, die bestätigen Ihnen das.«

»Das werde ich. Haben Sie sonst noch etwas beobachtet? Vielleicht jemanden, der sich seltsam verhalten hat?«

»Nein.«

»Sicher?«

»Sicher.«

»Gut, Sie dürfen gehen. Und schicken Sie mir bitte Ihre Frau herein.«

Nach dem Ehemann nahm nun dessen Angetraute dem Gruppeninspektor gegenüber Platz.

»Ihr Name?«

»Theresia Steinwim.«

»Bitte erzählen Sie mir, was Sie beobachtet haben«, forderte Kolanski sie auf.

»Der Horst hat Ihnen sicher g'sagt, dass der Tote mit mir g'schäkert hat, bevor er umg'bracht worden ist. Hab ich recht?«

Kolanski bestätigte die Vermutung der Frau.

»Das war ganz harmlos, wir haben uns nur unterhalten. Er hat ein bisschen was von uns wissen wollen, wo wir herkommen und seit wann wir auf solche Märkte fahren, und das war dem Horst schon zu viel. Am liebsten wär ihm, keiner beachtet mich. Wenn's nach ihm ginge, müsst ich so eine Burka tragen wie die armen Frauen in Afghanistan, damit mich keiner sieht. Gott sei Dank gibt es das bei uns net!«

»Ist Ihr Mann so eifersüchtig?«

»Das kann man sagen!« Die Frau nickte bekräftigend.

»Trauen Sie ihm zu, dass er Jakob Grünwald aus Eifersucht ermordet hat?«

Die Frau hob erschrocken beide Hände. »Geh, doch net der Horst! Der ist zwar eifersüchtig, aber gegen ein anderes Mannsbild traut sich der nix zu sagen, geschweige denn mehr. Drum verkauf ich unser Zeug und net er. Er sitzt schweigend daneben und drechselt.«

»Wo war Ihr Mann, nachdem der Markt um 18 Uhr geschlossen hatte?«, bohrte Kolanski trotzdem nach.

»Bei mir. Wir haben die Einnahmen vom Tag in unser Zimmer g'tragen und sind dann was essen g'gangen, zu den Standln vor dem Schloss. Die haben länger offen, wissen S'. So gegen halb neun sind wir wieder in unsere Unterkunft. Wir wollten fit sein für heute. Ein ganzes Wochenende auf den Füßen ist ziemlich anstrengend.«

»Das kann ich mir vorstellen«, erwiderte Kolanski. »Können Sie sich erinnern, einen von Ihren Tannenbäumen verkauft zu haben?«

»Natürlich. Es sind nämlich nur drei g'wesen, leider. Das ist ungewöhnlich wenig, weil sonst sind die der absolute Renner. Keine Ahnung, wieso heuer net, vielleicht, weil es mehr Standl g'geben hat, die sie ang'boten haben.«

»Und wer hat die drei gekauft?«

»Den ersten ein Mann, der war so um die 30. Der war net von da, der hat einen ausländischen Akzent g'habt. Den zweiten Baum hat eine Mutter für ihre Tochter g'kauft, die Kleine war g'rad mal acht Jahre alt. Sie hat mir erzählt, dass der Baum für ihren Wald ist, wo ihre Tiere leben. Sie hat angeblich schon vier solche Bäume. Jedes Jahr kommt einer dazu. Und ... warten Sie ... ah ja, den dritten hat eine Frau mit langen schwarzen Haaren mitg'nommen. Der hat der Baum so gut g'fallen, weil er ein paar Äste in der Krone g'habt hat, das hat ihn gleich viel lebendiger ausschauen lassen. Sie wird noch eine Lichterkette drum herum machen und ihn so als Weihnachtsdeko verwenden, hat sie mir erzählt.«

»Wow!« Kolanski war beeindruckt vom guten Gedächtnis der Theresia Steinwim, insbesondere im Vergleich zu ihrem Mann, der sich lediglich an das Gespräch zwischen seiner Frau und dem Toten hatte erinnern können. »Würden Sie die Personen wiedererkennen, wenn wir Ihnen Fotos zeigen?«

»Ich glaub schon. Sicher bin ich mir aber net«, gab die Ausstellerin ehrlich zu. »Gestern war viel los, da hab ich in unzählige G'sichter g'schaut.«

Kolanski notierte sich neben den Daten der Eheleute Steinwim den Hinweis, dass die Frau für eine etwaige Identifizierung des Täters infrage kam. Einen Versuch war es jedenfalls wert. »Gut, Sie dürfen gehen, und schicken Sie mir bitte den Nächsten herein.«

»Wollen S' noch einen Kaffee? Oder ein paar Nusskipferl?« Theresia Steinwim deutete auf ein leeres Häferl vor Kolanski und einen Teller mit einem halb aufgegessenen Bauernkrapfen darauf.

»Nein, danke.« Kolanski hob abwehrend die Hände. »Wenn ich noch etwas esse, platze ich.«

Die folgende Standbesitzerin hatte rot gefärbte Haare und trug einen Teil ihrer am Stand feilgebotenen Ware am eigenen Körper. Ketten in unterschiedlichen Längen mit verschiedenen Anhängern hingen um ihren Hals, und Ohrringe, die bis zu den Schultern reichten, steckten in gedehnten Ohrlöchern. Zur Aufklärung des Falls konnte sie nichts beisteuern, aber sie interessierte sich sehr für den Gruppeninspektor. Süßes Gebäck vom Markt bot sie ihm zwar nicht an, dafür ließ sie ihn wissen, dass sie Single und für so manches zu haben sei.

Nach vier weiteren Befragungen brauchte Kolanski eine Pause. Er begab sich in den Raum von Heinze, in dem dieser gerade mit einem Standbesitzer über die anstrengende und unsichere Arbeit als Kunsthandwerker diskutierte. So empfand es zumindest der Mann, der sich alsdann mit den Worten »Aber des hat alles nix mit eurem Mordfall zu tun« erhob und verabschiedete.

»Wie viele hast du schon?«, fragte Kolanski den Kollegen und lehnte sich an den Tisch.

Heinze sah in seiner Liste nach. »24. Und du?«

»In etwa die gleiche Anzahl.«

»Wie viele sind es insgesamt?«

»An die 120.«

Heinze stieß die Luft aus. »Das schaffen wir heute nie.«

»War bei dir jemand dabei, der uns weiterhilft?«, wollte Kolanski erfahren.

Heinze zuckte mit den Schultern. »Manche glauben, den Täter gesehen zu haben, können ihn allerdings nicht beschreiben. Sie wissen nur, dass er finster dreingeschaut hat und dunkel angezogen gewesen ist. Das trifft, wie wir wissen, auf alle Bösewichte im Fernsehen zu. Und andere haben sich erhofft, dass ich ihnen erzähle, was wir wissen, und waren enttäuscht, als das nicht der Fall war. Was Konkretes hab ich also nicht. Wie schaut es bei dir aus?«

»Ähnlich. Das Interessanteste war ein Ehepaar, bei dem der Typ eifersüchtig gewesen ist, weil seine Frau nett zu dem Toten war, also bevor er umgebracht wurde.« Kolanski schüttelte den Kopf. »Und stell dir vor: Sie hat sich an jeden erinnern können, dem sie gestern so einen

Tannenbaum verkauft hat. Aber ob die Tatwaffe tatsächlich von ihrem Standl stammt, wissen wir nicht, es gibt ja mehrere Aussteller, die solche Tannenbäume anbieten. Wenn die anderen Befragungen nichts Konkreteres ergeben, soll sich ein Phantombildzeichner mit ihr zusammensetzen und ein paar Bilder anfertigen.«

»Kann er das nicht gleich machen? Dann könnten wir hier aufhören und …«

»Nein, das geht nicht. Was, wenn jemand unter den noch ausständigen 70 Ausstellern ist, der uns genauere Hinweise geben kann? Vielleicht, weil er den Täter beobachtet hat?«

»Schon klar«, murrte Heinze und biss in ein Nusskipferl.

»So, die Pause ist vorbei, machen wir weiter.« Kolanski stieß sich vom Tisch ab und ging zur Tür, ohne zu ahnen, was ihn draußen erwartete.

7. KAPITEL

Stern und Grünbrecht erreichten die Adresse von Matteo Grünwald. Der Sohn des Toten wohnte in einem alten Mühlviertler Bauernhof im Steinbloßstil, der gerade umgebaut wurde. Baumaterial lagerte vor dem Hof, daneben standen zwei Schuttcontainer. Aktuell waren die Renovierungsarbeiten wohl wegen der niedrigen Temperaturen eingestellt, bestimmt würden sie im Frühling weitergehen.

»Wenn das einmal fertig ist, schaut das sicher toll aus«, tat Grünbrecht ihre Meinung über die Modernisierung des Gebäudes kund.

Währenddessen stellte Stern den Wagen in der geschotterten Zufahrt ab. »So ein Umbau verschlingt jede Menge Geld«, fiel ihm als Erstes dazu ein.

»Als ein Grünwald wird er sich das bestimmt leisten können«, erwiderte Grünbrecht.

»Das kann gut möglich sein.« Stern betätigte die Türglocke, die neu installiert worden war. In der Zeit der Errichtung des Bauernhauses hatte man noch mit einem metallenen Klöppel gegen das Holz geschlagen. Bei einem Teil des Hofes schien der Umbau so weit fortgeschritten zu sein, dass man bereits darin wohnen konnte. Rund um die neuen Fenster und Türen sah man zwar noch das Rot der unter dem Putz befindlichen Ziegel, aber die Instandsetzung der Fassade war gewiss das Letzte, das man in Angriff nehmen würde.

Die Tür ging auf und ein Mann mittleren Alters stand vor den Inspektoren. An den Seiten waren seine Haare leicht angegraut, die Augen strahlten ungewöhnlich blau, und der Mund war gleichmäßig geschwungen. Er trug einen hellgrauen Anzug, bei seinem weißen Hemd waren die oberen Knöpfe geöffnet, was locker und lässig wirkte.

»Herr Matteo Grünwald?«, fragte Stern.

»Ja?«

»Chefinspektor Oskar Stern, das ist meine Kollegin Gruppeninspektorin Mara Grünbrecht. Wir möchten mit Ihnen über Ihren Vater sprechen«, erklärte Stern.

»Kommen Sie herein.« Matteo Grünwald ließ die Beamten eintreten. »Ich hab schon auf Sie gewartet. Meine Stiefmutter hat Sie angekündigt. Bitte, nehmen Sie Platz.« Der Hausherr deutete in dem großen urigen Wohnbereich auf eine moderne Sitzgruppe neben einer weißen Hochglanzküchenzeile. Hier traf Modernes auf Altes. Sämtliche Wände waren entfernt und die Decken herausgerissen worden. Dadurch sah man bis zu dem Dachgebälk hinauf, das zwischen den Sparren isoliert worden war. Durch die neuen Fenster und zwei große Terrassentüren fiel genügend Licht herein, um den Raum nicht schummrig wirken zu lassen. Statt eines Obergeschosses war eine Galerie eingezogen worden, die gut ein Drittel des unteren Raumes bedeckte. Stern fiel auf, dass dort Regale mit Büchern die Wand säumten und davor ein gemütlicher Ohrensessel zum Verweilen einlud. Eine metallene Wendeltreppe verband die beiden Ebenen miteinander.

»Schön haben Sie es«, sagte der Chefinspektor, nachdem er alles bestaunt hatte. So zu wohnen würde ihm auch gefallen, leider fehlte ihm dazu das nötige Geld. Als Beamter konnte er sich Derartiges nicht leisten. Da hätte er schon reich heiraten oder erben müssen.

»Danke, leider ist der Umbau des Gebäudes noch lange nicht abgeschlossen, nur der Wohnbereich ist fertig. Doch bei diesen Temperaturen fehlt einem die Lust, daran weiterzuarbeiten, es müssen noch die Fassade und einige Nebenräume gemacht werden«, erwiderte Matteo Grünwald. Es war auffallend, dass er Hochdeutsch redete.

»Sie erledigen das doch nicht alles selbst«, warf Grünbrecht ein.

»Natürlich nicht, trotzdem bin ich viel vor Ort, wenn die Handwerker hier sind. Jemand muss ihnen auf die Finger schauen, damit sie die Arbeiten ordnungsgemäß ausführen.« Der Mann lächelte. »Aber deswegen sind Sie nicht hergekommen, oder?«

»Nein, natürlich nicht.« Stern setzte sich auf einen von sechs modernen Plastikstühlen, die rund um einen Tisch mit Glasplatte auf einem Tierfell standen. »Der Tod Ihres Vaters tut uns leid, Sie haben unser aufrichtiges Mitgefühl.«

»Danke.« Matteo Grünwald nahm ebenfalls Platz.

Kurz war Stern aufgrund der Gefasstheit seines Gegenübers irritiert, immerhin waren die Kriminalbeamten wegen des Tods eines Familienmitgliedes hier. Doch auch Anna Grünwald hatte sich ihnen gegenüber derart kontrolliert gezeigt. Vielleicht lag Selbstbeherrschung grundsätzlich in der Familie. »Hatte Ihr Vater Feinde – beziehungsweise können Sie sich vorstellen, wer ihn umgebracht haben könnte?«, begann der Chefinspektor mit der Befragung.

»Jeder erfolgreiche Unternehmer hat Konkurrenten, die ich jetzt nicht unbedingt als Feinde bezeichnen würde. Aber meine Erfahrung lehrte mich, dass die Menschen nicht nur nett sind und oftmals ihr wahres Ich hinter einer Maske verstecken, bis ein Ereignis ihr tiefstes Inneres offenbart.«

»Was machen Sie beruflich?«, fragte Grünbrecht ob dieser beinahe philosophischen Antwort.

Matteos blaue Augen richteten sich auf die Gruppeninspektorin und es kam Stern vor, als bräuchte er nun ein wenig länger, um zu antworten. »Ich bin Rechtsanwalt. Seit vier Jahren arbeite ich allerdings nicht mehr in einer Kanzlei, sondern als Jurist im Unternehmen meines Vaters.«

»Wie kam es dazu?«, wollte Stern erklärt haben.

»Mein Vater hat mich darum gebeten. Das Alter hat sich bei ihm hin und wieder bemerkbar gemacht. Er wollte vorsorgen, falls er einen Herzinfarkt oder dergleichen erleidet, dass jemand das Unternehmen weiterführen kann. Ja, das oder so ähnlich waren seine Worte. Dass ihn jemand umbringt, hätte er natürlich nie erwartet. Das nehme ich zumindest an. Jedenfalls hat er mir gegenüber keine solche Ängste geäußert.« Matteo Grünwald änderte die Sitzposition und schlug die Beine übereinander.

»Ihre Schwester arbeitet doch seit Langem im Unternehmen. War das Ihrem Vater nicht Absicherung genug?«, fragte Grünbrecht.

Matteo Grünwald zögerte und wischte einen nicht vorhandenen Fussel von der Tischplatte. Dann sah er hoch und blickte Grünbrecht direkt in die Augen. »Sie ist eine Frau«, sagte er.

Grünbrecht schnaubte.

Stern befürchtete, dass diese Aussage bei der Gruppeninspektorin den bösen Cop hervorrufen könnte, da sich Matteo Grünwald genau als der Typ Mann entpuppte, auf den sie allergisch reagierte. Da halfen auch seine strahlend blauen Augen nichts, die auf Frauen gewiss attraktiv wirkten.

Der böse Cop trat sogleich in Erscheinung. »Aha, so einer war Ihr Vater also«, stieß Grünbrecht angewidert aus.

»Was meinen Sie?«, hakte Matteo Grünwald sichtlich zufrieden nach, da seine Provokation funktionierte.

»Ihrem Vater sind Frauen zu minder gewesen, deshalb hat er Sie in die Firma geholt. Das ist es doch, was Sie uns mitteilen wollen, oder? Wo waren Sie all die Jahre? Und warum sind Sie überhaupt von zu Hause weg? Haben Sie dem Druck, den Ihr Vater auf Sie und Ihre Schwester ausgeübt hat, nicht standgehalten?«, fragte die Gruppeninspektorin.

Stern wartete gespannt auf die Reaktion des Mannes. Der wandte sich ihm zu und sagte: »Ich muss darauf nicht antworten.«

»Sie sollten aber«, erklärte der Chefinspektor. »Außer es ist Ihnen lieber, dass wir unser Gespräch auf der Dienststelle in Linz fortsetzen.« Somit war klar, wer hier das Sagen hatte, und Matteo Grünwald war es nicht. Stern lehnte sich zurück und hoffte, dass der Stuhl unter seinem Gewicht nicht zusammenbrach. Recht stabil wirkte das moderne Sitzmöbel aus Plastik und Metall nämlich nicht. Doch der Chefinspektor wollte auch durch seine Körperhaltung signalisieren, dass er das Feld seiner Kollegin überließ.

»Ich bin viel herumgekommen«, erklärte Matteo Grünwald. »Nach dem Jurastudium bin ich nach Wien gegangen, hab dort das Gerichtsjahr absolviert und danach fünf Jahre in einer Kanzlei gearbeitet. Anschließend habe ich die Prüfung zum Rechtsanwalt abgelegt. Danach war ich einige Zeit in der Schweiz bei einem österreichischen Unternehmen. Die letzten Jahre habe ich in Linz als Rechtsanwalt gearbeitet, bis ich dem Ruf meines Vaters in die Heimat gefolgt bin. Reicht Ihnen das?«

»Das beantwortet nicht meine Frage, warum Sie nicht sofort nach dem Studium in das Unternehmen Ihres Vaters eingestiegen sind wie Ihre Schwester«, stellte Grünbrecht klar.

»Weil ich es nicht wollte. Ich musste anderswo Erfahrungen sammeln, und das war gut so. Das fand übrigens auch mein Vater.«

»Ihn können wir leider nicht mehr danach fragen«, erwiderte Grünbrecht.

Stern spürte die Abneigung zwischen den beiden weiter anwachsen, wusste allerdings nicht, wohin sie das führen würde, deshalb hielt er sich vorerst zurück.

»Zweifeln Sie an meinen Worten?« Der Sohn des Toten beugte sich nach vorne und fixierte die Gruppeninspektorin mit starrem Blick wie eine Schlange ein Kaninchen.

»So wie Sie offenbar an meiner Kompetenz zweifeln, weil ich eine Frau bin«, unterstellte Grünbrecht ihrem Gegenüber.

»Das habe ich nicht gesagt …«

»Sie haben es aber gemeint und wollten auch, dass ich es so verstehe.«

Matteo Grünwald antwortete nicht, sondern starrte durch die Glasplatte des Tisches auf den Boden.

»Können wir also weitermachen?«, fragte Grünbrecht und redete los, als Grünwald gerade nach Luft schnappte. »Wir brauchen die Namen der Firmen und Kanzleien, in denen Sie gearbeitet haben. Erstellen Sie eine Liste für uns. Vielleicht hat der Tod Ihres Vaters etwas mit Ihrer Vergangenheit zu tun.«

Sowohl Grünwald als auch Stern sahen die Gruppeninspektorin überrascht an, denn dafür gab es keine Indizien.

»Aber …«

»Worauf warten Sie noch?«, ließ sie den Mann nicht ausreden.

Stern fand, dass das ein gewagtes Spiel war, immerhin war ihr Gegenüber Rechtsanwalt.

Matteo Grünwald stand auf und ging zu einem Schreibtisch vor einem großen Fenster, zog eine Schublade auf, holte Papier und Stift heraus und schrieb etwas nieder. Dann kehrte er zurück und legte den Zettel auf den Tisch. Wortlos setzte er sich.

»Sind Sie verheiratet oder in einer Beziehung?«, fragte Grünbrecht.

»Was wird das denn jetzt? Um mir Avancen zu machen, ist es nach diesem Auftritt zu spät.«

Grünbrecht rollte mit den Augen. »Ich mache Ihnen keine Avancen, ich befrage Sie im Mordfall Jakob Grünwald und nehme Ihre Daten auf«, stellte sie klar und relativierte damit sowohl die Anspielung als auch die vermeintliche Wichtigkeit der Person, die sie befragte.

»Nein, ich bin Single.«

»Das wundert mich nicht …«, murmelte Grünbrecht.

»Was?«

»Haben Sie Kinder?«

»Nein. Sonst noch was?«

»Was ist Ihre Funktion in der Grünwald Ofen GmbH?«

»Ich leite die Rechtsabteilung und überwache die Produktion.«

»Ihre Schwester behauptet, wenn es Probleme gibt, kommen die Leute zu ihr.«

»Pah, das hätte sie wohl gerne«, stieß Matteo Grünwald aus.

»Sie glaubt auch, dass sie die Nachfolge Ihres Vaters antreten wird und nicht Sie, Herr Grünwald«, konfrontierte die Gruppeninspektorin ihr Gegenüber mit der Aussage von Anna Grünwald.

Matteo Grünwald lächelte selbstbewusst. »Da irrt sich mein Schwesterchen.«

»Wie verstehen Sie sich mit ihr?«, fragte Grünbrecht.

»Wie unter Geschwistern üblich, würde ich meinen. Mal lieben wir uns und ein anderes Mal streiten wir.«

»Und wie ist Ihre Beziehung zu Ihrer Stiefmutter?«

»Gut.«

»Die Frau ist so alt wie Sie. Hat es Sie nicht gestört, dass Ihr Vater offenbar mehr Erfolg bei Frauen gehabt hat als Sie? Schließlich war er schon zum zweiten Mal verheiratet und Sie sind immer noch … alleinstehend.«

»Ich finde, Sie gehen zu weit«, sagte Matteo Grünwald. Es war gut erkennbar, dass er seine Kiefer aufeinanderpresste.

»Die Frage brauchen Sie nicht zu beantworten, Herr Grünwald«, mischte sich Stern nun doch ein. »Was mich interessiert, ist, ob Sie gestern auf dem Markt auf dem Schloss Weinberg gewesen sind.«

»Gestern war ich bei einem Freund in Freistadt. Wir haben auf alte Zeiten angestoßen«, sagte Matteo Grünwald in Richtung des Chefinspektors.

»Wann war das?«

»Ich bin so gegen 16 Uhr zu ihm gefahren und kurz vor Mitternacht wieder zu Hause gewesen.«

»Sie sind also alkoholisiert Auto gefahren«, hakte Grünbrecht ein.

»So viel hatte ich nicht getrunken, ich war durchaus fahrtauglich«, erwiderte Matteo Grünwald steif.

»Das behaupten alle«, murmelte die Gruppeninspektorin.

»Was?«

»Wie heißt Ihr Freund?«, überging Grünbrecht seine Frage.

»Bernhard Fonak.«

»Schreiben Sie seinen Namen auch auf die Liste.« Die Gruppeninspektorin deutete auf den Zettel in der Mitte des Tisches.

Der Sohn des Toten kam der Aufforderung widerwillig nach, das sah Stern ihm an. Er wollte den Mann nicht weiter verärgern, immerhin hatte er seinen Vater verloren und verdiente eine respektvolle Behandlung. Dennoch hatte die Befragung durch die Gruppeninspektorin einige interessante Details ans Tageslicht befördert, das musste Stern zugeben. Eines davon war die Meinung der Grünwald-Männer über Frauen und ein anderes der offenbar schwelende Konflikt zwischen den Geschwistern, wer nach dem Ableben des Vaters die Leitung des

Unternehmens übernehmen würde. Doch jetzt war es an der Zeit, sich zu verabschieden.

»Den hast du aber ordentlich in die Mangel genommen. Er ist ein Angehöriger und kein Verdächtiger. Zumindest noch nicht«, rügte Stern seine Kollegin, als sie wieder vor dem Bauernhaus standen.

»Er hat mich provoziert«, verteidigte sich Grünbrecht. »Wenn er nicht so abfällig über seine Schwester geredet hätte, dass sie bloß eine Frau sei, hätte ich das niemals getan.«

»Das hab ich eh mitbekommen«, sagte Stern.

»Mich kotzen solche Typen an, weißt du?«

»Ja, das weiß ich.«

»Dabei ist der noch gar nicht so alt!«

»Was soll das denn heißen?«

»Jüngere Männer sind ganz anders erzogen worden und in einer viel aufgeschlosseneren Zeit aufgewachsen. Da könnte man meinen, dass die Gleichberechtigung in deren Köpfen bereits angelangt ist.«

»Das ist sie auch, aber viele Männer wollen das halt nicht. Sie betrachten sich als das starke Geschlecht und unterdrücken Frauen, um sich selber besser zu fühlen. Auch so mancher Influencer und teilweise die sozialen Medien tragen leider weiterhin zu einem derartigen Gedankengut bei.«

»Das ist krank!«, sagte Grünbrecht.

»Gesund ist so eine Denkweise sicher nicht«, stimmte Stern zu und setzte sich in den Wagen. Dabei fiel ihm auf, dass Matteo Grünwald sie vom Fenster aus beobachtete.

8. KAPITEL

Als Kolanski in den Flur des Schlosses trat, empfingen ihn aufgeregte Stimmen. Menschen schrien durcheinander und versammelten sich vor den Räumen, die er und Heinze für die Befragung der Aussteller zur Verfügung gestellt bekommen hatten.

»Was ist denn hier los?«, wollte er erfahren.

»Keine Ahnung, aber ich glaub, da vorne haben s' jemanden verhaftet«, sagte ein Mann, der wegen der im Schloss vorherrschenden Wärme die Jacke ausgezogen und unter den Arm geklemmt, den Hut jedoch aufgelassen hatte.

»Verhaftet?« Kolanski drängte sich durch die neugierige Menge. Hatten sie den Täter etwa schon erwischt? War er an den Tatort zurückgekehrt, um zu erfahren, wie weit die Polizei mit den Ermittlungen gekommen war, und jemand hatte ihn erkannt? »Ich bin von der Polizei, lassen Sie mich durch!«, verlangte er mehrmals, bis er endlich den Ort des Aufruhrs erreichte.

Dort hielten zwei uniformierte Kollegen einen Mann um die 40 fest und versuchten, ihm Handschellen anzulegen. Dieser wehrte sich, schlug um sich. Eine Frau bekam einen Hieb ab und schrie auf. Der Mann an ihrer Seite stürzte sich daraufhin auf den Schläger.

Kolanski ging dazwischen, drängte den Beschützer der Frau zur Seite, packte den um sich Schlagenden und drehte ihm einen Arm auf den Rücken.

»Ah!«, stieß dieser aus, hörte aber sofort auf, Widerstand zu leisten.

Die Menschen wichen zurück.

Handschellen klickten.

Den aufgebrachten Verteidiger der Frau hielten andere Aussteller zurück und zerrten ihn von dem Festgenommen weg.

»Was hat er denn angestellt?«, fragte Kolanski die Uniformierten.

»Ich hab g'sehen, wie er bei den Standln herumg'schlichen ist«, meldete sich einer der Umstehenden zu Wort. »Daraufhin bin ich ihm g'folgt und hab ihn beobachtet. Es ist ja eh schon was passiert, da muss net noch mehr g'schehen. Und dann seh ich, wie der sich die Geldkasse von so einem Standl schnappt und mit der davonwill. Ich hab sofort nach der Polizei g'rufen, sind ja eh genug von euch da«, erzählte der selbst ernannte Standlwächter. Seine Brust war geschwellt, das Kinn erhoben. Er war sichtlich stolz auf die gelungene Festnahme.

»Ich hab die net g'stohlen, die g'hört mir«, begehrte der vermeintliche Dieb auf und bewegte seinen Kopf in Richtung des Polizisten, der die Geldkassette in der Hand hielt. »Aber es hört mir ja niemand zu!«

»Des kann jeder behaupten!«, rief einer von den Ausstellern.

»Ja genau«, ein anderer.

»Können Sie beweisen, dass die Kassette Ihnen gehört?«, fragte Kolanski.

»Sicher. Dafür müssen allerdings diese Dinger weg.« Der Mann hob die in seinem Rücken mit Handschellen gefesselten Hände ein wenig an.

»Abnehmen«, befehligte Kolanski. »Hier sind eh so viele Leute, da kann er nicht fliehen.« An den Mann gewandt stellte er klar: »Aber wehe, Sie schlagen noch einmal um sich.«

Ein Uniformierter kam der Aufforderung nach.

Ein Raunen ging durch die Menge, da sie offenbar nicht bereit war, von der vorgefertigten Meinung abzurücken, sie habe einen Dieb und vielleicht sogar den Mörder von Jakob Grünwald erwischt. Denn dann wäre der Spuk vorbei und vielleicht könnte man sogar den Markt wieder aufmachen und kaufwillige Besucher einlassen …

»Jetzt erzählen Sie mal Ihre Version der Geschichte«, forderte Kolanski den Beschuldigten auf, der sich über die Handgelenke rieb. Das fand Kolanski übertrieben, denn so fest hatte ihm der Beamte die Handschellen nicht angelegt.

Der Mann griff in seine Hosentasche und zog eine Geldtasche hervor. Daraus holte er einen Ausweis. »Bitte schön, das bin ich! Der Alois Stumplmayr aus Holzhausen. Welcher Täter weist sich aus, hä? Ich vermute mal, keiner!«

»Das könnte ein g'fälschter Ausweis sein«, warf einer der Anwesenden ein.

Daraufhin nahm der Beschuldigte sein Handy aus der anderen Hosentasche und wischte darauf herum. »Und das ist meine Homepage … Hier, mein Foto … und da, was ich so verkauf. Und das finden S' jetzt alles auf dem Standl, von dem ich meine Geldkassette g'holt hab, weil ich die net länger dort unbeaufsichtigt stehen lassen wollt. Und das …«, erneut fuhr er mit dem Finger über das Display, »das ist die Bescheinigung von Weinberg, dass ich dieses Wochenende auf dem Schloss ausstellen und verkaufen darf. Reicht das?« Wütend schaute er in die Runde.

Kolanski nickte. »Ja. Gebt ihm sein Geld zurück«, forderte er die Kollegen auf. »Und wir beruhigen uns jetzt alle!« Diese Worte richtete er an die Umstehenden. »Seid weiterhin wachsam, aber macht keinen Blödsinn. Wir haben schon genug zu tun.« Kolanski drängte sich wieder durch die Menge, die sich langsam aufzulösen begann. Es gab nichts mehr zu sehen. Zumindest der vermeintliche Diebstahl war aufgeklärt. Der Gruppeninspektor wünschte sich, dass ihnen dies beim Mordfall Jakob Grünwald auch so schnell gelingen würde. Er setzte sich erneut in den provisorischen Vernehmungsraum hinter seinen Laptop und bat die nächste Person, einzutreten.

»Ihr Name?«

»Mathilda Escher.«

Kolanski machte sich eine Notiz und fragte: »Haben Sie etwas beobachtet, das uns bei der Aufklärung des Mordfalls weiterhilft?«

»Leider net.«

»Kannten Sie den Toten?«

»Kennen ist zu viel g'sagt, wir sind uns das eine oder andere Mal über den Weg g'laufen …«

Kolanski blickte hoch und schaute sein Gegenüber an. Die Frau trug ihre langen blonden Haare hochgesteckt. Einige Strähnen hatten sich gelöst, ob absichtlich oder nicht, konnte der Gruppeninspektor nicht beurteilen. Zweifelsohne war die Frau attraktiv, und die Fältchen auf der Stirn und um den Mund zeugten von Lebenserfahrung. »Was heißt das?«

»Wir haben eine Nacht zusammen verbracht«, erwiderte Mathilda Escher.

Das Gespräch schien interessant zu werden, dachte Kolanski. »Wie lange ist das her?«

»Vier, fünf Jahre.«

»Und wo ist das gewesen?«

»Hier.«

»Im Schloss?«

»Ja. Er hat mich an meinem Standl ang'sprochen und nach Feierabend auf einen Glühwein eing'laden. Daraus sind mehrere g'worden und na ja … eins hat das andere ergeben.«

»Wieso im Schloss und nicht bei Ihnen zu Hause?«

»Ich bin aus der Steiermark und hab hier ein Zimmer, solange der Markt läuft. Dort sind wir g'wesen.«

»Wenn ich mir die Frage erlauben darf, aber der Jakob Grünwald war doch viel älter als Sie und …? Ich meine …«

»Er war ein attraktiver Mann, trotz seines Alters. Untenrum hat alles bestens funktioniert.« Die Frau lächelte. »Und ich bin Single, ich kann also tun, was ich will.«

»Klar.« Kolanski war dennoch überrascht. »Können Sie mir noch mehr über Jakob Grünwald erzählen?«

»Er hat es mit der Treue net so genau g'nommen. Er hat mir aber g'standen, dass er verheiratet ist, und das ist auch der Grund g'wesen, warum er net über Nacht hat bleiben können. Und natürlich war auch das schmale Bett in meinem Zimmer schuld daran. Er hat mir zwar erst nach dem Sex g'sagt, dass er verheiratet ist, aber immerhin. Die meisten Männer verschweigen es grundsätzlich. Oder rücken erst damit heraus, wenn sie dich loswerden wollen. Ich bin mir sicher, dass ich net die Einzige g'wesen bin, mit der der Jakob seine Frau betrogen hat«, berichtete Mathilda Escher.

»Und in diesem Jahr? Wie hat er sich Ihnen gegenüber verhalten?«

»Wir haben ein paar Worte g'wechselt, mehr net, dann ist er weiter zum nächsten Standl. Das war übrigens jedes Jahr so, net nur heuer. Das eine Mal mit mir hat ihm offensichtlich g'reicht, mir mit ihm eigentlich auch, wenn gleich ich es net bereut hab.«

»Was verkaufen Sie an Ihrem Stand?«

»Handgefertigten Schmuck. Keine Industrieware, alles selbst herg'stellt. Hier! Wenn Sie mal was brauchen – für Ihre Frau vielleicht …?« Mathilda Escher schob Kolanski ihre Visitenkarte zu.

Der Gruppeninspektor nahm sie entgegen und lächelte. Die Frau flirtete mit ihm, das war ihm klar. »Befinden sich an Ihrem Stand Holzbäume – zum Verkauf oder als Dekoration des Standls?«

»Nein. Ich hab schon g'hört, dass der Jakob mit so einem erstochen worden ist … Schrecklich ist das! An meinem Standl gibt es keinen Baum, weder aus Holz noch aus einem anderen Material.«

»Wo waren Sie gestern zwischen 18 und 20 Uhr?«, fragte Kolanski vorsorglich nach dem Alibi der Frau, wenngleich er sie nicht als Täterin einstufte. Aber sie gefiel ihm und er wollte nicht, dass die Begegnung mit ihr schon wieder vorüber war.

»Vor dem Schloss bei dem Standl mit den Bratwürstln. Ich hab dort mit anderen Ausstellern was g'gessen und einen Punsch g'trunken. Sie können alle fragen, wir hatten uns nach dem langen Tag jede Menge zu erzählen.«

»Würden Sie mit mir auch etwas essen und einen Punsch trinken gehen?« Kolanski lächelte wieder.

»Dürfen Sie das denn? Ich könnte Jakobs Mörderin sein.«

»Sind Sie seine Mörderin?«

»Nein, da muss ich Sie leider enttäuschen.«

»Ich bin nicht enttäuscht, ich freue mich. Sonst hätte ich Ihnen jetzt Handschellen anlegen müssen ...«

»Das können Sie immer noch machen.«

»Wie lange werden Sie hier sein?«

»Da der Markt normalerweise noch den ganzen Sonntag g'dauert hätte, hab ich für morgen meine Abreise g'plant. Daran hat sich nix geändert.«

»Das ist gut.«

»Zimmer elf.«

»Meine Glückszahl.«

»Meine ebenso, wie es scheint.«

»Sie können gehen. Und schicken Sie mir bitte den Nächsten herein.« Kolanski schaute Mathilda Escher hinterher, wie sie lasziv mit wiegendem Schritt den Raum verließ.

9. KAPITEL

»Kolanski und Heinze haben noch den ganzen Tag im Schloss zu tun. Ich hab gerade mit Hermann telefoniert, er sagt, er hat jetzt schon ein Kilo zugenommen, weil sie von den Ausstellern mit Mehlspeisen und Bauernkrapfen überhäuft werden«, setzte Mara Grünbrecht ihren Chef in Kenntnis.

»Brauchen die beiden Hilfe?«, fragte Stern.

»Die schaffen die Vernehmungen locker alleine«, antwortete Grünbrecht verwundert.

Stern grinste. »Das hab ich nicht gemeint. Ich wollte wissen, ob sie Hilfe beim Essen der Mehlspeisen benötigen. Da könnte ich sie tatkräftig unterstützen.« Der Chefinspektor strich über seinen Bauch.

»Ach so. Sollen wir deswegen wirklich extra dort hinfahren?«

»Ich hab Hunger«, stellte Stern klar.

»Ich google mal Restaurants in der Nähe«, erwiderte Grünbrecht, während Stern den Motor laufen ließ, damit es im Auto nicht kalt wurde. »Gegenüber vom Schloss gibt es eine Schlossbrauerei mit einem Gasthaus und …«

»Da fahren wir hin!«, entschied Stern, noch bevor seine Kollegin zu Ende geredet hatte. Die Kombination von Bierbrauen und Gasthaus hatte ihn überzeugt, da brauchte er die Speisekarte gar nicht zu kennen. Die würde Grünbrecht nämlich als Nächstes online in Erfahrung bringen, so gut kannte er die Gruppeninspektorin.

Andersrum wusste Grünbrecht natürlich genauso über Stern Bescheid. Wenn er Hunger hatte, wurde er unleidlich, das galt es zu vermeiden.

Minuten später parkte er den Audi wieder auf dem Parkplatz vor dem Schloss. Doch dieses Mal durchschritten sie nicht das Portal des herrschaftlichen Gebäudes, sondern jenes der ersten oberösterreichischen Gasthausbrauerei. Das Wirtshaus befand sich in den ehemaligen Pferdeställen, die einst zum Schloss gehört hatten. Das von Granitsäulen getragene Gewölbe verströmte eine urige Atmosphäre, und Stern fühlte sich sofort wohl. Auch war es drinnen angenehm temperiert, was ihn die Kälte draußen rasch vergessen ließ.

Die Inspektoren entledigten sich ihrer Winterjacken und nahmen an einem Tisch Platz.

Ein Kellner reichte ihnen die Karte.

»Welches Bier habt ihr denn?«, fragte Stern.

»Natürlich unser eigenes«, sagte der junge Mann sichtlich stolz und deutete auf die beiden kupferfarbenen Braupfannen, die in der Gaststube standen und zum gemütlichen Ambiente beitrugen. »Dort drinnen wird es g'braut, und zwar aus unserem hervorragenden Weinberger Quellwasser, aus Mühlviertler Hopfen und Malz. Wir machen das Bier net wie andere künstlich haltbar, damit es länger g'lagert und transportiert werden kann, durch Pasteurisieren und das ganze Pipapo. Unser Bier ist Natur pur und enthält alle natürlich vorkommenden Vitamine und Spurenelemente, die durch das Haltbarmachen zerstört werden würden. Was Besseres kriegen S' nirgends!«

»Dann nehme ich eine Halbe«, erwiderte Stern, da er sich ohnehin beim Herfahren schon dafür entschieden hatte.

»Hell oder dunkel?«, fragte der junge Mann.

»Hell bitte.«

»Und für mich bitte einen Kräutertee«, bestellte Grünbrecht.

Der Kellner verschwand und die Inspektoren studierten die Speisekarte. Auch da brauchte Stern nicht lange zu überlegen. Für ihn kam nur der Mühlviertler Schweinsbraten mit warmem Speckkrautsalat, Semmelknödeln und Kartoffeln infrage. Während er die Zeilen las, lief ihm das Wasser im Mund zusammen. Es war lange her, dass er seine Lieblingsspeise zu sich genommen hatte. Seit er mit Silvia Burgstaller zusammen war, achtete er ein bisschen auf seine Linie. Oder sie achtete darauf, je nachdem, wie man es auslegen wollte. Obwohl – wirklich zu funktionieren schien es nicht, da seine Hose zwickte. Doch es fiel ihm nicht schwer, diese Tatsache für den Augenblick zu ignorieren.

Der Chefinspektor klappte die Speisekarte zu. »Ich finde es toll, dass die Braupfannen hier herinnen stehen, wo die Leute essen. Da sehen sie gleich, woher das Bier kommt.«

»Das macht bestimmt noch durstiger und kurbelt den Bierkonsum an«, erwiderte Grünbrecht, die ebenfalls ausgewählt hatte.

Der Kellner kehrte mit den Getränken zurück und nahm die Bestellung der Speisen entgegen. Wie nicht anders von Stern erwartet, aß die Gruppeninspektorin einen gemischten Salatteller mit gebackenen Putenstreifen. Deshalb war sie auch so schlank, während an ihm die Kilos haften blieben wie Kletten an einem Lodenmantel. Da half das ganze Baucheinziehen nichts.

»Was hältst du von Anna Grünwald?«, fragte Stern, als der Kellner außer Hörweite war.

»Sie ist eine starke Frau, die ihren Weg geht und die es nicht leicht gehabt hat«, erwiderte Grünbrecht.

»Ihr Vater scheint kein Vertrauen in ihre Fähigkeiten gehabt zu haben, da er den verlorenen Sohn nach Hause geholt hat«, ließ Stern durchblicken, warum er danach gefragt hatte.

»Vielleicht hat das nicht an ihr gelegen, sondern daran, weil es leider noch immer nicht selbstverständlich ist, dass Frauen Führungspositionen übernehmen. Und wenn sie es doch tun, müssen sie um einiges mehr leisten als ihre männlichen Kollegen.«

»Da hast du recht«, pflichtete Stern der Gruppeninspektorin bei.

»Dabei schreiben wir das Jahr 2025, und wie weit ist die Gleichberechtigung in unserem Land vorangeschritten? Ich habe sogar das Gefühl, dass sie sich zurückentwickelt und viele wieder nach den alten Strukturen schreien. Auch die Menschen bei uns in Österreich.«

»Es liegt an den Leuten. Sie entscheiden, wem sie an der Wahlurne ihre Stimme geben und welche Entwicklung dadurch das Land nehmen wird«, sagte Stern.

»Anna Grünwald hatte wahrscheinlich keine Wahl. Ihr Vater hat das Unternehmen geleitet und vermutlich auch die Weichen für seine Nachfolge gestellt.«

»Sie hätte ja woanders hingehen können, wenn ihr Vater so ein Patriarch gewesen ist.«

»Stimmt, aber man hofft doch bis zum Schluss, dass der eigene Vater die Leistung anerkennt, die man erbringt. Ich kann mir vorstellen, dass das ein Grund dafür gewesen ist, warum sie so hart gearbeitet hat. Sie hat gehofft, dass ihr Vater sie zu seiner Nachfolgerin ernennt.«

»Wir befragen nach dem Essen die Ex von Jakob Grünwald. Ex-Frauen sind bekanntlich eine gute Quelle, wenn es darum geht, etwas über die Persönlichkeit eines Mannes herauszufinden oder über die Beziehung zu seinen Kindern«, erwiderte Stern.

»Sprichst du aus Erfahrung?« Grünbrecht schmunzelte.

»Ich möchte nicht wissen, was Franziska über mich gesagt hat, wenn ich nicht dabei gewesen bin. Sie hatte allen Grund, schlecht über mich zu reden, obwohl ich mein Bestes gegeben habe.« Stern brachte im Nachhinein durchaus Verständnis dafür auf, dass sich Franziska von ihm hatte scheiden lassen. Er war ihr kein guter Ehemann und seiner Tochter Barbara kein guter Vater gewesen. Das wusste er heute. Damals hatte er das natürlich anders gesehen. »Wir haben Anna Grünwald nicht gefragt, wo sie zur Tatzeit gewesen ist«, kam er auf den Fall zurück.

»Stimmt, das holen wir nach.«

»Wie auch bei Maike Grünwald. Wir wissen nur, dass sie nicht mit ihrem Mann auf dem Schloss gewesen ist, nicht aber, was sie stattdessen gemacht hat.«

»Das wäre auch nicht angebracht gewesen, sie gleich nach ihrem Alibi zu fragen, wenn sie gerade erst erfahren hat, dass ihr Mann tot ist, findest du nicht? Immerhin ist sie schon zum zweiten Mal Witwe geworden.«

»Das ist verdächtig …«

»Ach was! Das ist einfach nur Pech«, sagte Grünbrecht. Auch ihr Verlobter war gestorben. Sie wusste so gut wie niemand sonst im Team, wie es sich anfühlte, einen geliebten Menschen zu verlieren. Offenbar hatte Sterns Aussage diese Wunde aufgerissen.

»Es tut mir leid, ich wollte nicht …«

»Schon gut«, winkte sie ab. »Irgendwann muss ich ja darüber hinwegkommen. Es dauert nur so lange.«

»Ich weiß.« Doch eigentlich wusste Stern es nicht. Als seine Ex-Frau bei einem Unfall ums Leben gekommen war, waren sie schon jahrelang getrennt gewesen. Und zuvor hatten sie sich über einen langen Zeitraum hinweg auseinandergelebt. Das war eine ganz andere Situation gewesen, als Grünbrecht sie erlebt hatte. Gott sei Dank brachte der Kellner das Essen, somit ließen sie das Thema ruhen.

Der Mühlviertler Schweinsbraten mit warmem Speckkrautsalat, Semmelknödeln und Kartoffeln schaute herrlich aus, ebenso war Grünbrechts Salat eine Augenweide. Hungrig schnitt Stern ein großes Stück Braten ab, tunkte es in den Saft und steckte es in den Mund. Seine Geschmacksnerven wurden nicht enttäuscht. Schweigend genossen die Inspektoren die Speisen und redeten erst wieder über den Fall, als Stern sich satt und zufrieden den Mund abwischte.

»Matteo Grünwald hat auf mich sehr gefasst gewirkt. Der Tod seines Vaters hat ihn entweder nicht sonderlich berührt oder er ist als Anwalt gut darin, Gefühle zu verbergen«, tat Stern seine Meinung kund.

»Er ist ein arroganter Kotzbrocken«, erwiderte Grünbrecht.

»Jetzt einmal ungeachtet deiner Abneigung ihm gegenüber: Er hat nicht wirklich ein Motiv, oder? Der Vater holt ihn nach Hause zurück, weil er der Tochter nicht zutraut, das Firmenimperium zu leiten, und setzt ihn als seinen Nachfolger auf den Chefposten«, spekulierte Stern.

»Was aber, wenn es sich ganz anders verhält und Anna die neue Firmenchefin werden sollte? Vielleicht hat der Vater in den Jahren, in denen Matteo im Unternehmen mitgearbeitet hat, erkannt, dass sein Sohn eine Niete ist«, zeigte Grünbrecht eine weitere Möglichkeit auf.

»Hm …« Stern brummte. »Das kann natürlich sein … Aber warum die Auswahl des Tatortes? Warum musste Jakob Grünwald ausgerechnet auf dem Weinberger Schloss Advent sterben?«

»Womöglich bloß Zufall?« Grünbrecht legte das Besteck beiseite und trank ihren Tee aus. »Fertig?«

»Fertig bin ich schon, aber an Zufälle glaube ich nicht. Als Nächstes reden wir mit der Ex-Frau von Grünwald. Vielleicht erfahren wir da ja etwas, das uns weiterhilft. Hast du die Adresse?« Stern fühlte sich wieder im Gleichgewicht, sowohl körperlich als auch seelisch. Speis und Trank hatten ihm vorzüglich gemundet und seine innere Balance wiederhergestellt.

»Warte, ich schau mal nach.« Die Gruppeninspektorin holte ihr Handy aus der Tasche und tippte darauf herum. »Sie heißt Helene Grünwald und wohnt in Neumarkt im Mühlkreis, das ist der Nachbarort.«

Minuten später hatten die Kriminalbeamten gezahlt und saßen wieder in Sterns Audi. In der Zwischenzeit hatte es zu schneien begonnen. Schneeflocken tanzten im kalten Nordwind und zwangen Stern dazu, seinen Dienstwagen mit noch niedrigerer Geschwindigkeit als sonst zu steuern. Er schlich den Weinberg hinunter, als wäre die Straße mit einer dicken Eisschicht überzogen. Auch wenn Stern erst jüngst ein Fahrtraining absolviert hatte, so waren die winterlichen Verhältnisse für ihn herausfordernd.

»Soll ich übernehmen?«, fragte Grünbrecht, der es offenbar zu langsam voranging.

»Ich schaff das schon«, presste Stern hervor, während der Scheibenwischer die Schneeflocken von der Windschutzscheibe scheuchte. »Wir sind eh gleich unten.«

»Mir macht es nichts aus, bei Schneefall zu fahren.«

»Mir ebenso nicht«, log Stern. Doch in Wahrheit ließ es nur sein Ego nicht zu, dass er sich diese Blöße gab. Auch wenn er wusste, dass Grünbrecht ihn durchschaute. Aber vielleicht hakte sie nicht nach, dann könnte er …

Ein Kind hüpfte mit offenen Armen, das Gesicht zum Himmel gerichtet, von rechts auf die Straße und drehte sich im Kreis …

Stern trat hart auf die Bremse.

Der Audi hielt sofort an.

Das Mädchen mit roter Haube und rosa Jacke starrte die Inspektoren durch die Windschutzscheibe erschrocken an. Es war etwa sechs Jahre alt und hatte aufgrund seiner Freude über den lang herbeigesehnten Schnee offenbar nicht bemerkt, dass es auf die Straße gelangt war. Eilends sprang es zwischen zwei parkenden Autos auf den Gehsteig und verschwand aus dem Sichtfeld der Inspektoren.

»Wow!«, stieß Grünbrecht geschockt aus. »Ich werde nie mehr meckern, wenn du so langsam fährst, versprochen! Ich hätte das Kind wahrscheinlich überfahren, weil der Wagen niemals so schnell zum Stillstand gekommen wäre.«

»Ich hoffe, das Mädchen gibt in Zukunft mehr acht«, brummte Stern und stellte den Motor aus. Dann schnallte er sich ab, stieg aus und sah sich nach dem Kind um. »Es ist weg.«

»Bestimmt hat es einen gehörigen Schrecken bekommen und ist nach Hause gelaufen«, rief Grünbrecht durch die offene Tür.

»Die Kleine sollte hier draußen nicht alleine unterwegs sein.«

»Lass uns weiterfahren, es ist ja Gott sei Dank nichts passiert.«

Stern scannte noch einmal in die Umgebung. Nichts. Von der Anwesenheit des Kindes zeugten lediglich die Fußabdrücke im Schnee, die von der Straße weg auf den Gehsteig führten. Dort vermischten sie sich mit den Spuren anderer Menschen. Er setzte sich wieder hinters Steuer und ließ den Wagen den Berg hinunterrollen, den Fuß stets bremsbereit auf dem Pedal. Erst als sie unten anlangten, entspannte er sich ein wenig und folgte den Anweisungen des Navigationsgerätes zur Adresse von Helene Grünwald ins sechs Kilometer entfernte Neumarkt im Mühlkreis. Vor einem kleinen Einfamilienhaus aus den 70er-Jahren hielt der Audi an.

Die Kriminalbeamten schritten über mit einer Schneeschicht bedeckte Steinplatten zur Haustür. Stern drückte auf die Klingel.

»Wer ist da?«, fragte eine Frauenstimme über die Gegensprechanlage.

»Die Kriminalpolizei. Wir müssen mit Ihnen reden, Frau Grünwald. Es geht um den Tod Ihres Ex-Mannes«, erklärte Stern.

»Ich komme.« Augenblicke später bat Helene Grünwald die Beamten einzutreten. »Es ist schrecklich, was mit Jakob passiert ist.« Mit diesen Worten führte sie Stern und Grünbrecht ins Wohnzimmer. »Bitte, setzen Sie sich.« Sie deutete auf eine hellblaue Wohnlandschaft und nahm selber auf einem Fauteuil Platz. »Die Maike hat mich gestern ang'rufen und es mir g'sagt. Die Arme war ganz aufg'löst. Zuerst hab ich gar nix verstanden, weil s' nur in den Hörer g'heult hat, aber dann … Ich kann es immer noch net fassen, dass der Jakob nimma ist.« Die Frau schüttelte erschüttert den Kopf.

»Der Tod Ihres Ex-Mannes tut uns aufrichtig leid, Frau Grünwald. Haben Sie einen Verdacht, wer dafür verantwortlich sein könnte?«, fragte Stern.

Helene Grünwald schien zu überlegen. »Ich hab mir eh schon den Kopf darüber zerbrochen, aber mir ist niemand eing'fallen. Der Jakob und ich sind ja schon seit über zehn Jahren g'schieden«, erzählte sie. »Da bin ich sicher net auf dem neuesten Stand, was seine Feinde oder Neider anbelangt. Und erzählt hat er mir darüber nix.«

»Warum ist Ihre Ehe eigentlich zerbrochen?«, wollte Grünbrecht erfahren.

Helene Grünwald sank in dem Fauteuil zurück und faltete die Hände wie zum Gebet. »Inwiefern spielt das eine Rolle? Der Jakob ist doch net umg'bracht worden, weil wir uns g'trennt haben, oder?«

»Nein«, stellte die Gruppeninspektorin klar. »Aber wir müssen uns von Ihrem Ex-Mann und seinem Umfeld ein Bild machen, damit wir die richtigen Schlüsse ziehen aus dem, was uns erzählt wird. Zu 95 Prozent finden wir den Mörder im Kreis der Familien der Opfer. Die meisten Tötungsdelikte sind Beziehungstaten.«

Die Ex-Frau des Toten seufzte und ließ sich mit einer Antwort Zeit. Sie schien in Gedanken in die Vergangenheit zurückzureisen. »Der Jakob hat mich betrogen, und das net nur einmal. Wenn es nur ein einziger Seitensprung g'wesen wär, hätt ich das verkraften können. Doch sein dauerndes Fremdgehen war net auszuhalten. Und wie die Anna und der Matteo erwachsen und selbstständig g'wesen sind, hab ich dem Jakob g'sagt, dass ich mich scheiden lasse.«

»Wie hat er reagiert?«, fragte Stern.

»Er versteht mich, hat er g'sagt. Ich hab ihm irgendwie net böse sein können, ich hab ihn ja trotz allem g'liebt.« Helene Grünwald lächelte. »Aber wer will schon ständig betrogen werden?«

»Wie war Ihr Verhältnis zu ihm, nachdem er Maike geheiratet hat?«, hakte Stern nach.

»Gut«, sagte Helene Grünwald umgehend. »Jakob und ich haben uns ausgezeichnet verstanden. Zwischen uns hat sich nix g'ändert, außer dass für die ehelichen Pflichten dann eine Jüngere zuständig war – und natürlich auch für seine Eskapaden.«

»Was meinen Sie damit?«

»Na ja, der Jakob hat ja net aufg'hört, andere Frauen schön zu finden, nur weil er jetzt mit der Maike verheiratet g'wesen ist. Der hat sich auf seine alten Tage hin nimma g'ändert«, erklärte die Ex-Frau.

»Hat die Maike von der Untreue ihres Mannes gewusst?«, fragte Stern.

»Da bin ich mir ganz sicher«, erwiderte Helene Grünwald. »Auch wenn sie ihm vielleicht nix hat nachweisen können, g'spürt hat sie es g'wiss. Eine Frau kriegt das immer mit, die eine früher, die andere später. Aber merken tut sie es, wenn etwas net stimmt.«

»Und was meinen Sie, wie sie darauf reagiert hat?«, bohrte Stern nach. Eine betrogene Ehefrau konnte durchaus zu einer Mörderin werden, wusste er. Gerade dann, wenn es um viel Geld ging, das sie im Falle einer Scheidung verloren hätte.

»Mir gegenüber hat sie nix durchscheinen lassen«, erzählte die Ex-Frau des Toten. »Wir sind net so eng befreundet, dass ich einschätzen könnt, was sie dabei empfunden hat. Erzählt hat sie mir jedenfalls nix.«

»Wissen Sie, ob die beiden einen Ehevertrag hatten?«

»Freilich, der Jakob war ja kein Depp! Der hätt sich das, was er aufg'baut hat, net von einer Frau abluchsen lassen. Nicht einmal, wenn er noch so verliebt in die Maike g'wesen ist«, war sich Helene Grünwald sicher.

»Hatten Sie und Jakob ebenfalls einen Ehevertrag?«, kam die nächste Frage von Stern.

Die Frau schüttelte den Kopf. »Der Jakob und ich haben das Unternehmen gemeinsam aufg'baut. Ich hab neben den Kindern so viel g'arbeitet, wie es mir möglich g'wesen ist. Das hat mir der Jakob honoriert, als wir uns scheiden lassen haben. Ich hab darauf verzichtet, die Hälfte von der Firma ausbezahlt zu bekommen, denn das hätte die Grünwald Ofen GmbH net überlebt, und der Jakob hätte sich das auch gar net leisten können. Zumindest damals net. Wie es heute ausschaut, weiß ich net. Ich hab eine großzügige Abfindung bekommen und erhalte monatlich 5.000 Euro, auch über seinen Tod hinaus, und zwar so lange, bis ich selber einmal in die Grube falle«, ließ Helene Grünwald die Inspektoren wissen.

»Das ist eine sehr großzügige Vereinbarung – von Ihnen beiden«, stellte Stern fest.

»Ja, finden S'?« Helene Grünwald lächelte. »Wissen S', Liebe ist nie unser Problem g'wesen. Vielleicht hätt ich den Jakob net verlassen sollen …«

»Bereuen Sie die Scheidung?«, wollte Grünbrecht es genauer erfahren.

»Das ist eine gute Frage«, gab die Ex-Frau zu. »Ich muss g'stehen, dass ich darauf keine Antwort hab.«

»Sie haben ihn bis zum Schluss geliebt«, resümierte Grünbrecht.

Die Frau nickte. »Ja, das hab ich. Und er mich auch. Auf seine eigene Art.«

»Waren Sie nicht sauer, dass Jakob mit seiner Neuen in der großen modernen Villa gewohnt hat, während Sie in diesem kleinen Haus leben?«, sprach Stern die Frage, die sich ihm aufgedrängt hatte, laut aus. Möglicherweise hatte es Streit zwischen den Geschiedenen gegeben, der eskaliert war, weil Helene sich ungerecht behandelt fühlte.

»Den Luxus brauch ich net, mein Haus genügt mir völlig. Ich kann alles alleine bewerkstelligen und benötige keine fremde Hilfe. Man wird ja net jünger«, antwortete Helene Grünwald. Offenbar sah sie die häuslichen Umstände durchaus pragmatisch.

»Waren Sie am Samstag auf dem Weinberger Schloss Advent?«, wollte Grünbrecht wissen.

»Ja, und ich hab den Jakob g'troffen. Wir haben ein bisschen g'redet, dann ist jeder wieder seines Weges g'gangen.«

»Wo genau war das?«, fragte Stern.

»Oben im Turm.«

»Wie spät war es da?«

Die Frau überlegte. »Ich weiß net genau, ich glaub, das ist so um halb fünf herum g'wesen. Es ist draußen jedenfalls schon dämmrig g'worden.«

»Wie lange sind Sie auf dem Schloss geblieben?«

»Ich bin kurz darauf heimg'fahren. Zuerst mit dem Shuttlebus runter vom Berg und danach mit dem Auto nach Neumarkt. Werde ich etwa verdächtigt, dass ich den Jakob …?« Helene Grünwald schaute irritiert zwischen den Inspektoren hin und her.

»Das sind reine Routinefragen«, beruhigte Grünbrecht ihr Gegenüber.

Die Ex-Frau des Toten nickte verständnisvoll.

»Wann waren Sie zu Hause?«, präzisierte Stern seine Frage.

»Da ist es schon dunkel g'wesen. Ich glaub, das muss so um sechs, halb sieben g'wesen sein. Es hat net lange g'dauert und ›Oberösterreich heute‹ hat im Fernsehen ang'fangen.«

»Kann jemand Ihre Angaben bezeugen?«

»Seit der Scheidung vom Jakob leb ich alleine, also nein.«

»Wie war die Beziehung von Ihrem Ex-Mann zu Anna und Matteo?«, wechselte Stern das Thema.

»Mit der Anna hat sich der Jakob ganz gut verstanden. Die Anna ist tüchtig und arbeitet viel – zu viel, wenn S' mich fragen. Die hat ja auch zwei Kinder, den Luca und den Felix. Jetzt sind die beiden natürlich schon groß, fast erwachsen, aber wie die noch klein g'wesen sind, war das echt net leicht für die Anna. Sie war innerlich zerrissen, hat sie mir mehrmals erzählt. Ich hab sie zwar unterstützt, wo es mir möglich g'wesen ist, und der Alfred natürlich auch …«

»Wer ist der Alfred?«, unterbrach Stern die Frau.

»Das ist der Mann von der Anna«, erklärte Helene Grünwald. »Ohne ihn wär es gar net möglich g'wesen, dass die Anna so viel im Unternehmen mitg'arbeitet hat. Er ist Lehrer und hat durch die Ferien und Lücken im Stundenplan oft Zeit für die Kinder g'habt. Das hat schon g'holfen, auch wenn die Anna trotzdem viel selber hat machen müssen. Sie hätte noch weitaus mehr in der Arbeit sein wollen und gleichzeitig bei den Kindern, hat sie immer g'sagt. Einmal hat sie g'meint, sie fühle sich, als wäre sie ständig auf der Flucht. Entweder ist sie von der Arbeit in den Kindergarten g'rast oder umgekehrt. Sie ist immer zu spät dran g'wesen, hat sie g'sagt. Das war aber net so, sie hat sich die Latte selber halt sehr hoch g'legt.«

»Möglicherweise war ihr Vater daran nicht ganz unschuldig«, zeigte Grünbrecht auf. »Ihr Sohn, Frau Grünwald, hat anklingen lassen, dass Ihr Ex-Mann nicht viel von Frauen in der Geschäftswelt gehalten hat.«

»Da hat der Matteo net unrecht. Dem Jakob waren halt Frauen lieber, die sich daheim ums Kochen und um die Wäsche kümmern und im Büro höchstens Sekretariatsarbeiten erledigen, so wie ich das g'macht hab. Ich hab dem Jakob immer das Gefühl g'geben, dass er der große Macher ist und ich ihn dafür bewundere. Damit bin ich Konflikten aus dem Weg g'gangen.« Helene Grünwald seufzte. »Vielleicht ist das net richtig g'wesen, aber ich war froh, dass ich net die Verantwortung fürs Finanzielle hab übernehmen müssen. Nur zu Hause, da hab ich das Sagen g'habt. Das hat so gepasst, für den Jakob und für mich. Die Anna ist da anders. Die will Karriere machen, und sie ist blitzg'scheit.« Die Frau war sichtlich stolz auf ihre Tochter.

»Und was ist mit dem Matteo? Wie stand er zu seinem Vater?«

»Der Matteo war lange Zeit das schwarze Schaf der Familie. Der hat net unter dem Jakob arbeiten wollen, sondern ist eines Tages auf und davon. Nach dem Studium hat es ihn nach Wien g'zogen, dort hat er als Rechtsanwalt g'arbeitet. Sehr erfolgreich ist er, der Matteo. Wie der Vater nach ihm g'rufen hat, dass er heimkommen soll, damit die Nachfolge g'klärt wird, wie auch immer die ausschaut, ist er direkt vor der Tür g'standen. Davor hab ich zwei Jahre nix von ihm g'hört und plötzlich steht er da, als wäre er nie weg g'wesen.«

»Finden Sie es nicht ungerecht, dass sich die Anna die ganze Zeit über für die Firma abgerackert hat, und dann kriegt trotzdem der Matteo, der sich nicht unterordnen wollte, eine Chance, die Nachfolge Ihres Ex-Mannes anzutreten?«, fragte Grünbrecht.

»Die Welt ist nun mal so. Gerechtigkeit gibt es net und Gleichberechtigung schon gar net, da können alle noch so darüber reden. Das kriegen wir als Gesellschaft net hin, und ich hab meinen Anteil dazu beigetragen. Ich hab net dafür g'kämpft. Aber die Anna tut das. Die ist aus einem ganz anderen Holz g'schnitzt als ich. Den Ehrgeiz hat sie net von mir. Ich war mit Haus und Kindern zufrieden«, erwiderte Helene Grünwald.

»Wissen Sie, wie es jetzt weitergeht mit der Grünwald Ofen GmbH?« Darüber hatten sie bislang noch nichts Konkretes erfahren, sondern nur Vermutungen angestellt.

»Der Jakob hat in seinem Testament verfügt, wer seine Nachfolge antritt«, teilte ihnen die Frau mit. »Er hat immer g'sagt, das hat bis zu seinem Ende Zeit und er wird es in seinem Letzten Willen verkünden – durch seinen Anwalt.«

»Wer ist der Anwalt?«

»Dr. Pachnekov aus Freistadt, der ist auch gleichzeitig Notar. Er hat alles für den Jakob geregelt, was ihn persönlich betraf. Das Rechtliche fürs Unternehmen macht ja der Matteo, seit er wieder da ist. Vorher hat das ebenfalls der Dr. Pachnekov erledigt«, wusste Helene Grünwald.

»Danke, Frau Grünwald, das war es vorerst.« Stern erhob sich von der Wohnlandschaft.

»Darf ich den Jakob sehen?«, fragte die Ex-Frau des Toten.

Überrascht hielt Stern inne. »Seine Frau Maike wird ihn identifizieren, Sie müssen nicht …«

»Nein, deswegen frag ich net. Ich *will* ihn sehen, und ich will seine Asche haben.« Die Frau wirkte entschieden.

»Ich weiß nicht, ob das geht. Da müssen Sie sich mit seiner jetzigen Witwe einigen.«

»Gut, das werde ich. Danke.« Helene Grünwald stand auf und brachte die Inspektoren zur Tür.

In der Zwischenzeit hatte es aufgehört zu schneien. Die Kriminalbeamten traten hinaus in die angezuckerte Welt. Kalter Wind pfiff ihnen unfreundlich um die Ohren.

Stern steckte die Hände in die Jackentaschen und drehte sich noch einmal zu Helene Grünwald um. »Wieso wollen Sie die Asche Ihres Ex-Mannes eigentlich haben?«

»Ich hab dem Jakob ein Versprechen g'geben, und das werde ich halten«, blieb die Frau vage.

»Und was ist das?« Stern musste Bescheid wissen, um nichts zu übersehen. Hinter der Geheimniskrämerei könnte sich ein Mordmotiv verbergen.

»Ich weiß net, ob das für die Aufklärung seines Todes relevant ist. Ich denke net …«, zierte sich die Frau, mit der Sache herauszurücken.

»Überlassen Sie es bitte uns, zu beurteilen, ob das Versprechen eine Bedeutung für den Fall hat oder nicht. Also, um was geht es?«

»Was, wenn ich mich dadurch selber einer Straftat bezichtige?«

»Frau Grünwald, jetzt reden wir mal Klartext: Sie verbergen etwas vor uns und machen sich im Augenblick ziemlich verdächtig. Sagen Sie uns, was los ist!«, forderte Stern die Frau eindringlich auf.

Helene Grünwald seufzte tief. »Na gut, aber wenn es nix mit dem Fall zu tun hat, können Sie das dann bitte wieder vergessen?«

»Das können wir Ihnen erst zusichern, wenn wir wissen, um was es sich handelt.«

»Ich hab dem Jakob versprochen, dass ich seine Asche im Schiederweiher ausstreuen werde«, gestand Helene Grünwald. »Das war einer seiner Lieblingsplätze.«

10. KAPITEL

»Ich finde es lieb von ihr, dass sie ihr Versprechen einhalten will«, sagte Grünbrecht. Die Inspektoren fuhren nach Kefermarkt zurück, um sich dort mit Kolanski und Heinze zu treffen.

»Es ist trotzdem nicht erlaubt«, erwiderte Stern.

»Obwohl die beiden schon über zehn Jahre geschieden sind, hält sie daran fest.« Grünbrecht ignorierte den Einwand ihres Vorgesetzten und lächelte.

»Es ist und bleibt eine Straftat. In Österreich ist das Ausstreuen der Asche eines Verstorbenen verboten und wird mit einer Geldstrafe von bis zu 20.000 Euro geahndet. Wenn man unbedingt wieder eins mit der Natur werden will, dann gibt es auf manchen Naturfriedhöfen eigene Areale, wo man eine biologisch abbaubare Urne mit der Asche des Verstorbenen zum Beispiel unter den Wurzeln eines Baumes eingraben darf oder auf eigens dafür vorgesehenen Wiesen unter der Grasnarbe. In Salzburg darf man das sogar auf der Vierkaseralm machen. Aber man kann sich nicht einfach eine beliebige Stelle aussuchen und die Asche dort verstreuen«, argumentierte Stern. »Wo kämen wir denn da hin, wenn das jeder machen würde?«

»Für mich wäre das kein Problem«, erwiderte Grünbrecht. »Ich stelle es mir schön vor, zu wissen, dass ich nach meinem Tod an dem Ort sein werde, den ich am meisten geliebt habe.«

»Und der wäre?«, hakte Stern nach.

»Keine Ahnung, darüber habe ich in diesem Zusammenhang noch nie nachgedacht. Ich bin ja gerne in meiner Wohnung, aber die wird nach meinem Tod neu vermietet, und meinen Nachmietern will ich es nicht antun, dass meine Asche darin verstreut herumliegt. Die würden mich dann ja wegputzen oder wegsaugen, und schlussendlich würde ich entweder auf der Mülldeponie oder im Kanal landen.« Die Gruppeninspektorin lachte bei dieser Vorstellung. »Was ist mit dir?«

»Ich würde das nicht wollen, weil es eine Straftat ist«, antwortete der Chefinspektor. »Ich halte mich zu Lebzeiten an das Gesetz und erst recht nach meinem Tod.«

»Und wenn es keine Straftat wäre?«

Stern überlegte. Eigentlich hatte er sich immer für einen Stadtmenschen gehalten, aber je älter er wurde, umso besser konnte er sich ein Leben auf dem Land vorstellen. Er empfand es als weniger stressig, was bestimmt an der Natur lag, die es in Städten zweifelsohne viel zu wenig gab. Gerade in Linz waren die Parks zu klein und als Naherholungsgebiet aus unterschiedlichen Gründen ungeeignet. Das Mühlviertel mit seinen sanften Bergrücken, den satten Wäldern und den dazwischen wie ein Fleckerlteppich liegenden Wiesen und Feldern würde ihm schon gut gefallen. Zum Leben und zum Begrabensein. »Irgendwo im Mühlviertel, wo es schön ist«, sagte er.

»Und wo wäre das?«, hakte Grünbrecht nach.

»Das überlasse ich denen, die um mich trauern«, antwortete Stern diplomatisch. Mit dieser Lösung musste er einerseits keine Entscheidung treffen und andererseits niemanden zu einer Straftat anstiften. Damit war er zufrieden.

Er lenkte den Audi wieder den Weinberg hinauf. Oben angekommen, gerieten die Inspektoren in ein geschäftiges Treiben. Offenbar hatte die Spurensicherung den Tatort freigegeben. Die Aussteller räumten die Stände leer und luden alles in ihre Fahrzeuge. Von einem von ihnen ließen sie sich den Weg zu Kolanski und Heinze zeigen.

»Habt ihr etwas herausgefunden?«, fragte Stern die Kollegen, als sie bei ihnen anlangten. Dabei griff der Chefinspektor nach einem Bauernkrapfen mit Marillenmarmelade und einer dicken Schicht Staubzucker darauf, der auf einem gut gefüllten Teller auf dem Vernehmungstisch stand. Voller Vorfreude biss er in das Germteiggebäck.

»Wir haben beinahe alle Aussteller durch, aber keiner hat etwas gesehen oder gehört, was auf unseren Täter hindeutet«, erzählte Heinze. Auf Stern wirkte der Kollege erschöpft.

»Bis auf das Ehepaar Steinwim!«, warf Kolanski ein.

»Ah ja, genau«, fiel es auch Heinze wieder ein.

»Was ist mit denen?«, fragte Stern mit vollem Mund.

»Die verkaufen solche Holz-Christbäume an ihrem Stand. Die Ehefrau hat angeblich mit unserem Mordopfer geflirtet – das behauptet zumindest der Ehemann. Sie selbst streitet es ab. Sie sagt, sie sei bloß freundlich zu Jakob Grünwald gewesen und habe mit ihm geplaudert, so wie mit allen anderen Kunden auch. Sie hat sich daran erinnert, dass sie drei solcher Bäume verkauft hat, und weiß sogar, an wen. Namen kennt sie natürlich keine, aber zumindest haben wir die Beschreibungen von den Käufern.«

»Ist einer davon tatverdächtig?« Stern schleckte seine mit Marmelade bekleckerten Finger ab.

Kolanski zuckte mit den Schultern. »Nicht wirklich. Eine Mutter mit einem Kind, ein junger Mann und eine Frau.«

»Und was ist mit den anderen Ausstellern?«, fragte Stern nicht gerade hoffnungsvoll, einen echten Hinweis zu erhalten. Aber der Bauernkrapfen hatte ihm vorzüglich geschmeckt. Ob er noch einen …?

»Insgesamt haben wir elf Standbesitzer, die solche Bäume anbieten, …«, erzählte Heinze.

»… und 27 verkaufte Holzbäume«, beendete Kolanski den Satz.

»Es kann doch nicht sein, dass niemand etwas beobachtet hat. Bei so vielen Menschen?«, stellte Grünbrecht diese Behauptung in den Raum.

»Wo versteckst du am besten einen Kieselstein? Im Schotter, oder?«, widersprach Heinze mit einer Binsenweisheit.

»Wie schaut's bei euch aus?«, wollte Kolanski von Stern und Grünbrecht erfahren. »Ich hoffe, ihr habt bessere Ergebnisse.«

»Bislang haben wir keinen wirklichen Verdächtigen. Es könnten irgendwie alle gewesen sein, wenngleich uns ein richtiges Motiv fehlt«, fasste Stern zusammen. Er erzählte von der Vernehmung der zweiten Ehefrau des Opfers, berichtete daraufhin von Anna und Matteo Grünwald und endete mit der Ex-Frau, die seiner Meinung nach am wenigsten von Jakob Grünwalds Tod profitierte. Im Gegenteil, sie könnte viel verlieren, sollten die monatlichen Zahlungen wider Erwarten nach dem Ableben ihres Ex-Mannes eingestellt werden.

»Interessant wird die Verkündung des Testaments«, teilte Grünbrecht den Kollegen mit. »Darin steht aller Wahrscheinlichkeit nach, wer Jakob Grünwald als Firmenchef nachfolgen wird.«

»Wann ist die Testamentseröffnung?«, fragte Kolanski.

»Das wissen wir nicht. Aber wir haben den Namen des Notars, der das Testament aufgesetzt hat und verkünden wird. Mara und ich fahren morgen zu ihm«, sagte Stern und wollte sogleich wissen: »Wie verläuft die Befragung von den Marktbesuchern? Wer führt die überhaupt durch?«

»Darum kümmern sich die Kollegen auf der Dienststelle in Linz, Chef. Ergebnisse liegen uns bisher keine vor. Ich kann mal anrufen und mich erkundigen, wenn du möchtest«, schlug Heinze vor.

»Ja bitte, tu das. Vielleicht können wir uns das hier ja sparen.« Stern deutete um sich und meinte die noch ausstehenden Gespräche mit den Ausstellern.

»Das wäre zu schön, um wahr zu sein.« Kolanski seufzte. Sein Gesichtsausdruck änderte sich jedoch, als eine Frau mit hochgesteckten blonden Haaren auftauchte und in der Tür des Vernehmungsraums stehen blieb.

»Ja bitte?« Stern musterte die Eintretende.

»Äh … ich komme später wieder, oder?« Die Frau um die 40 sah Kolanski an.

»Ich brauche noch ein wenig, dann komme ich zu Ihnen«, erwiderte der Gruppeninspektor.

»Wenn Sie etwas Sachdienliches zur Aufklärung des Falls beizutragen haben, können Sie uns das sofort sagen«, forderte Stern die Frau auf. »Wir sind nämlich alle von der Polizei.«

»Nein, nein ... Es geht um was anderes.« Die Angesprochene lächelte und verschwand.

Für einen Augenblick herrschte Schweigen.

»Was war das denn jetzt?«, fragte Stern, wenngleich er eine Ahnung hegte.

»Das ist Mathilda Escher, eine der Ausstellerinnen«, erklärte Kolanski kurz und fragte Heinze: »Hast du schon in Linz auf der Dienststelle angerufen?«

»Nein! Ich war gerade abgelenkt«, gab der Kollege grinsend zu.

»Und was wollte diese Mathilda Escher?«, brachte Stern das Gespräch zurück auf die mysteriöse Frau.

Drei Augenpaare richteten sich auf Kolanski.

»Das ist privat«, meinte der Gruppeninspektor.

»In einem Mordfall ist nichts privat, das solltest du eigentlich wissen«, entgegnete Stern.

Kolanski atmete tief ein und stieß genervt die Luft aus. »Ich treffe mich nachher mit ihr auf ...« Der Gruppeninspektor brach ab.

»Ja?« Stern wollte mehr hören.

»Auf einen Punsch oder einen Glühwein«, beendete Kolanski den Satz.

»Oder auch auf etwas anderes«, ergänzte Grünbrecht.

»Wir sind erwachsen, da spricht doch nichts dagegen. Sie hat ihren Stand ganz woanders gehabt, weit entfernt von der Schlosskapelle, wo Jakob Grünwalds Leiche gefunden wurde«, erklärte Kolanski.

»Woher willst du wissen, dass sie nichts mit dem Mord zu tun hat?«, fragte Stern.

»Es gibt kein Indiz …«

»Oje.« Heinze grinste immer noch.

»Okay, dann treffe ich mich halt nicht mit ihr«, lenkte Kolanski ein.

Für Stern war die Angelegenheit damit erledigt. Immerhin liebte er selber eine Frau, die einmal in einem Mordfall als verdächtig gegolten hatte. Er hatte sich jedoch erst nach Abschluss der Ermittlungen auf Silvia Burgstaller eingelassen, und zwar eine ganze Weile danach. Deshalb war seine Situation nicht mit Kolanskis geplantem Techtelmechtel vergleichbar.

»Soll ich das mit der Frau klären? Ich kann sie auch verhaften lassen und mit aufs Landeskriminalamt nehmen, dann brauchst du ihr nicht ins Gesicht zu sagen, warum du euer Date platzen lässt. Dann ist sie es nämlich, die verhindert ist«, witzelte Heinze.

»Nein, ich mach das schon.« Kolanski ging nach draußen.

»Und ich ruf in der Dienststelle an und erkundige mich nach der Befragung der Marktbesucher.« Heinze holte sein Smartphone aus der Hosentasche.

»In diesem Fall haben wir ja noch Zeit für einen Krapfen.« Genussvoll schnappte sich Stern erneut ein Gebäck aus Germteig. Einen Bauernkrapfen mit Marmelade zu essen, ohne sich anzupatzen, war eine Kunst, die nicht jeder beherrschte. Stern gelang es auch kein weiteres Mal. Eine glänzende Spur aus Marillenmarmelade zog sich nach dem dritten Bissen vertikal über seine Jacke. Er war gerade dabei, die Marmelade mit einer Serviette von dem Stoff abzuwischen, als die Tür aufflog und die blonde Dame hereinstürmte.

»Sie halten mich für die Mörderin von Jakob Grünwald?«, fuhr sie den Chefinspektor an und deutete anklagend mit dem Zeigefinger auf ihn.

Auch Kolanski kehrte zurück.

»Das hab ich nicht gesagt«, verteidigte sich Stern.

»Wenn Ihr Kollege nix mit mir trinken gehen darf, heißt das, Sie denken, dass ich Grünwald umg'bracht hab. Finden Sie das net übertrieben? Wenn Sie Verdächtige verhören, kriegen die doch auch was zu trinken und Sie sitzen denen gegenüber. Daran ist nix verwerflich, oder?«

»Das ist nicht das Gleiche.«

»Wirklich was anderes ist es aber net! Ich finde solche Vorverurteilungen net in Ordnung!«

Der Chefinspektor war für einen Augenblick sprachlos und überlegte, ob die Worte der Frau zutrafen. Neigte er tatsächlich zu Vorverurteilungen? Er kam zu dem Schluss, dass dem nicht so war. »Das ist keine Vorverurteilung, Frau …«

»Mathilda Escher«, stellte sich die Blondine vor.

»Frau Escher, das ist eine reine Vorsichtsmaßnahme. Wenn der Fall aufgeklärt ist, können Sie beide machen, was immer Sie wollen.« Stern hielt seine klebrigen Hände abwehrend vor sich, als wollte er mit der Geste das Gesagte unterstreichen.

»Bis dahin bin ich nimma da«, warf die Frau ein. »Ich fahr heim, wenn ich meine Sachen eing'packt hab.«

»Das ist dann Ihr Problem. Ich muss dafür sorgen, dass die Ermittlungen reibungslos verlaufen und die

Beweise, die wir sammeln, vor Gericht standhalten und nicht von außen beeinflusst werden. Das gilt vor allem für Zeugenaussagen.« Stern wischte mit der Serviette an seiner Jacke herum und hatte das Gefühl, dass er die Marillenmarmelade dadurch verschmierte, wodurch alles nur noch schlimmer wurde.

»Ihren Job möchte ich net haben, der ist ja völlig spaßbefreit«, maulte die Blondine und zog sich in den Gang zurück, von wo sie wie eine Furie hereingestürzt war. Dabei warf sie Kolanski als Einzigem einen freundlichen Blick zu.

»Die ist ja krass«, entfuhr es Heinze nach diesem bühnenreifen Auftritt.

»Sie hat Temperament.« Kolanski grinste, auch wenn aus dem Rendezvous nun nichts wurde. »Und sie hatte einen One-Night-Stand mit Jakob Grünwald.«

»Was?«, entfuhr es Stern. »Und das sagst du erst jetzt?«

»Das hat nichts mit seinem Tod zu tun«, verteidigte sich der Gruppeninspektor. »Es ist schon ein paar Jahre her …«

»Hermann …« Stern rang um Worte. »Nur weil sie dir schöne Augen macht, heißt das nicht, dass sie Jakob Grünwald nicht umgebracht hat. Vielleicht hat sie dir nicht alles erzählt, hast du mal daran gedacht?«

»Die Familienmitglieder haben doch viel eher ein Motiv als Mathilda Escher«, entgegnete Kolanski lahm. Offenbar dämmerte ihm, dass er leichtgläubig gehandelt hatte.

»Aber warum hätte jemand aus der Familie Jakob Grünwald ausgerechnet auf dem Kunsthandwerksmarkt ermorden sollen? Da hätte es doch Hundert andere, viel bessere Gelegenheiten gegeben als hier in der Öffentlichkeit.«

»Um die Spuren zu verwischen und von sich abzulenken«, mutmaßte Kolanski. »Vielleicht hat der Mörder gerade diesen stark frequentierten Ort für seine Tat ausgewählt, weil wir hier sehr viele Spuren finden. Bei einem Mord in den eigenen vier Wänden ist der Täterkreis immens eingeschränkt, im Schloss hingegen haben wir unzählige mögliche Verdächtige.«

»Gut, das kann natürlich sein. Das würde darauf hindeuten, dass es keine Tat im Affekt war, sondern von langer Hand geplant«, überlegte Stern. »Was hat dir die Dame denn überhaupt erzählt?«

Kolanski gab die Aussage von Mathilda Escher wieder.

»Möglich ist das schon, dass es bei einer Nacht blieb«, befand Grünbrecht. »Immerhin hat uns seine Ex-Frau gesagt, dass er kein Kostverächter gewesen ist.«

»So wie unser Kolanski«, streute Heinze Salz in die Wunde.

»Ich bin schließlich Single ... Weihnachten naht ... Da hab ich doch ein paar schöne Stunden verdient, oder etwa nicht?«, beschwerte sich Kolanski über das allgemeine Unverständnis.

»So hab ich das nicht gemeint«, entschuldigte sich Heinze.

»Schon gut, bei dir schaut es ja auch nicht besser aus«, holte Kolanski zur Retourkutsche aus. »Oder wie verbringst du heuer Weihnachten? Alleine, nehme ich an.«

Heinze seufzte. »Mia und ihre Mutter fahren über die Feiertage zu meinen Ex-Schwiegereltern ins Südburgenland. Dort kann ich kaum aufkreuzen, da meine Ex-Schwiegermutter immer gegen mich gewettert hat. Sie hat behauptet, dass mein Beruf zu gefährlich sei und Mia eines Tages ohne Vater aufwachsen müsse. Dass einmal ein schlimmer Unfall passieren werde mit meiner Dienstwaffe. Ständig hat sie an mir herumgenörgelt. Und jetzt wächst Mia tatsächlich ohne Vater auf, allerdings nicht, weil ich im Einsatz gestorben bin, sondern weil unsere Ehe nicht funktioniert hat.«

»Willkommen in der Welt der Alleinstehenden.« Grünbrecht nickte Heinze und Kolanski zu. Für die Gruppeninspektorin war es das erste Weihnachten ohne ihren Verlobten Edwin Mirscher, der tatsächlich im Dienst gestorben war. Verwandte hatte sie keine mehr – bis auf ihren Vater, aber zu dem pflegte sie keinen Kontakt. Niemand im Team wusste, wieso. Darüber schwieg sie beharrlich.

Stern bekam seinen Kollegen gegenüber beinahe ein schlechtes Gewissen. Er war der Älteste in der Runde und der Einzige, der in einer Beziehung lebte. Er würde Weihnachten mit Silvia Burgstaller verbringen, darauf freute er sich. Vielleicht hätte er mit Kolanski nicht so streng sein sollen wegen des aufkeimenden Flirts mit dieser Ausstellerin.

Kolanski räusperte sich in die plötzlich vorherrschende trübe Stimmung hinein und sagte: »Ich schlage vor, Martin und ich befragen noch die übrigen Aussteller, damit die endlich nach Hause fahren können. Und du und Mara, ihr macht euch ebenfalls auf den Heimweg, es ist eh schon spät. Gestern Nacht habt ihr das Überbringen der Todesnachricht ohne uns übernommen und wir durften früher ins Bett. Heute machen wir das umgekehrt.«

Stern war von diesem Angebot gerührt. Wahrscheinlich spielte auch die Ankündigung der Kollegen, dass sie Weihnachten alleine verbringen würden, eine Rolle, dass er so emotional reagierte. Da konnte es nicht schaden, ein wenig zusammenzurücken. »Wir helfen euch«, entschied er, obwohl ihn die Müdigkeit quälte. »Dann geht es schneller.«

11. KAPITEL

Um kurz nach 8 Uhr läutete Sterns Handy und riss ihn aus dem Schlaf. Letzte Nacht war es wieder spät geworden. Bis sie alle Aussteller befragt hatten, war es weit nach Mitternacht gewesen. Recht viel Neues hatte sich dabei nicht ergeben, bis auf ein Video, das eine Keramikkünstlerin aufgenommen hatte und in dessen Hintergrund Jakob Grünwald zu erkennen war, wie er die Verkaufsstände entlangflanierte. Plötzlich war er stehen geblieben, hatte gelächelt und jemandem, der sich außerhalb des Aufnahmebereiches befunden hatte, die Hand gereicht. Die Hand der anderen Person war für diesen Akt der Freundlichkeit kurz im Bild aufgetaucht. Anschließend waren einige Worte gewechselt worden, bis Jakob Grünwald gut gelaunt weitergegangen war. Daraus ließ sich zum jetzigen Zeitpunkt aber nichts ableiten. Wahrscheinlich spielte es überhaupt keine Rolle.

Die Befragungen der Adventmarktbesucher durch die Kollegen der Dienststelle in Linz hatten ein paar Fotos mit Jakob Grünwald auf dem Schloss Advent ergeben. Außerdem hatten zahlreiche Menschen nach Aufrufen der Polizei Bildmaterial an die offizielle Polizei-E-Mail-Adresse geschickt, die Kollegen hatten es vorsortiert und die relevanten Fotos ans Ermittlerteam weitergeleitet. Diese Bilder wollten die Kriminalbeamten heute durchgehen. Für 8 Uhr hatte Stern eine Dienstbesprechung angesetzt.

»Scheiße!«, fluchte er mit Blick auf den Wecker. Auf dem Display des unzuverlässigen Gerätes prangten die Leuchtziffern 8:10. Bestimmt rief Grünbrecht an und wollte wissen, wo er blieb.

»Papa?« Die Stimme seiner Tochter drang aus dem Lautsprecher, als er sich das Handy an sein Ohr hielt. »Tobias hat sich gerade bei mir gemeldet und gesagt, dass du nicht in der Schule bist …«

Umgehend war Stern hellwach. »Welcher Tag ist heute?«

»Montag, Papa! Du solltest heute in Tobias' Klasse deinen Beruf vorstellen. Erzählen, was du machst und wie spannend die Arbeit bei der Polizei ist«, erinnerte Barbara ihn mit vorwurfsvollem Ton an das Schulprojekt, zu dessen Teilnahme sich Stern vor Wochen bereit erklärt hatte. Darauf war Tobias mächtig stolz gewesen. Nicht jeder hatte einen Großvater beim Landeskriminalamt, der noch dazu Chefinspektor war und die Ermittlungen in Mordfällen in Oberösterreich nördlich der Donau leitete.

Stern schälte sich mit dem Handy am Ohr aus dem Bett, was Miro mit einem eingeschnappten Miauen quittierte. Sie hatte dicht an ihn geschmiegt geschlummert und mochte es nicht, unsanft aus dem Schlaf gerissen zu werden. Die Katze sprang zu Boden und streckte sich. Anschließend betrachtete sie ihn mit vorwurfsvollem Blick.

»Ich hab's vergessen, Schatz. Tut mir leid!«, sagte Stern zu seiner Tochter. »Und ich hab verschlafen. Aber ich mach mich sofort auf den Weg.«

Ein Anklopfen in der Leitung ließ Stern wissen, dass noch jemand mit ihm reden wollte. »Warte, ich …« Er versuchte zu erkennen, wer der zweite Anrufer war, doch ohne Brille war das nicht möglich.

»Dir bleibt nur noch eine halbe Stunde«, trieb Barbara ihn zur Eile an. »Sie haben dich jetzt für die zweite Unterrichtseinheit eingeteilt. In der ersten halten Manuels Vater und Silkes Mutter ihre Vorträge, sie waren Gott sei Dank erreichbar und sind für dich eingesprungen. Manuels Vater ist Chirurg und Silkes Mutter arbeitet bei der Landesregierung in der IT-Abteilung. Versau es nicht, Papa! Tobi würde dir das nie verzeihen. Du weißt ja, wie er ist.«

»Schon klar, ich schaff das!«, keuchte Stern und kleidete sich an. Um eine Dusche zu nehmen, reichte die Zeit nicht.

Wieder klopfte es in der Leitung.

»Ich muss Schluss machen, Liebes. Ich melde mich nach der Schule.«

»Beeil dich, Papa!«

Stern nahm den nächsten Anruf entgegen.

»Oskar, wo bleibst du?«, fragte Grünbrecht. »Wir warten auf dich.«

»Ich hab verschlafen. Und ich hab einen anderen Termin vergessen, den ich unbedingt wahrnehmen muss. Ich komme erst gegen Mittag auf die Dienststelle. Es tut mir leid …«

»Aber …«

»Ich melde mich nachher.« Für Erklärungen hatte er keine Zeit. Er hetzte aufs Klo und vollzog im Bad eine Katzenwäsche, die diese Bezeichnung nicht wirklich verdiente. Wenn er daran dachte, wie lange Miro ihr Fell putzte, waren die wenigen Minuten, die er heute mit der morgendlichen Körperpflege zubrachte, nicht einmal erwähnenswert. Ohne Kaffee im Magen verließ er die Wohnung in der Linzer Herrenstraße und fuhr mit dem Wagen zu Tobias' Schule. Sein Enkel hatte ihm erst kürzlich erzählt, dass sein Klassenzimmer auf der Parkplatzseite lag, also schaltete er kurz vor dem Ziel das Blaulicht ein und fuhr, so schnell es ihm möglich war, zum Eingang vor, damit die Kinder einen ersten Eindruck von der Arbeit eines Polizisten bekamen.

Als er ausstieg, bemerkte er viele platt gedrückte Nasen an den Fenstern der Schule. Sein Auftritt war also bemerkt worden, stellte er zufrieden fest und betrat das Gebäude. Mit Pfeilen an den Wänden wurde den referierenden Eltern und Verwandten der Weg zu den entsprechenden Klassen gezeigt. Der Chefinspektor erklomm gerade die Treppe in den ersten Stock, als das Läuten das Ende der Unterrichtsstunde verkündete und Sekunden später die Klassentüren aufflogen.

»Opa!«, rief Tobias sichtlich erleichtert, seinen Großvater zu sehen. Das schmerzte Stern ein wenig, weil er wusste, dass ihm der Ruf anhaftete, er wäre in privaten Dingen nicht besonders verlässlich. Zu oft hatte er Schulaufführungen seiner Tochter verpasst, ebenso ihre Geburtstagsfeiern. Immer hatte er der Arbeit den Vorrang gegeben. Dass das ein Fehler gewesen war, wusste er heute.

»Grüß dich, Tobi!« Erfreut, dass er es doch noch rechtzeitig geschafft hatte, schritt er auf den Jungen zu. Als er jedoch bemerkte, dass dieser nicht wie früher mit offenen Armen auf ihn zugelaufen kam, da ihm die Begegnung mit dem Großvater vor seinen Schulkollegen unangenehm zu sein schien, blieb er etwas unsicher vor ihm stehen und fragte: »Na, wie war die erste Stunde?«

»Wie soll sie schon gewesen sein? Du hättest eigentlich da sein müssen, Opa«, flüsterte Tobias.

»Es tut mir leid, dass ich mich verspätet hab«, antwortete Stern ebenfalls leise. »Aber ihr habt das ja super hingekriegt und …«

»Nur weil Manuels Vater und Silkes Mutter für dich eingesprungen sind. Wenn sie das nicht gemacht hätten, hätten alle gewusst, dass man sich nicht auf dich verlassen kann«, warf Tobias seinem Großvater vor.

Stern zuckte innerlich zusammen. Der Junge hatte ja recht. Doch dieses Mal lag Sterns Unpünktlichkeit nicht an der Arbeit, sondern an diesem verdammten Wecker. Wusste der Teufel, wieso er nicht geläutet hatte!

»Hast du mitbekommen, dass ich das Blaulicht eingeschaltet hab?«, wechselte er das Thema.

»Sicher, Opa. Und das war voll *nice*! Ich hoffe, du erzählst auch wirklich nur von den spannenden Dingen in deiner Arbeit, also von Verbrechern und den Mordfällen, und machst es nicht so wie Carolines Vater gestern. Der ist Steuerberater. Am Ende der Stunde hat die halbe Klasse geschlafen.«

In diesem Moment trat ein Mann aus dem Klassenzimmer. Wahrscheinlich Manuels Vater, vermutete Stern. »Ah, der Herr Chefinspektor«, sagte der Typ nach abgeschlossener Musterung in einem herablassenden Tonfall, der verhinderte, dass Stern sich bei ihm bedankte. »Immer am Arbeiten, oder wie kommt es, dass Sie heute Morgen nicht rechtzeitig da waren?«

»So ist es eben, wenn man im Dienst der Gesellschaft

steht«, antwortete Stern. Das Auftreten seines Gegenübers missfiel ihm und ließ nicht zu, dass er die Wahrheit sagte.

»Unsereins rettet ja nur Leben, da haben wir massig Zeit«, erwiderte der Mediziner. »Stimmt es, dass die Polizei mit Blaulicht zum Würstlstand fährt, um sich eine Jause zu holen?«

»Glauben Sie nicht alles, was Sie im Internet lesen«, parierte Stern. »Denn wenn Sie einmal Hilfe brauchen, sind Sie gewiss froh, wenn wir das Blaulicht einschalten, um schneller bei Ihnen zu sein.«

»Und der Auftritt vor der Schule? Für was war da das Blaulicht gut? Um Eindruck bei den Kindern zu schinden?«

Die Schulglocke läutete und unterbrach den Schlagabtausch der Männer. Ganz offensichtlich hatte der Typ ein Problem mit Stern.

»Genau«, erwiderte der Chefinspektor und wandte sich ab. Menschen wie dieser Arzt waren ihm ein Gräuel. Menschen, die die Schwächen anderer ausnutzten, um sich selber besser zu fühlen. Er wollte dieser Person nicht mehr Beachtung schenken als unbedingt notwendig und folgte Tobias in die Klasse. Dort begrüßte ihn die Lehrerin, die eben noch mit einer Frau, die nicht zum Schulbetrieb zu gehören schien, gesprochen hatte. Eine Handtasche stand neben dem Lehrertisch und eine dicke Daunenjacke hing über einem Stuhl. Stern stellte sich vor.

»Mira Tachnatko, ich bin die Mutter von Silke«, antwortete die Brünette mit dem flotten Kurzhaarschnitt.

»Es tut mir leid, dass Sie für mich übernehmen mussten«, entschuldigte sich Stern bei ihr. Sie wirkte sympathisch, deshalb ging ihm die Entschuldigung leicht über die Lippen.

»Ach, das ist kein Problem. Ich bin nur wenige Minuten von hier weg gewesen. Und Ihr Job ist eindeutig wichtiger für die Gesellschaft als meiner. Sie müssen schließlich für Recht und Ordnung sorgen, auch wenn ich hin und wieder ebenso mit Bösewichten zu tun habe.«

»Wirklich?« Sterns Neugierde war geweckt.

»Ja, erst vor einer Woche haben Hacker versucht, in den Server der Landesregierung einzudringen. Es ist uns gelungen, den Angriff abzuwehren. Aber wäre mein Vortrag in der Schule in diese Zeit gefallen, hätte ich ihn nicht wahrnehmen können. Wir haben Tag und Nacht gearbeitet, um das in den Griff zu kriegen«, erwiderte Mira Tachnatko. »Es ist schon erstaunlich, wie sich das in den letzten Jahren verändert hat. Ich hab gerade den Kindern davon erzählt.« Sie warf einen Blick auf die Klasse. Die Schüler saßen auf ihren Plätzen und nutzten die Zeit, in der sich die Erwachsenen unterhielten, für Gekicher und Getuschel.

Stern entdeckte Tobias in der letzten Reihe. Ihm fiel auf, dass sein Enkel angespannt wirkte. Wahrscheinlich hatte er Sorge, dass der Beitrag seines Großvaters peinlich sein könnte und sich seine Schulkameraden über ihn lustig machen würden. »Ihr Vortrag war sicher interessant, den hätte ich gerne gehört«, erwiderte Stern höflich.

»Das können Sie.« Die Frau streckte ihm ihre Visitenkarte entgegen. »Ich halte diese Vorträge, angepasst an mein Publikum, auch öffentlich, da sich die digitale Welt rasend schnell verändert. Viele Menschen und Unternehmen kommen da gar nicht mehr mit. Und natürlich verbergen sich dort, wo es Chancen gibt, ebenso große Risiken. Im Darknet können Sie sich heutzutage mit dem notwendigen Wissen alles kaufen, was Sie wollen. Und wenn ich ›alles‹ sage, meine ich das auch. Sie kriegen dort zum Beispiel einen Auftragskiller!«

Stern wusste das natürlich, nahm die Visitenkarte und sagte: »Das haben Sie den Kindern aber hoffentlich nicht erzählt.«

Mira Tachnatko lächelte. »Nein, das überlasse ich Ihnen. Immerhin arbeiten Sie beim Landeskriminalamt. Angst und Schrecken mit Geschichten zu verbreiten, fällt wohl eher in Ihr Ressort.« Die Mutter von Silke griff nach Jacke und Handtasche und wandte sich der Klasse zu. »Pfiat euch, und wenn jemand Interesse hat, IT-Spezialistin oder IT-Spezialist zu werden, dann denkt daran, was ich euch erzählt habe. Ihr schafft das!«

»Auf Wiedersehen!«, riefen die Kinder im Chor.

Als die Frau das Klassenzimmer verlassen hatte, bat die Lehrerin Sterns Enkel nach vorne zur Tafel. »Tobias, stellst du bitte deinen Gast vor?«

Tobias trat vor seine Mitschüler. Stern merkte ihm an, dass er nervös war. »Mein Gast ist mein Großvater. Er arbeitet im Landeskriminalamt in Linz und bearbeitet alle Mordfälle im Mühlviertel. Vorhin habt ihr gesehen, wie die Polizei bei einem Einsatz durch die Gegend fährt. Sie hat mit Blaulicht und Sirene gegenüber allen anderen Verkehrsteilnehmern Vorrang. Das ist notwendig, damit sie so schnell wie möglich zum Einsatzort gelangt, um Schlimmeres zu verhindern. Bei dem letzten Mordfall bin ich dabei gewesen, Opa hat mich unfreiwillig mitnehmen müssen.« Tobias sah zu Stern hinüber und grinste. Stern nickte bestätigend und zog eine Grimasse, was Gelächter bei den Mitschülern auslöste. »Der Tote ist in Altenfelden im Gehege der Wölfe gelegen und ich hab ihn gesehen«, erzählte Tobias. Ein Raunen ging durch das Klassenzimmer, auch wenn die Kinder über den Vorfall sicher Bescheid wussten. Gewiss hatte Tobias schon damals ausführlich darüber berichtet. »Der hat furchtbar ausgeschaut, sag ich euch. Dem sind die Eingeweide rausgehangen, aber mein Großvater hat den Fall aufgeklärt …« Je länger Tobias redete, umso selbstbewusster erschien er Stern, und je selbstbewusster der Junge wurde, umso eifriger schilderte er Sterns Arbeit. Seine Begeisterung war spürbar, und seine Augen leuchteten, wenn er seinen Großvater zwischendurch mal anschaute. »… deshalb ist für mich klar, dass ich auch Polizist werde«, endete er seine Einführung und übergab das Wort an Stern.

Der war richtig stolz auf Tobias. Nun lag es an ihm, die Sache nicht zu versauen. »Das, was Tobias euch erzählt hat, entspricht der Wahrheit. Und was ihr nun von mir hören werdet, wird eure kühnsten Vorstellungen übertreffen von dem, was da draußen in der Welt wirklich los ist.« Stern deutete in Richtung Fenster. Die Blicke der Kinder folgten seinem Fingerzeig. »Es gibt nicht nur nette Menschen, wie ihr zweifelsohne wisst. Und um den Bösen das Handwerk zu legen, braucht es die Polizei. Jede einzelne Polizistin und jeder Polizist ist vonnöten, damit wir in Frieden leben können. Denn stellt euch vor …«

Die Kinder hingen gebannt an Sterns Lippen und lauschten seiner Erzählung über die Verbrechen, an deren Aufklärung er beteiligt gewesen war. Natürlich offenbarte er keine Details und verschwieg, was nicht für Kinderohren geeignet war. Nur ein klein wenig ließ er sich von dem auffordernden Nicken seines Enkels anstacheln, ein paar schockierende Einzelheiten einzuwerfen, um den Spannungsbogen hochzuhalten. Als er endete, warf er einen Blick in die Runde und stellte fest, dass niemand schlief. Stattdessen entdeckte er mehrere Augenpaare, deren Ausdruck man durchaus als erschrocken beschreiben könnte, und kurz kam ihm in den Sinn, dass er vielleicht zu weit gegangen war. Als Tobias ihm den Daumen nach oben zeigte, verwarf er diesen Gedanken jedoch und war mit sich zufrieden.

»Ich will auch Polizist werden!«, rief ein Junge in der zweiten Reihe.

»Ich auch!«, schloss sich ein anderer an.

»Und ich Polizistin«, sagte ein Mädchen auf einem der vordersten Plätze. »Aber ich fange keine Mörder, sondern ich kümmere mich darum, dass die Männer endlich den Frauen nicht mehr wehtun, und schieße denen ins Knie, die sich nicht daran halten.«

»Äh, ja, so macht man das eigentlich nicht«, versuchte Stern zu erklären. Doch er hegte die Befürchtung, dass es einen Grund geben könnte, warum das Mädchen so redete.

»Dann sperre ich alle ein, die das tun! Die gehören nämlich weg von ihren Familien!« Entschlossen verschränkte das Mädchen die Arme vor der Brust.

»Wenn ein Mann seiner Familie etwas antut, müssen die Familienmitglieder unbedingt zur Polizei gehen, auch die Kinder können das tun«, antwortete Stern.

»Oder sie wenden sich an eine Vertrauensperson. Das kann zum Beispiel eine Lehrerin sein, verstehst du?«

Das Mädchen nickte.

»Danke, Herr Chefinspektor«, beendete die Lehrerin das Gespräch. »Die Stunde ist gleich um. Und was sagen wir da?« Auffordernd sah sie die Kinder an.

»Danke!«, riefen diese im Chor, klatschten und trampelten.

»Es war mir eine Freude, bei euch sein zu dürfen. Und wenn jemand ein Problem hat, das die Polizei lösen kann, ruft mich an. Tobias hat meine Telefonnummer, die gibt er gerne an euch weiter.« Stern warf einen Blick zu dem Mädchen hinüber, das sich vorhin zu Wort gemeldet hatte. Er wollte feststellen, ob es seine Aussage mit der Telefonnummer mitbekommen hatte. Das Mädchen klatschte wie die anderen Kinder begeistert in die Hände, also nahm er an, dass es aufmerksam zugehört hatte. Zum Abschied winkte er der Klasse zu und reichte der Lehrerin die Hand.

Das Läuten der Glocke kündete just in diesem Moment den Beginn der großen Pause an.

»Das war ein spannender Vortrag, Herr Stern«, sagte die Lehrerin mit einer Miene, die nicht durchblicken ließ, wie sie das meinte. Gewiss dachte sie, dass die Schüler für seine ausführlichen Schilderungen so mancher Verbrechen noch zu jung waren. Doch aus Erfahrung wusste Stern, dass Kinder oft noch jünger waren, wenn sie das erste Mal mit Gewalt in Kontakt kamen. Entweder wenn sie sie mitanschauen mussten oder gar selber erlebten. Deshalb hielt er es für sinnvoll, offen mit ihnen zu sprechen. »Danke, dass Sie sich die Zeit genommen haben, obwohl Sie ja diesen grässlichen Fall in Kefermarkt aufklären müssen.«

»Gerne«, erwiderte Stern und verabschiedete sich.

Tobias begleitete ihn in den Gang. Dort war schon jede Menge los. Kinder liefen an ihnen vorbei, unterhielten sich oder eilten in die Kantine, um sich eine Jause zu holen.

»Na, wie war ich?«, fragte Stern seinen Enkel.

»Du warst spitze, Opa!«

»Danke, du warst aber auch nicht schlecht.« Stern fühlte sich gut. Die Meinung seines Enkels war ihm wichtig. Viel wichtiger als die des arroganten Schnösels von Arzt von vorhin.

»Ich muss wieder rein.« Tobias deutete in Richtung seiner Klasse.

»Und ich muss in die Nietzschestraße. Die Kollegen warten auf mich. Ich hab seit 8 Uhr eine Dienstbesprechung.« Stern lächelte.

»Das glaube ich nicht«, erwiderte Tobias. »Du bist schließlich hier.«

»Ja, weil du mir wichtig bist. Und Mama und Melanie sind das auch.«

Verlegen senkte Tobias den Kopf.

Stern spürte, dass ihn der Junge gerne umarmen würde, doch er unterließ es. Klar, das Erwachsenwerden machte ihm wie so vielen in diesem Alter zu schaffen. Da gab es ein paar Jahre, wo es uncool war, seine Familie zu herzen. Stern respektierte das, wenngleich er es sich anders wünschte. Mit den Worten »Los! Rein mit dir!« wollte er dem Jungen helfen, aus der Situation herauszukommen.

Tobias trat an ihn heran und flüsterte: »Ich hab dich lieb, Opa!« Dann drehte er sich um und ging in die Klasse zurück. Vielleicht war der Junge ja reifer, als Stern gedacht hatte. Jedenfalls freute er sich über die Zuneigungsbekundung.

»Ich dich auch«, flüsterte er ihm kaum hörbar hinterher und machte sich anschließend auf den Weg ins Landeskriminalamt.

12. KAPITEL

Als Stern auf der Dienststelle eintraf, werteten Grünbrecht, Kolanski und Heinze gerade die eingegangenen Hinweise der Marktbesucher aus. Da heutzutage fast jeder von seinen Aktivitäten mit dem Handy Fotos oder Videos aufnahm, um diese in den sozialen Netzwerken zu posten, lag den Ermittlern genügend Material vor, um einen realistischen Eindruck von dem Treiben auf dem Kunsthandwerksmarkt zu erhalten, ohne selbst dabei gewesen zu sein. Das half ihnen, den Tag von Jakob Grünwald zu rekonstruieren.

»Wo warst du?«, fragte Mara Grünbrecht ihren Chef, als sich dieser mit einem Kaffee aus der neuen Espressomaschine vor die Magnetwand stellte.

Das Koffein hatte Stern dringend nötig, immerhin hatte er am Morgen seine Wohnung völlig überhastet verlassen. Ohne Frühstück. Er setzte seine Brille auf und begann, die Informationen zu lesen, die seine Kollegen auf der Wand aufgelistet hatten. Neben Fotos von dem Toten und seiner Familie waren mögliche Motive angeführt. Doch noch war alles reine Spekulation. »Ich war in der Schule«, antwortete er und nahm einen weiteren Schluck aus seiner Tasse.

»In der Schule? Hab ich etwas verpasst?« Heinze schaute irritiert in die Runde.

»Nein«, winkte Stern ab. »Tobias hat eine Projektwoche, in der Eltern oder Verwandte der Kinder ihren Job vorstellen. Da hab ich mitgemacht.«

»Sehr cool!«, ließ Heinze verlauten. »So eine Aktion hat es zu meiner Zeit nicht gegeben. Aber ich wusste ohnehin immer, dass ich Polizist werden will, weil Frauen angeblich darauf stehen, wenn Männer eine Uniform tragen.«

»Da bist du bei der Kriminalpolizei aber falsch«, warf Kolanski ein, da sie alle Zivilkleidung anhatten.

»Das hat sich dann eh geändert, als ich gemerkt hab, dass mein Lächeln viel besser bei den Frauen ankommt als mein Job«, ließ Heinze die Kollegen wissen.

»Ja klar, träum weiter«, stichelte Grünbrecht.

»Was habt ihr in der Zwischenzeit herausgefunden?«, lenkte Stern das Gespräch auf den Fall.

»Dass an dem Sprichwort, man sieht den Wald vor lauter Bäumen nicht, etwas dran ist. Es ist schon interessant, dass ganz viele Menschen auf dem Schloss gewesen sind, sich aber keiner an eine einzelne Person erinnern kann, wenn er sie nicht persönlich kennt«, beschrieb Grünbrecht das Problem.

»Das hat sich der Täter offenbar zunutze gemacht«, erwiderte Stern.

»Wir können einen Teil von Jakob Grünwalds Tag rekonstruieren.« Kolanski drehte seinen Bildschirm so, dass der Chefinspektor einen Blick darauf werfen konnte. »Wir haben die Fotos, auf denen er zu sehen ist, dem Ablauf entsprechend aneinandergereiht. Mit den Zeitstempeln war das gar nicht schwierig. Hier …« Kolanski deutete auf den Monitor, auf dem er gerade eine Aufnahme vor dem Schloss geöffnet hatte. Eine

Gruppe junger Erwachsener brachte sich darauf vor einer Punschhütte in Pose. Eine Gestalt mit Hut und Lodenmantel querte im Hintergrund den Parkplatz. »Da kommt Jakob Grünwald zum Weinberger Schloss Advent.«

»Seid ihr sicher? Ich kann kaum etwas erkennen, geschweige denn ihn als unser Opfer identifizieren.« Stern beugte sich nach vorne, um besser sehen zu können. Aber auch das brachte nicht das gewünschte Ergebnis.

»Wir denken aufgrund der Kleidung und Größe, dass er es ist«, informierte Grünbrecht ihren Chef und verwies auf das Foto der Leiche, das an der Magnetwand hing.

»Stimmt. Es ist derselbe Mantel«, bestätigte Stern. »Und der Hut hat in der Kapelle auf dem Boden gelegen. Okay, weiter.«

Das nächste Bild zeigte Jakob Grünwald innerhalb der Schlossmauern. Ein Pärchen hatte das Foto von sich und einer Bekannten gemacht, in dessen Hintergrund sich Grünwald mit einem bislang Unbekannten unterhielt.

»Wir wissen leider nicht, wer dieser Mann ist, sind aber gerade dabei, es herauszufinden. Wir haben zwei Kollegen nach Kefermarkt geschickt, die das Foto überall herumzeigen. Wenn Grünwald den Mann gekannt hat, haben wir vielleicht Glück, dass er auch aus der Gegend stammt«, berichtete Kolanski.

»Sehr gut.« Stern war zufrieden.

Auf der nächsten Aufnahme war Jakob Grünwald im Raum neben der Kapelle zu sehen. »Das Foto stammt von einer gewissen Petra Stepenai«, teilte Grünbrecht dem Chefinspektor mit. Sie und ihr Mann haben sehr viele Fotos aufgenommen, um sie Petras Schwester zu zeigen. Die wohnt in Graz und hat sich die Bilder schicken lassen, um zu beurteilen, ob sie die weite Reise mal auf sich nehmen möchte, um den Kunsthandwerksmarkt zu besuchen. Auf den anderen Bildern von den beiden ist Grünwald leider nicht abgelichtet.«

»Diese Aufnahme ist interessant«, sagte Stern. »Durch die Tür, die wir im Hintergrund sehen, gelangt man in die Kapelle. Verrät uns der Zeitstempel, wann sie entstanden ist?«

»Kurz vor dem Mord.«

»Das heißt, der Täter könnte auf dem Foto abgebildet sein«, resümierte der Chefinspektor.

»Oder er ist von der anderen Seite gekommen«, zeigte Kolanski eine weitere Möglichkeit auf. »Die Kapelle hat ja zwei Eingänge.«

»Er kann auch in der Kapelle auf sein Opfer gewartet haben«, fügte Grünbrecht an.

»Habt ihr noch mehr relevante Fotos?« Stern hoffte, dass die Gruppeninspektoren seine Frage bejahen würden.

»Bislang nicht, aber wir sind noch nicht am Ende angelangt. Die Kollegen haben zwar eine Vorsortierung vorgenommen, uns aber trotzdem jede Menge Fotos übrig gelassen, die wir durchgehen müssen.« Kolanski lehnte sich in seinem Stuhl zurück.

»Kann man das Bild vergrößern?« Stern deutete auf die Aufnahme im Raum neben der Kapelle.

»Die Qualität ist nicht besonders gut, unsere IT-Techniker sollen prüfen, was sie rausholen können«, schlug Heinze vor.

»Sag ihnen, ich will von jedem, der da zu sehen ist, das Gesicht in Großaufnahme. Vielleicht haben wir Glück und der Täter hat sich ungewollt fotografieren lassen.«

»Mach ich, Chef.« Heinze setzte sich an seinen Computer und mailte das Foto in die Kriminaltechnik.

Die Tür ging auf und Dominik Weber trat ein, in der Hand eine braune Mappe, in der sich üblicherweise der Obduktionsbericht befand. »Störe ich?«

»Du störst nie.« Grünbrecht lächelte den Gerichtsmediziner an.

»Danke, Mara. Genau das habe ich jetzt gebraucht.«

»Wieso? Was ist passiert?«, hakte Stern nach. Dass Weber nach Zuspruch verlangte, war ungewöhnlich für ihn.

Der Gerichtsmediziner seufzte und lehnte sich an die Kante von Grünbrechts Schreibtisch. »Meine Frau hat gestern Abend zu mir gesagt, dass ich gehen und irgendwelche Leichen aufschneiden soll, weil ich ihr mit meinen Geschichten von der Arbeit die weihnachtliche Stimmung versaue. Ich würde ihre Bemühungen stören, unser Zuhause festlich für den Heiligen Abend herzurichten, hat sie gemeint. Dabei hängen bei uns eh schon seit Wochen überall Christbaumkugeln und Tannenzapfen herum. Unsere ganze Wohnung riecht nach Zimtgebäck und Lebkuchen, und auf jedem Kästchen steht so ein Duftdings und verbreitet Wald- oder Orangengeruch«, beschwerte sich der Gerichtsmediziner.

Stern schmunzelte. Da hatte er es leichter. Seine Wohnung wollte niemand schmücken. Einer der Vorteile, wenn man alleine lebte. Oder fast alleine. Miro interessierte sich nicht für die bevorstehenden Feiertage, und Silvia übernachtete ja nur hin und wieder bei ihm.

»Bei uns bist du jederzeit willkommen«, legte Grünbrecht nach, da Weber sich zuvor über ihre herzlichen Worte gefreut hatte.

»Ich danke euch.« Der Gerichtsmediziner deutete auf das Häferl in Sterns Hand. »Bekomme ich auch einen Kaffee?« Seit Stern für die Abteilung eine neue Espressomaschine hatte anschaffen lassen, trank selbst der Gerichtsmediziner bei seinen Besuchen eine Tasse Kaffee.

»Klar! Mein Häferl ist ohnehin leer, ich hol uns Nachschub«, bot Stern bereitwillig an. Eine Tasse am Vormittag reichte ihm nicht.

»Für mich bitte ebenfalls einen Kaffee!«, rief Kolanski ihm hinterher.

»Dem schließe ich mich an. Danke!«, hörte Stern jetzt auch noch die Stimme von Heinze.

»Warte, ich helfe dir.« Grünbrecht folgte ihrem Vorgesetzten nach draußen. Das schätzte Stern an der Kollegin. Sie sah immer, was gerade gebraucht wurde, wo Hilfe vonnöten war. Das machte einen guten Ermittler aus. Er musste erkennen, wo das Problem lag und wie es zu lösen war. Fünf Tassen hätte Stern unmöglich alleine tragen können. Nicht einmal drei hätte er geschafft, ohne die Hälfte des Inhaltes zu verschütten. Deshalb – und wegen vieler anderer ihrer Eigenschaften – fand er, dass Grünbrecht die perfekte Nachfolgerin für ihn war, wenn er einmal in Pension ging.

Minuten später kehrten die beiden zurück und verteilten die Tassen.

»Ich hatte deinen Obduktionsbericht eigentlich schon gestern erwartet«, konnte sich Stern nicht verkneifen, den Gerichtsmediziner zu rügen.

»Ich bin gestern auch da gewesen, aber euer Büro war verwaist. Und so ganz ohne Erklärungen wollte ich den Bericht nicht dalassen«, antwortete Weber und nahm einen Schluck.

»Welche Erklärungen denn? Gibt es etwas Ungewöhnliches?«, hakte Stern nach.

»Findest du es nicht ungewöhnlich, wenn jemand mit einem Christbaum ermordet wird? Also das kann ich meiner Frau gar nicht erzählen, die würde mich vor die Tür setzen und behaupten, ich hätte Weihnachten ruiniert.« Allein bei dem Gedanken schüttelte Weber den Kopf.

Stern war nun klar, dass der Gerichtsmediziner nicht nur vorbeigekommen war, um ihnen den Obduktionsbericht zu überbringen, sondern ebenso, um ihnen sein Herz auszuschütten. Na gut, sein Job war mitunter sehr einsam. Die Toten auf seinem Seziertisch schwiegen beharrlich, da konnte man schon das Bedürfnis entwickeln, einmal ein ganz normales Gespräch führen zu wollen. Ein wenig fachzusimpeln oder das Erlebte verbal auszudrücken, damit es einem nicht die Seele auffraß. Immerhin hatte Weber in regelmäßigen Abständen ein übel zugerichtetes Mordopfer auf seinem Obduktionstisch oder einen Leichnam, den man erst gefunden hatte, als der Körper ein Verwesungsstadium erreicht hatte, das sich viele gar nicht vorstellen konnten. Und wie es ausschaute, durfte er zu Hause nichts von alldem erzählen, was sein Redebedürfnis unter Kollegen erklärte. Sofort tat Stern seine Rüge von vorhin leid.

»Nicht du hast Weihnachten kaputtgemacht, sondern der Mörder«, erwiderte er deshalb. »Aber du hast recht, der Täter hat eine ungewöhnliche Tatwaffe benutzt. Ich denke jedoch nicht, dass das etwas zu bedeuten hat. Der Tannenbaum war halt gerade da. Es war gewiss bloß Zufall, dass der Täter ausgerechnet danach gegriffen hat.«

»Wahrscheinlich hast du recht.« Weber nickte sinnierend und trank aus seinem Häferl.

»Was hat die Obduktion ergeben?«, fragte Stern.

»Die Todesursache ist euch eh bekannt. Der Mörder hat dem Opfer die Tatwaffe in den Hals gerammt und dadurch mehrere Blutgefäße verletzt. Zwar nicht die Arteria carotis, also die Halsschlagader, die verläuft ja auf beiden Halsseiten und teilt sich in Höhe des Kehlkopfes in zwei Äste auf. Doch auch die feineren Blutgefäße im Hals führen genügend Blut, sodass bei einer Durchtrennung eine größere Menge Blut in die Lungen gelangen kann. Zusätzlich hat die Tatwaffe die Luftröhre blockiert, weshalb das Opfer sozusagen auf zweifache Weise erstickt ist. Erstens durch das Ansammeln des Blutes in der Lunge und zweitens durch die plötzlich unzureichende oder gar ausbleibende Sauerstoffzufuhr. An was der Mann schlussendlich erstickt ist, kann ich euch nicht sagen. Das spielt auch gar keine Rolle. Aber es ist schön, dass ich euch meinen Befund erklären konnte und ihr mir zugehört habt.« Weber lächelte zufrieden.

»Wann war der Todeszeitpunkt?«

»Meine Vermutung, dass er zwischen 18 und 20 Uhr gestorben ist, hat sich bestätigt.«

»Sonst noch etwas, das uns hilft, den Fall aufzuklären?«

»Der Tote hatte ziemlich viel Alkohol im Blut, 1,1 Promille. Das heißt, dass er dem Täter wahrscheinlich körperlich unterlegen gewesen ist, weil seine Reaktionen bei der Abwehr des Angriffes stark eingeschränkt waren. Deshalb haben wir keine Abwehrverletzungen gefunden«, ergänzte Weber seinen Bericht. »Und er hatte ein hepatozelluläres Karzinom.«

»Was ist das?«, wollte Grünbrecht wissen.

»Leberkrebs«, antwortete der Gerichtsmediziner.

»Puh, jetzt verstehe ich, warum deine Frau nicht will, dass du ihr von deiner Arbeit erzählst«, warf Heinze ein. »Da würde ich auch depressiv werden.«

»Kann Jakob Grünwald von dem Krebs gewusst haben?«, fragte Stern.

»Möglich. Leberkrebs verursacht jedoch gerade im Anfangsstadium keine Beschwerden und wird meist zufällig bei einer Ultraschalluntersuchung entdeckt. Erst später treten Druckschmerzen im Oberbauch oder eine ungewollte Gewichtsabnahme auf. Da ist es für eine erfolgreiche Behandlung allerdings meist zu spät. Ihr müsst mit seinem Arzt reden und ihn fragen, ob die Krankheit bekannt gewesen ist, das steht bestimmt in seiner Krankenakte«, antwortete Weber.

»In welchem Stadium befand sich Grünwald?«, hakte Grünbrecht nach.

»Im zweiten. Der Tumor hat bereits auf benachbarte

Blutgefäße übergegriffen, aber nicht auf Lymphknoten oder andere Organe. Die Heilungschancen liegen da bei Männern zwischen 25 und 50 Prozent«, referierte der Gerichtsmediziner.

»Wir fragen seine Frau, ob sie von der Krankheit ihres Mannes Kenntnis hatte« entschied Stern kurzerhand. »Wir müssen ohnehin noch in Erfahrung bringen, wo sie zum Zeitpunkt seines Todes gewesen ist.«

»Glaubst du, dass der Krebs etwas mit seinem Tod zu tun hat?«, fragte Kolanski.

»Keine Ahnung«, gab Stern zu.

»Vielleicht wollte er nicht jämmerlich draufgehen. Soviel ich weiß, wird bei Leberkrebs keine Chemotherapie angewandt, da die Erfolgschancen zu gering sind«, warf Heinze ein.

»Heute Morgen war übrigens die ganze Familie da, um den Toten zu identifizieren«, erzählte Weber.

»Was heißt ›die ganze Familie‹?«, hakte Kolanski nach. »Etwa mit Kind und Kegel? Dann musstest du die Gerichtsmedizin ja wegen Überfüllung schließen, und vorhin hast du dich noch beklagt, dass du mit niemandem reden kannst.«

Weber verdrehte die Augen. »Ich bin mir ziemlich sicher, dass die Familien der Opfer nicht die richtigen Zuhörer für meine Obduktionsberichte sind. Stell dir vor, ich erzähle denen, wie ich ihre Liebsten aufschneide und die Organe rausnehme.« Der Gerichtsmediziner schüttelte den Kopf. »Das geht gar nicht.«

»Da hast du allerdings recht«, pflichtete Stern ihm bei. »Aber wer war denn nun alles bei der Identifizierung dabei?«

»Grünwalds Ehefrau, seine Ex und die beiden Kinder«, zählte Weber auf.

»Das ist doch okay, oder?«, meinte Grünbrecht.

»Ja klar, ungewöhnlich ist es trotzdem. Normalerweise reißen sich die Leute nicht darum, zu mir in die Gerichtsmedizin zu kommen«, ließ Weber die Kriminalbeamten wissen. »Und seit ihr die neue Kaffeemaschine habt, lässt sich Oskar auch nicht mehr bei mir blicken.«

Stern reagierte nicht.

»Oskar? Hörst du mir zu?«, fragte der Gerichtsmediziner.

»Ja klar … Ich überlege nur gerade, ob die Familie vielleicht doch intakt sein könnte. Der Sohn ist zwar nach seinem Studium von zu Hause weggegangen und hat nicht wie seine Schwester im Unternehmen mitgearbeitet, was aber nicht bedeutet, dass es Streit gegeben haben muss. Jakob Grünwald hat ihn vor wenigen Jahren zurückgeholt …«

»Ja, weil er einen männlichen Nachfolger bevorzugt hat«, warf Grünbrecht säuerlich ein. »Das würde mich, wenn ich Anna wäre, schon verärgern.«

»Oder enttäuschen«, ergänzte Kolanski.

»Oder verärgern und enttäuschen«, meinte die Gruppeninspektorin.

»Ob er Matteo wirklich bevorzugt hat, wissen wir nicht. Bislang sind das nur Vermutungen von denen, die wir befragt haben. Viel wichtiger ist: Wer steht nun als Nachfolger in Jakob Grünwalds Testament? Und wie ist seine jetzige Frau Maike abgesichert? Er hat sie geliebt, das sagen alle, da hat er doch gewiss für sie vorgesorgt.«
Stern betrachtete grübelnd die Magnetwand, an der die

Fotos der Familienmitglieder hingen. »Es kann auch jemand außerhalb der Familie gewesen sein, der Jakob Grünwald den Christbaum in den Hals gerammt hat. Vielleicht, weil die Versicherung, die er für Maike abgeschlossen hat, bei Selbstmord nicht zahlt. Es gibt Fälle, in denen die Opfer jemanden mit dem eigenen Mord beauftragt haben.«

»Das würde voraussetzen, dass Jakob Grünwald von dem Leberkrebs gewusst hat«, stellte Grünbrecht fest.

»Wir sind ja gerade erst dabei, alle Beweise zu sichten und die Befragungen in seinem Umfeld durchzuführen«, mahnte Heinze zu mehr Geduld.

Doch die war nicht Sterns Stärke. »Ist der Bericht von der Tatortgruppe schon da?«, fragte er, ohne den Blick von den Fotos zu nehmen.

»Noch nicht. Bei einem Markt mit Hunderten beteiligten Personen dauert das länger als üblich«, wies nun auch Kolanski auf die erschwerten Umstände hin.

»Dann fahren Mara und ich zur Ehefrau, zum Anwalt von Jakob Grünwald und zu seinem Arzt und hören, was die uns sagen. Und ihr beide geht die restlichen Fotos vom Weinberger Schloss Advent durch«, entschied Stern und deutete auf Kolanski und Heinze. »Ruft an, wenn die Techniker die Personen auf dem letzten Foto erkennbar gemacht haben.«

»Und für mich ist es an der Zeit, in die Gerichtsmedizin zurückzukehren und ein paar Leichen aufzuschneiden. Es war schön, mit euch zu plaudern.« Weber stellte die leere Tasse auf einem Schreibtisch ab und wandte sich zum Gehen. »Pfiat euch!«

13. KAPITEL

Stern und Grünbrecht betätigten die Klingel des modernen Architektenhauses. Augenblicke später öffnete Maike Grünwald komplett in Schwarz gekleidet die Tür.

»Haben Sie herausgefunden, wer meinen Mann umgebracht hat?«, fragte sie sogleich.

»Noch nicht, Frau Grünwald. Aber es haben sich neue Fragen ergeben, die wir Ihnen gerne stellen würden«, erwiderte Stern.

»Kommen Sie rein, hier draußen ist es ja saukalt.« Die Witwe trat zur Seite und ließ die Kriminalbeamten ins Haus. Sie führte sie ins Esszimmer, wo sie wieder auf den gepolsterten beigen Lederstühlen Platz nahmen.

»Frau Grünwald, wussten Sie, dass Ihr Mann Leberkrebs hatte?«, kam Stern gleich zur Sache.

»Nein!« Maike Grünwald legte die Hand auf ihre Brust. Die Geste zeigte deutlich, wie sehr sie die Nachricht überraschte und erschütterte. »Davon hat er mir nichts gesagt! Sind Sie sicher?«

»Dass er krank war, ja. Was wir nicht wissen, ist, ob er Kenntnis davon hatte. Unser Gerichtsmediziner hat das Karzinom bei der Obduktion entdeckt«, erzählte Grünbrecht.

»Und was bedeutet das?«, fragte die Witwe. »Ich meine, Jakob ist ja nicht an Krebs gestorben, er wurde ermordet. Das eine hat mit dem anderen also gar nichts zu tun, oder?«

»Wahrscheinlich nicht, aber wir müssen alles hinterfragen, um herauszufinden, warum Ihr Mann sterben musste«, erklärte Stern.

»Wenn der Täter von Jakobs Krankheit gewusst hätte, hätte er ja nur warten müssen, bis Jakob stirbt. Vorausgesetzt, der Krebs war nicht heilbar.« Maike Grünwald schaute verunsichert zwischen den Inspektoren hin und her.

»Hatte Ihr Mann eine Lebensversicherung?«, fragte Stern.

»Ja, warum?«

»Weil die Versicherungsgesellschaften bei Lebensversicherungen im Falle von Selbsttötung oftmals nicht zahlen.«

Die Witwe schwieg. Es war ihr anzumerken, dass es in ihrem Kopf ratterte.

»Wie hoch ist die Versicherungssumme?«

»Ich … ich weiß es nicht.«

»Vielleicht wollte Ihr Ehemann nicht warten, bis der Krebs ihn so weit geschwächt hat, dass er sein Leben nicht mehr im Griff gehabt hätte. Alle, die wir bislang befragt haben, haben uns mitgeteilt, dass Jakob ein stolzer Mensch gewesen ist und Freude am Schönen gehabt hat. Er hat sich selber sicher in der Rolle des starken Geschlechts gesehen, ein ›richtiger Mann‹, wie man landläufig sagt. Es war ihm wichtig, die Fäden in der Hand zu halten, deshalb hat er die Firmengeschäfte bis zuletzt nicht an seine Kinder übergeben. Möglicherweise wollte er auch in Bezug auf sein Leben entscheiden, wann es zu Ende ist, und hat jemanden dafür engagiert.«

Maike Grünwalds Augen weiteten sich ungläubig.

»Was?« Sie atmete tief ein und aus. »Sie meinen, er hat seinen Mörder selbst beauftragt?«

»Sie werden von der Firma nichts bekommen, Frau Grünwald, das muss Ihnen doch klar sein. Jakobs Lebenswerk erben seine Kinder, entweder Anna oder Matteo. Oder beide zusammen. Und mit einer Lebensversicherung, die ausbezahlt wird, sind Sie gut abgesichert. Ihr Mann hat Sie geliebt, Frau Grünwald, da hat er gewiss für Sie vorgesorgt«, spann Stern den Faden weiter.

»Was Sie da sagen, ist entsetzlich!« Maike Grünwald zog ein Taschentuch aus einer Verpackung und tupfte damit die Tränen von ihren Wangen.

»Wer war der Arzt von Ihrem Mann?«, fragte Grünbrecht.

»Dr. Saltatio.«

Die Gruppeninspektorin notierte sich den Namen in ihrem Handy. »Wir werden Dr. Saltatio bitten, uns die Krankengeschichte von Jakob zu erläutern, dann wissen wir mehr.«

Die Frau nickte und schnäuzte sich.

»Wo waren Sie am Samstag zwischen 18 und 20 Uhr?«, fragte Stern.

Die Witwe räusperte sich. »Ich war zu Hause und habe ferngesehen. Ich wusste ja, dass Jakob auf dem Schloss ist und ich nicht auf ihn zu warten brauche. Er hat solche gesellschaftlichen Veranstaltungen genossen, hat mit den Leuten geredet und mehr Glühwein getrunken, als gut für ihn war. Für mich ist so etwas nichts, das hab ich Ihnen ja schon gesagt. Jakob hat das verstanden. Ich bin dann halt zu Hause geblieben, wie an diesem Samstag.«

»Kann das jemand bezeugen?«

Die Frau schüttelte den Kopf. »Ich war alleine.«

»Was haben Sie sich angeschaut?«

»Bares für Rares. Ich mag die Sendung.«

»Noch etwas interessiert mich, Frau Grünwald. Sie waren mit der Ex-Frau von Jakob und seinen Kindern in der Gerichtsmedizin, um Ihren Mann zu identifizieren. Warum waren Sie alle gemeinsam dort?« Stern wollte auch das noch geklärt haben.

Maike Grünwald knetete das Taschentuch in ihrer Hand und ließ offenbar in Gedanken das Erlebte Revue passieren. Es dauerte einen Augenblick, bis sie antwortete. »Das war tatsächlich sonderbar«, schilderte sie ihr Empfinden. »Er war mein Mann, und dann fährt seine Ex mit und bestimmt, was mit ihm geschieht. Wohin er gebracht werden soll, wenn er aus der Gerichtsmedizin kommt. Anna und Matteo waren natürlich auf der Seite ihrer Mutter. Dass ich ebenfalls anwesend war, haben die wahrscheinlich gar nicht registriert, obwohl die Aufforderung, Jakob zu identifizieren, an mich ergangen ist. Es war, als gehörte ich immer noch nicht dazu. Nach neun Jahren Ehe … Oder nicht mehr, weil Jakob tot ist. Na ja, es kommt auf das Gleiche raus.«

»Das tut uns leid«, erwiderte Grünbrecht.

»Vielleicht haben sie mir aber auch nicht zugetraut, dass ich es alleine hinkriege«, spekulierte die Witwe. »So wie sie mir offenbar nicht zutrauen, dass ich das Begräbnis organisieren kann. Es gehe ihnen allein darum, mich zu entlasten, haben sie gesagt. Dabei wollen sie verhindern, dass Jakob hier bei mir seine letzte Ruhestätte findet. Dass er mit mir zusammen ist. Sogar nach seinem

Tod können sie nicht akzeptieren, dass er glücklich mit mir war. Noch dazu, wo Jakob krank war, wie ich jetzt weiß.« Ihre Stimme versagte, und Tränen rannen wieder über ihre Wangen.

»Es kann doch sein, dass Sie sie aus Sorge, Sie würden beim Anblick Ihres toten Ehemannes zusammenbrechen, begleitet haben«, zeigte Grünbrecht der Frau eine weitere Möglichkeit auf.

»Das glaube ich nicht!«, stieß Maike verächtlich aus. »Viel wahrscheinlicher ist, dass die genau das sehen wollten, nämlich wie ich auf dem Boden liege, um dann auf mich draufzutreten.« Die Traurigkeit machte der Wut Platz. »Wenn Jakob beerdigt wurde, werde ich von hier weggehen.«

»Solange wir ermitteln, ersuche ich Sie, in Kefermarkt zu bleiben«, stellte Stern klar.

»Dann machen Sie schnell! Nach der Beerdigung, oder was auch immer mit Jakob passiert ... Seine Ex will ihn irgendwo verstreuen, damit ich keinen Ort zum Trauern habe.« Maike Grünwald ballte die Hände zu Fäusten. »Wie dem auch sei und was auch immer seine Ex und die Kinder sich für Jakobs letzten Weg ausgedacht haben, wenn das abgeschlossen ist, werde ich nach Deutschland zurückkehren.«

»Das kann ich verstehen. Aber über die Art des Begräbnisses, vor allem über die Ausstreuung der Asche, sollten wir zur gegebenen Zeit noch mal reden, das ist in Österreich nämlich nicht erlaubt.« Stern stand auf. Die Befragung war zu Ende. Die Kriminalbeamten verabschiedeten sich und verließen das moderne Architektenhaus.

»Und? Was denkst du?«, fragte der Chefinspektor im Wagen.

»Ich glaube, dass sie ihren Mann wirklich geliebt hat. Und durch seinen Tod kann sie eigentlich nur verlieren. Wenn sie aus dem Haus ausziehen muss, ändert sich ihr Lebensstil. Außer Jakob hat es ihr vererbt. Das Unternehmen bekommen sicher die Kinder.«

»Das wird uns hoffentlich sein Anwalt mitteilen«, erwiderte Stern. »Ich muss dir allerdings widersprechen. Auch wenn sie das Haus nicht erbt, profitiert sie von seinem Tod – durch die Lebensversicherung. Wir sollten herausfinden, wie ihr erster Mann gestorben ist. Noch haben wir keine heiße Spur. Vielleicht führt das ja zu einem Treffer.«

»Du misstraust ihr aber gewaltig«, stellte Grünbrecht fest. »Glaubst du, dass sie uns anlügt?«

»Sie will so schnell wie möglich von hier weg. Was, wenn der Grund dafür nicht die Familie ist, sondern ihre Angst, dass wir sie des Mordes überführen?«, stellte Stern in den Raum.

»Wenn sie die Wahrheit sagt und sich die Familie ihr gegenüber tatsächlich so verhält, wie sie behauptet, dann würde ich auch nicht bleiben wollen. Das ist Mobbing erster Klasse, was die da betreiben.« Grünbrecht hatte durchaus Verständnis für die Frau. »Es gibt nichts mehr, was sie hier noch hält.«

»Oder die schwarze Witwe zieht weiter«, überlegte Stern. »Also sollten wir herausfinden, wie ihr erster Mann gestorben ist. Und jetzt fahren wir zu Anna Grünwald. Von ihr wissen wir ebenso wenig, wo sie zum Tatzeitpunkt gewesen ist.«

Stern startete den Motor des Audis. Es war nicht weit vom Haus der offenbar ungeliebten Stiefmutter zu jenem, in dem Anna Grünwald mit ihrer Familie lebte. Fünf Minuten später erreichten die Kriminalbeamten ihr Ziel.

»Ja bitte?« Ein Mann in Jeans und hellblauem Hemd öffnete ihnen.

Stern stellte Grünbrecht und sich vor. »Sind Sie der Ehemann von Anna Grünwald?«

»Ja, Alfred Herml. Die Anna hat bei der Hochzeit ihren Familiennamen behalten, wegen der Firma«, sagte er in einem Tonfall, als hätte er das schon oft erklären müssen.

»Wir wollen noch einmal mit Ihrer Frau reden. Ist sie da?«

»Kommen S' rein.«

Während Herml seine Frau holte, nahmen die Inspektoren auf der gemütlichen Sitzbank vor dem Kachelofen Platz. Stern spürte sofort die angenehme Wärme, die der gemauerte Ofen abstrahlte. So ein Kachelofen war wirklich eine feine Sache, fand er, doch in seiner Linzer Wohnung hatte er dafür keinen Platz. Er wusste auch gar nicht, ob das Nachrüsten eines Kachelofens bei ihm überhaupt möglich wäre. Als Herml mit seiner Frau zurückkam, hatte der Chefinspektor seine dicke Winterjacke ausgezogen.

»Gibt's was Neues?«, fragte Anna Grünwald und schüttelte den Kriminalbeamten die Hand. Dann setzte sie sich auf einem Stuhl ihnen gegenüber. Ihre kurzen schwarzen Haare waren feucht, fiel Stern auf. Wahrscheinlich hatte sie gerade geduscht.

»Leider nicht«, gab Stern offen zu.

Anna Grünwald nickte und fragte: »Was kann ich für Sie tun?«

»Wo waren Sie am Samstag zwischen 18 und 20 Uhr?«, wollte Stern wissen.

»Zu Hause.« Anna Grünwald griff nach der Hand ihres Mannes, der hinter ihr stand und sich an der Stuhllehne abstützte.

»Das kann ich bestätigen«, kam Alfred Herml einer Aufforderung zuvor.

»Und Ihre Söhne?«

»Der Luca und der Felix sind auch da g'wesen. Wieso?« Anna Grünwald war sichtlich alarmiert.

»Wir müssen alle Alibis prüfen, das ist in einem Mordfall üblich«, beruhigte Grünbrecht die Frau.

»Wissen Sie, wie der erste Mann von Maike gestorben ist?«, fragte Stern.

Die Tochter des Toten überlegte und zuckte schließlich mit den Schultern. »Ich weiß es net. Wir haben damals sicher darüber g'sprochen, aber das ist viele Jahre her. Kannst du dich noch erinnern?«, richtete sie das Wort an ihren Ehemann.

Der schüttelte den Kopf. »Nein. Und ehrlich g'sagt, bin ich net sicher, ob ich das überhaupt jemals g'wusst hab. Ich erinnere mich nur, dass sich der Jakob und die Maike im Internet kenneng'lernt haben und alles sehr schnell g'gangen ist. Der Jakob ist nach Hamburg g'fahren und hat die Maike mit nach Hause g'nommen. Er hat sie quasi abg'holt. Das war's!«

»Hat Sie das gestört?«, hakte Stern ein.

»Na ja, ungewöhnlich ist das schon g'wesen. Finden S' net?« Alfred Herml strich sich mit der Hand übers

Kinn. »Es sind ja gerade mal ein paar Wochen vergangen g'wesen zwischen dem Kennenlernen im Internet und der Fahrt von meinem Schwiegervater nach Hamburg.«

»Verstehe.«

»Wir haben uns Sorgen um den Papa g'macht«, ergänzte Anna Grünwald.

Und ums Erbe, dachte Stern, fragte jedoch: »Gab es einen Grund für Ihre Sorgen?«

»Es hätte ja sein können, dass die Maike es nur auf sein Geld abg'sehen hat.« Dem Ehemann war das Gespräch sichtlich unangenehm.

»Und? War das der Fall?«, blieb Stern an der Sache dran.

»Das wird sich wohl bei der Testamentseröffnung herausstellen.« Die Tochter des Toten seufzte.

»Wussten Sie, dass Ihr Vater Leberkrebs hatte?«

Erschrocken sah ihn das Ehepaar an.

»Nein, davon hatte ich keine Ahnung. Du etwa?« Anna blickte zu ihrem Ehemann auf, der ihr die Hand auf die Schulter legte.

»Nein, davon hat er nie etwas g'sagt.«

»Aber wieso net?«, stellte Anna Grünwald sich selbst die Frage.

»Vielleicht wusste er selber nichts davon«, warf Stern ein.

»Woher wissen Sie es denn?«

»Durch die Obduktion. Unser Gerichtsmediziner hat einen Tumor in der Leber entdeckt«, erzählte Stern. »Wir fahren jetzt zu dem Arzt Ihres Vaters, er wird uns hoffentlich mehr sagen können.« Der Chefinspektor erhob sich von der gemütlichen Ofenbank, was ihm fast ein wenig leidtat. Die angenehme Wärme hatte ihm gutgetan. Nun mussten sie wieder hinaus in die winterliche Kälte. Gott sei Dank schneite es nicht, und der erst kürzlich gefallene Schnee war auf der Straße nicht liegen geblieben.

»Die beiden geben sich gegenseitig ein Alibi«, resümierte Grünbrecht im Wagen. »Was so gut wie wertlos ist, immerhin sind sie miteinander verheiratet.«

»Wenn Anna die Nachfolge ihres Vaters antritt, hatte sie kein Motiv, ihn umzubringen. Es wäre nur eine Frage der Zeit gewesen, bis er ihr die Geschäftsführung übertragen hätte«, sagte Stern.

»Vielleicht dauerte ihr das alles schon viel zu lange. Jakob Grünwald wollte die Zügel nicht aus der Hand geben, gut möglich, dass sie nachgeholfen und ihn erstochen hat«, spekulierte Grünbrecht.

»Und wenn er seinen Sohn als Nachfolger eingesetzt und sie davon gewusst hat, ist das auch ein Motiv.«

»Wieso? Sie hätte das ja durch den Tod ihres Vaters nicht ändern können. Matteo würde ja trotzdem sein Nachfolger werden.«

»Rache? Wut? Enttäuschung?«

»Möglich. Sie war auf dem Markt, die Leute haben sie gesehen und die wenigsten erinnern sich dabei an eine genaue Uhrzeit. Vielleicht hat sie sich abends noch mal raufgeschlichen, möglicherweise sogar verkleidet, damit sie den Menschen, die sie kennen, nicht auffällt. Und der Ehemann gibt ihr ein Alibi für die Tatzeit, immerhin liebt er sie«, spann Grünbrecht den roten Faden weiter.

»Noch sind das alles Spekulationen«, erwiderte Stern. »Los, fahren wir zu diesem Doktor Saletti oder wie der heißt.«

»Saltatio«, korrigierte Grünbrecht ihren Chef. »Warte, ich google mal, wo der seine Praxis hat.« Die Gruppeninspektorin tippte auf ihrem Smartphone herum und hatte kurz darauf die gewünschte Adresse. »Den Berg hinunter und dann rechts, im Unteren Markt. Ist nicht weit.«

Stern ließ den Audi die Straße hinunterrollen und folgte Grünbrechts Anweisungen, indem er in die von ihr genannten Straßen einbog. Nach wenigen Minuten hielten sie vor einem Gebäude, das sowohl als Arztpraxis als auch als Wohnhaus diente. Da keine anderen Autos dort parkten, nahmen die Inspektoren an, dass der Doktor gerade keine Sprechstunde hatte.

»Vielleicht ist er ja trotzdem da«, hoffte Stern und stieg aus.

Draußen pfiff ihnen der Wind um die Ohren und brachte kalte Temperaturen aus dem Norden ins Land. Wenn es jetzt Niederschläge gäbe, fiele erneut Schnee vom Himmel. Doch die Wolken, die der Wind vor sich hertrieb, waren zu wenig mit Feuchtigkeit beladen und zogen weiter in den Süden. Mit Schneefall war heute nicht zu rechnen.

Stern betätigte die Klingel. Ein Summen ertönte.

»Ja?«, hallte es blechern aus dem Lautsprecher.

»Kriminalpolizei. Wir müssen mit Ihnen reden«, sagte Stern, ohne sich nach der Identität des Sprechers zu erkundigen. Der Name des Arztes war ihm schon wieder entfallen und Grünbrecht verdeckte mit ihrem Oberkörper das Schild neben der Eingangstür.

»Ich komme.« Ein Knacksen beendete die Verbindung.

»Jetzt bin ich aber gespannt, was uns der Herr Doktor erzählt«, murmelte Stern.

»Ich glaube nicht, dass Jakob Grünwald von seiner Erkrankung gewusst hat«, vermutete Grünbrecht.

»Und wenn er …«

Die Tür ging auf, und Stern ließ den Satz offen. Es spielte auch keine Rolle, welche Meinung er vertrat, es zählten lediglich Fakten. Und die erhoffte er sich von dem Arzt, der leger mit Jeans und langarmigem blauem Poloshirt bekleidet war. Offenbar war der Mann tatsächlich nicht im Dienst, wie sie schon angenommen hatten.

»Grüß Gott, was führt die Kriminalpolizei zu mir?«, wollte der Mediziner sofort erfahren.

»War Jakob Grünwald Ihr Patient?«, fragte der Chefinspektor.

»Ja. Schrecklich, was mit ihm passiert ist.« Der Mann schüttelte bedauernd den Kopf.

»Hatte Herr Grünwald gesundheitliche Probleme?«

»Net wirklich. Der Blutdruck hätte niedriger sein können, aber sonst ist er kerng'sund g'wesen. Wieso fragen Sie?«

»Wann war er das letzte Mal bei Ihnen?«, hakte Grünbrecht nach.

»Das ist eine Weile her, da müsste ich nachschauen.«

»Ja, bitte tun Sie das«, bat Stern.

»Warten Sie, ich bin gleich wieder da.« Dr. Saltatio verschwand im Haus.

»Also hat Grünwald tatsächlich nicht gewusst, dass er Krebs hat«, resümierte Grünbrecht aus dem bisherigen Gespräch.

»Dann spielt seine Erkrankung keine Rolle in dem Fall. Weder als Motiv für ihn, sich umbringen zu lassen, noch für jemand anderen, um mit Grünwalds Tod möglicherweise etwas zu verhindern, das uns noch nicht bekannt ist. Vielleicht hätte er sein Testament geändert, wenn er von seiner Krankheit gewusst hätte. Das kommt gar nicht so selten vor. Im Angesicht des eigenen Todes relativieren sich manche Werte und Ansichten.« Stern stellte den Kragen seiner Jacke auf, um sich vor dem eisigen Wind zu schützen, und steckte die Hände tief in die Taschen. Er begann zu frieren. Die Wärme, die der Kachelofen an ihn abgegeben hatte, war nur noch eine schöne Erinnerung.

Der Arzt erschien wieder an der Tür. »Sein letzter Besuch liegt zwei Jahre zurück. Ich hab ja g'sagt, dass der Herr Grünwald bis auf den Blutdruck pumperlg'sund g'wesen ist.«

»So gesund war er leider nicht, Herr Doktor. Er hatte nämlich Leberkrebs im zweiten Stadium«, teilte Stern dem Mediziner mit. »Und Sie hatten darüber keine Kenntnis?«

»Nein, tut mir leid. Leberkrebs ist im Anfangsstadium schwer zu diagnostizieren, da hätte es eines Ultraschalls bedurft, um ihn zu entdecken. Und für Vorsorgeuntersuchungen hat der Herr Grünwald net viel übrig g'habt. Leider, wie sich jetzt herausstellt. Obwohl – deswegen ist er ja net g'storben.«

»Da haben Sie recht. Für Mord gibt es keine Vorsorgeuntersuchung.« Stern lächelte. Dass ihm dieser Spruch eingefallen war, freute ihn. Normalerweise machten andere die Scherze. Vor allem Dominik Weber, der Gerichtsmediziner, war um eine humorvolle Bemerkung nie verlegen.

»Ha!« Der Arzt wusste nicht, ob er lachen sollte oder nicht.

Grünbrecht schmunzelte.

»Ist die Frau Grünwald auch Ihre Patientin?«, fragte Stern. Der heitere Moment war verflogen, weggepustet vom eisigen Wind. Dass Dr. Saltatio sie trotz der Kälte nicht ins Haus bat, fand Stern ärgerlich.

»Ja, ist sie«, antwortete der Mediziner. »Sie verstehen sicher, dass ich über ihre Gesundheit keine Auskunft geben kann, sie lebt ja noch.«

»Klar.« Stern nickte. Ohne gerichtlichen Beschluss war das nicht möglich, das wusste er. Doch der Gesundheitszustand von Maike Grünwald spielte mit großer Wahrscheinlichkeit ohnehin keine Rolle für ihren Fall. »Diese Frage dürfen Sie allerdings beantworten: Hat Maike Grünwald mal darüber gesprochen, wie ihr erster Mann gestorben ist? Ärzte sind ja manchmal so etwas wie Beichtväter, da sie der Schweigepflicht unterliegen.«

»Sie glauben ja gar net, was ich so alles zu hören bekomme«, erwiderte Dr. Saltatio. »Aber mit Frau Grünwald habe ich nie über den Tod ihres ersten Mannes g'redet. Ich wusste ja gar net, dass sie schon mal verheiratet g'wesen ist.«

»Danke für die Auskunft. Auf Wiedersehen!«, verabschiedete sich Stern. Falls der Arzt die Kriminalbeamten bewusst nicht hineingelassen hatte, um die Befragung zu beschleunigen, war die Taktik aufgegangen. Stern drängte in den Wagen, wo die Temperaturen zwar dieselben waren wie draußen, seine Kollegin und er aber zumindest vor dem Wind geschützt waren. Ein Blick aufs Armaturenbrett ließ ihn wissen, dass die Zeit rasend schnell verflogen war.

»Recht viel Neues, das uns bei der Lösung des Falls helfen könnte, haben wir heute nicht erfahren«, sagte Grünbrecht und pustete sich warme Luft in die Hände.

»Wir fahren jetzt zu dem Anwalt von Jakob Grünwald. Ich hoffe, dass der ein wenig gastfreundlicher ist und uns nicht auch vor der Tür stehen lässt«, erwiderte der Chefinspektor. »Wie heißt der gleich noch mal?«

Die Gruppeninspektorin warf einen Blick in die Notizen in ihrem Handy. »Dr. Pachnekov«, las sie von dem Display ab. »Er hat eine Freistädter Adresse, und seine Geschäftszeiten enden in wenigen Minuten. Es ist nämlich kurz vor 18 Uhr.«

»Ruf an und sag ihm, dass wir mit ihm reden müssen und er auf uns warten soll«, verlangte Stern, ließ den Motor an und fuhr los.

Da es bereits dunkel war, sahen sie an manchen Häusern hell erleuchtete Lichterketten, die die Gebäude festlich schmückten, und Bäume, die mit Lichtern behangen waren. In zahlreichen Gärten standen LED-Figuren, die einen weihnachtlichen Flair verbreiteten. Die Mühlviertler freuten sich offensichtlich auf das bevorstehende christliche Fest.

Die Fahrt nach Freistadt dauerte gerade mal zehn Minuten. In einem alten Stadthaus in der Innenstadt war die Kanzlei untergebracht und der Anwalt erwartete die Kriminalbeamten bereits. In seinem Büro bot er ihnen Platz an und setzte sich ihnen mit der Frage, was er für sie tun könne, gegenüber.

»Wir untersuchen den Mordfall Grünwald«, erklärte Stern den Grund ihres Kommens.

»Eine tragische Sache«, erwiderte Dr. Pachnekov. »Gibt es schon Hinweise, wer die Tat begangen hat?«

»Wir ermitteln in alle Richtungen«, blieb Stern vage. »Hatten Jakob und Maike Grünwald einen Ehevertrag?«

»In der Tat«, bestätigte der Anwalt Sterns Vermutung.

»Und wie sieht der aus?«

Der Anwalt zögerte.

»Wenn Sie es uns nicht sagen, kommen wir mit einem gerichtlichen Beschluss wieder, der Sie dazu auffordert, das wissen Sie als Anwalt. Sie beschleunigen die Sache nur, wenn Sie jetzt schon mit uns reden«, übte Stern Druck auf den Mann aus. »Außerdem ist einer Ihrer Mandanten tot und Sie helfen uns eventuell, seinen Mord aufzuklären. Wir reichen einen richterlichen Beschluss gerne nach, nur heute erwische ich den Staatsanwalt nicht mehr.«

Dr. Pachnekov überlegte kurz und nickte. Er stand auf und holte aus einem Schrank eine Akte. Stern stellte zufrieden fest, dass es außer ihm noch weitere Menschen gab, die Papier zu mögen schienen und nicht alles bloß digital aufbewahrten. Dr. Pachnekov klappte die Akte auf und blätterte darin.

»Bei einer Scheidung in beidseitigem Einverständnis hätte Maike Grünwald wie Jakobs erste Ehefrau Helene eine monatliche Zahlung in Höhe von 5.000 Euro bekommen«, las der Anwalt vor. »Damit hätte sie ein schönes Leben führen können. Wenn sie ihn aber betrogen hätte, wäre sie leer ausgegangen. Und von einer einmaligen

Abfindung, wie Helene sie für die vielen gemeinsamen Jahre und den Aufbau des Unternehmens erhalten hat, steht hier auch nichts.«

»Wie hoch war die einmalige Abfindung für Helene Grünwald?«, fragte Grünbrecht.

»100.000 Euro«, offenbarte Dr. Pachnekov den Kriminalbeamten.

»Demnach hätten beide, also Helene und Maike, die gleichen monatlichen Zahlungen im Falle einer Scheidung bekommen, nicht aber die einmalige Abfindung, das ist interessant«, fand Stern. »Und wie sieht es mit dem aktuellen Wohnhaus von Jakob und Maike Grünwald aus?«, fragte Grünbrecht.

»Aus dem hätte Maike im Falle einer Scheidung ausziehen müssen. Auch hätte sie nichts vom Unternehmen, also der Grünwald Ofen GmbH, bekommen. Den Schmuck, den ihr Mann ihr geschenkt hat, hätte sie behalten dürfen.«

»Und was steht in Jakob Grünwalds Testament?«, wollte der Chefinspektor nun auch noch wissen.

Wieder zögerte der Anwalt.

»Hören Sie, wir erfahren es sowieso, entweder mit einem richterlichen Beschluss oder spätestens nach der Testamentseröffnung«, versuchte Stern, den Mann zur Zusammenarbeit zu bewegen.

»Na gut«, gab dieser klein bei und holte ein entsprechendes Dokument aus der Akte. »Aber Sie reichen die richterlichen Beschlüsse nach!«

»Das werden wir«, bestätigte der Chefinspektor, und Grünbrecht machte sich eine Notiz.

»Was wollen Sie wissen?«

»Wer auf Jakob Grünwald in der Firma nachfolgt und was die einzelnen Familienmitglieder zugesprochen bekommen. Daraus lässt sich möglicherweise ein Motiv ableiten«, erklärte Stern.

»Jakob Grünwald hat seine Tochter Anna als Nachfolgerin bestimmt.«

Die Kriminalbeamten tauschten überraschte Blicke aus.

»Wollte er das ändern?«, fragte Grünbrecht.

»Davon ist mir nichts bekannt«, antwortete der Anwalt.

»Weiter«, verlangte Stern.

»Sein Sohn Matteo wird die Prokura erteilt und er wird zum Produktionsleiter aufsteigen. Jakob wollte, dass seine Kinder das Unternehmen gemeinsam führen. Da Anna sich über die Jahre aber viel mehr eingebracht hat, steht ihr der Lead zu. Der gerechte Lohn für harte Arbeit, hat der Jakob gesagt.«

»Das hätte ich ihm gar nicht zugetraut«, sagte Grünbrecht. »Zumindest nicht nach allem, was wir bisher gehört haben.«

»Was haben Sie denn gehört?«, fragte Dr. Pachnekov.

»Dass er ein Patriarch gewesen ist, der von seiner Tochter nicht so viel gehalten hat, da sie eine Frau ist, und deshalb den Sohn ins Unternehmen zurückgeholt hat«, erklärte Grünbrecht.

Der Anwalt lächelte. »Dass sich Jakob Grünwald als Familienoberhaupt gesehen hat, ist unbestritten. Aber er hat seine Tochter Anna sehr geschätzt, er wusste, was er an ihr hatte. Trotzdem hat er sie wahrscheinlich viel zu hart rangenommen, auch das war ihm klar.

Doch er kannte das Business und die damit einhergehenden Risiken. Mehrmals hat es Übernahmeversuche von außen gegeben, die Konkurrenz schläft nicht. Anna muss in diesem Haifischbecken auch ohne ihren Vater bestehen können, und das wird sie. Dank der harten Schule, durch die sie gegangen ist, und dank ihres Bruders, der nun wieder an ihrer Seite steht. Vorausgesetzt, Matteo schlüpft in die Rolle, die sein Vater für ihn vorgesehen hat. Auch wenn Jakob es wohl nicht so zeigen konnte: Seine Kinder waren ihm wichtig.«

»Was bekommt Maike, seine Frau?«, fragte Stern.

Der Anwalt warf noch mal einen Blick auf das Dokument. »Sie erhält das Haus und eine monatliche Apanage in Höhe von 5.000 Euro.«

»Wie seine Ex-Frau«, resümierte der Chefinspektor.

»Jakob Grünwald hat beide Frauen geliebt, doch wenn sich Helene nicht von ihm hätte scheiden lassen, wären sie wohl bis zu seinem grauenhaften Tod miteinander verheiratet geblieben«, erklärte der Anwalt. »Ihm war es wichtig, dass sich keine von ihnen benachteiligt fühlt. Ich kann das mit gutem Gewissen sagen, wir haben mehrmals bei einem Glas Wein darüber geredet.«

»Man kann die Häuser, in denen die Frauen wohnen, allerdings nicht miteinander vergleichen. Das eine ist alt, klein und recht gewöhnlich, und das andere ist eine Luxusvilla«, zeigte Grünbrecht vorhandene Unterschiede auf.

»Helene war damit zufrieden. Soviel ich weiß, ist es das Haus ihrer Großmutter. Und sie hat eine Abfindung bei der Scheidung bekommen, die Maike nicht erhalten hätte.«

»Die 100.000 Euro.«

Der Anwalt nickte.

»Was ist mit dem Geld von Jakob Grünwald? Wer erbt das?«

»Das wird zwischen den Kindern und den beiden Frauen aufgeteilt.«

»Über welche Summe reden wir?«

»Zwei Millionen in Aktienpaketen und Bargeld.«

»Danke für Ihre Offenheit, Herr Dr. Pachnekov.« Stern machte sich zum Gehen bereit.

»Es wäre von Vorteil, wenn Sie Ihr Wissen bis zur Testamentseröffnung mit niemandem teilen würden«, bat der Anwalt um Verschwiegenheit.

»Wann ist der Termin?«, fragte Stern.

»In vier Tagen.«

»Das wird sich bewerkstelligen lassen. Auf Wiedersehen.«

Die Inspektoren verließen das alte Stadthaus in der Freistädter Innenstadt. Die Schaufenster der Geschäfte waren festlich geschmückt, und Lichterketten erhellten die ansonsten dunklen Gassen. Auf dem Weg zum Wagen kamen sie an einer Auslage mit Schuhen vorbei. Stern fiel ein, dass er noch kein Weihnachtsgeschenk für seine Freundin hatte. Der Laden hatte schon geschlossen, die Lichter im Inneren waren aus, nur die Beleuchtung des Schaufensters setzte die dort ausgestellten Stiefel und Halbschuhe mit Pelzrändchen in Szene. Auch goldfarbene, mit Strass besetzte hochhackige Pumps sah Stern. Ob er da die richtige Auswahl träfe?

»Ich bin völlig geschafft«, sagte Grünbrecht mitten in seine Gedanken hinein.

»Es war ein langer Tag«, bestätigte der Chefinspektor und sperrte den Audi mit der Fernbedienung von Weitem auf, damit sie rasch ins Innere schlüpfen konnten. Abends nahm die Kälte noch zu, und in der kommenden Nacht würden die Temperaturen gewiss ins Minus rutschen.

14. KAPITEL

Als Stern die Wohnungstür aufschloss, hielt er inne. Jemand war da. Schuhe standen im Flur. Eine Jacke hing in der Garderobe. Aus dem Wohnzimmer drang Musik und aus der Küche Essensduft.

Ein Lächeln huschte über sein Gesicht, und er freute sich, dass Silvia Burgstaller ihn unangekündigt besuchte. Die Überraschung war ihr geglückt.

Das fehlende Weihnachtsgeschenk drängte sich wieder in seine Gedanken, ebenso die glitzernden Schuhe in der Auslage des Freistädter Geschäfts. Er setzte die Brille auf, hob einen von Burgstallers braunen Lederstiefeln hoch und beäugte die Sohle. »38« stand darauf. Anschließend nahm er die rote Jacke vom Haken und suchte nach einem Etikett, das ihm Silvias Konfektionsgröße verriet. Man wusste ja nie, ob man dieses Wissen nicht doch einmal brauchen konnte, und die Gelegenheit war günstig. Vielleicht klappte das Vorhaben mit den Schuhen nicht, dann hatte er einen Plan B. Es dauerte eine Weile, bis er die Kennzeichnung fand. Wieder 38. Das war leicht zu merken, selbst für ihn, der nicht einmal seine eigene Schuh- und Kleidergröße kannte. Rasch hängte er Silvias Jacke zurück und seine daneben.

»Das ist ja eine Überraschung!«, sagte er beim Betreten der Küche und lächelte seine Freundin an.

Silvia warf gerade einen Blick in den Ofen und drehte

sich um, als sie Sterns Stimme vernahm. »Grüß dich!« Sie griff nach zwei Gläsern mit Rotwein, die auf der Küchenanrichte standen, trat an ihn heran und reichte ihm eines. Liebevoll küsste sie ihn.

»Daran könnte ich mich gewöhnen.« Stern stieß mit seinem Glas gegen ihres.

»An was könntest du dich gewöhnen?«, forderte Burgstaller ihn auf, konkreter zu werden.

»An so einen Empfang.« Stern deutete um sich, hatte aber nur Augen für Silvia. Erst als er seinen Blick von ihr löste, nahm er seine Umgebung wahr. Auf dem Esstisch flackerten in silberglänzenden Ständern Kerzen. Er hatte gar nicht gewusst, dass er so etwas besaß, und wahrscheinlich tat er das gar nicht. Auch die weihnachtliche Deko auf dem Tisch und auf der Kommode stammte unmöglich aus seinem Haushalt. Silvia musste die Sachen mitgebracht haben. Durch den breiten Durchgang zum Wohnzimmer sah er, dass dieser Raum ebenfalls weihnachtlich geschmückt war und Beleuchtungen an verschiedenen Stellen ein warmes Licht verbreiteten.

»Gefällt es dir?«, fragte Silvia.

»Natürlich!« Doch sicher war er sich nicht. Stern nahm einen Schluck Wein. Er führte schon so lange einen Singlehaushalt, dass er nie daran gedacht hatte, seine Wohnung weihnachtlich herzurichten. Oder überhaupt zu dekorieren. Denn er selbst verspürte das Bedürfnis nicht. Und irgendwie hatte er sich daran gewöhnt, dass ausschließlich die Dinge vorhanden waren, die er benötigte. Trotzdem gefiel es ihm, dass Silvia die Initiative ergriffen hatte, ein wenig vorweihnachtliche Stimmung in seinem Heim zu schaffen.

»Ich hätt noch mehr mitnehmen können, aber ich hab g'dacht, für den Anfang reicht das, oder?« Silvia schien ob Sterns Zurückhaltung verunsichert zu sein.

»Das passt schon«, pflichtete Stern ihr rasch bei und spähte in den Topf am Herd, um das Thema zu wechseln. Er musste sich erst selber eine Meinung darüber bilden, und zwar in Ruhe. »Was gibt es denn Köstliches?«

»Lungenbraten mit Rösti und Speckfisolen.«

»Sehr gut!« Stern lief das Wasser im Mund zusammen, und er überlegte, womit er sich dieses Festessen verdient hatte. Oder hatte er etwas vergessen? Etwa Silvias Geburtstag?

Panik stieg in ihm hoch.

»Alles in Ordnung?«, fragte Silvia, die seine Veränderung bemerkte.

»Äh …« Stern entschied sich für Offenheit. »Du hast doch heute nicht etwa Geburtstag?«

»Dann müsstest *du* mich ja zum Essen einladen«, erwiderte seine Freundin.

»Da ist was dran«, pflichtete Stern ihr bei. »Ich hab heute aber auch nicht Geburtstag, da bin ich mir sicher. »Also, was ist der Anlass für dieses Festessen?«

»Du bist der Ermittler, finde es raus«, forderte Burgstaller ihn auf.

Stern trat an sie heran und küsste sie. »Weil du mich liebst, hab ich recht?«

»Da hast du voll ins Schwarze g'troffen. Wenn du jetzt allerdings net sofort aus der Küche verschwindest, sieht der Braten im Ofen bald genauso aus – kohlrabenschwarz.« Silvia lachte.

»Das müssen wir auf jeden Fall verhindern.« Stern setzte sich mit seinem Glas Wein an den Esstisch. Sein Blick fiel auf Miro, die auf der Couch im Wohnzimmer zusammengerollt schlief. Anscheinend hatte Silvia die Katzendame versorgt, da diese, als er nach Hause gekommen war, nicht wie sonst um Futter gebettelt hatte. Silvia war also auch für Miro ein Gewinn, und seine Sorge, dass sich die Katze vernachlässigt fühlen könnte, wenn seine Freundin bei ihm war, stellte sich zunehmend als unbegründet heraus. Er nahm sich vor, morgen noch mal nach Freistadt zu fahren und die glitzernden Schuhe in Größe 38 zu kaufen.

»Wie laufen die Ermittlungen?«, fragte Burgstaller hinter der Küchenzeile stehend.

»Bisher haben wir keine konkrete Spur. Es könnten alle gewesen sein oder keiner«, erwiderte Stern.

»Schenkst du bitte Wein nach?«

»Gerne.« Der Chefinspektor holte Silvias Glas und kam der Bitte nach. Anschließend füllte er auch seines erneut und stellte beide Gläser auf den Tisch.

Silvia brachte die Speisen, angerichtet auf Tellern, und setzte sich ihm gegenüber. »Auf uns!«, sagte sie und hielt ihm ihren Wein entgegen.

Stern stieß mit seinem dagegen und schaute seiner Freundin in die Augen. Er liebte diese Frau, da war er sich sicher. Und er war glücklich. »Auf uns!«

»Im Fernsehen haben sie heute über den Mordfall auf dem Weinberger Schloss Advent berichtet«, erzählte ihm Silvia beim Essen. »Und dein Chef hat auch ein paar Worte g'sprochen.«

»Bormann?« Stern war überrascht. »Ich hab ihn noch gar nicht auf den neuesten Stand der Ermittlungen gebracht. Er war unpässlich, weil er auf der Weihnachtsfeier vom Landeshauptmann zu viel getrunken hat. Was hat er denn gesagt?«

»Dass ihr dem Täter auf der Spur seid und es net mehr lange dauern wird, bis der Fall abg'schlossen ist.«

Stern verdrehte die Augen. Solche Zurufe von außen mochte er gar nicht. Und nun ließ ihm sein Chef schon über die Medien ausrichten, dass er sich sputen solle. Gott sei Dank schmeckte das Essen ausgezeichnet, das besänftigte Stern ein wenig. Er schob die Gedanken an die Arbeit beiseite und konzentrierte sich auf das Hier und Jetzt. »Du hast dich selbst übertroffen!«, lobte er seine Freundin.

»Ja? Was hältst du davon, wenn das unser Weihnachtsessen wird?«, fragte Burgstaller.

»Keine Bratwürstel? Seit ich denken kann, esse ich am Heiligen Abend Bratwürstel mit Sauerkraut.« Stern konnte sich eine Änderung dieser Tradition nicht vorstellen.

»Dann wird es Zeit, etwas Neues auszuprobieren.«

»Ich mag es so, wie es ist.«

Silvia nickte. »Okay.«

»Ja? Dann ist es gut. Ich hatte schon Angst, du könntest … Ich meine, dass du vorhättest …«, stotterte Stern.

»Ja?«

»Du weißt schon … Dass du etwas ändern willst.«

»Dass ich in dein Leben getreten bin, ist doch auch eine Veränderung für dich«, gab Silvia zu bedenken.

»Ja«, Stern lächelte sein Gegenüber an, »und eine wunderschöne noch dazu!«

»Danke.« Silvia schlug die Augen nieder.

»Aber wenn es dir so wichtig ist, können wir natürlich das heutige Essen am Weihnachtsabend …«

»Alles gut«, winkte Burgstaller ab. »Ich denke, manches sollte vielleicht tatsächlich so bleiben, wie es ist.«

Stern schaute seine Freundin an. »Ich hab so unbeschreibliches Glück mit dir, und die Änderung in meinem Leben, die sich dadurch ergibt, weil wir nun zusammen sind, ist …« Sterns Handy läutete. Er zögerte, schließlich hatte er gerade eine inbrünstige Rede halten wollen, was ihm ansonsten nicht lag. Er entschied sich, das Gerät zu ignorieren. »… ist das Beste, was …«

Der Klingelton unterbrach ihn erneut.

»Nimm ruhig ab, womöglich ist es wichtig. Aber vergiss net, was du mir sagen willst.«

Der Chefinspektor fluchte innerlich, zog das Handy aus seiner Hosentasche und ging sofort ran. Ohne Brille konnte er den Anrufer nicht auf dem Display identifizieren. »Stern!«, bellte er in das Smartphone.

»Chef, Grünbrecht hier. Anna Grünwald ist überfallen worden und liegt im Krankenhaus«, teilte die Gruppeninspektorin ihm mit.

»Was?« Mit vielem hatte Stern gerechnet, jedoch nicht mit so einer Nachricht. »Wann?«

»Vor etwa einer Stunde.«

»In welchem Krankenhaus ist sie?«

»Freistadt.«

»Wie schwer ist sie verletzt?«

»Sie ist bei Bewusstsein. Mehr weiß ich nicht.«

»Ich komme.«

»Soll ich dich abholen?«

»Ja, bitte. In zehn Minuten …«

»In fünf, Oskar!«

Stern beendete das Gespräch. »Silvia, es tut mir leid, ich muss weg.«

»Ich hab's mitbekommen. Schade um das gute Essen.« Silvia deutete auf den voll beladenen Tisch. Fleisch, Rösti und Speckfisolen in Rahmsoße würden nun kalt werden und schmeckten aufgewärmt nur halb so gut, das wussten beide.

»Schade um den schönen Abend mit dir. Ich verspreche, ich mach es wieder gut.« Stern fasste über den Tisch nach Burgstallers Hand.

»Das rate ich dir auch, mein Lieber«, erwiderte Silvia. »Aber mir ist klar, dass mein Leben an deiner Seite so ausschaut.« Verständnisvoll lächelte sie ihn an.

»Hältst du es mit mir denn überhaupt aus?«, fragte Stern und dachte, dass er die Antwort eigentlich gar nicht hören wollte. Er hätte nicht fragen sollen, dann wäre ihm eine mögliche Abfuhr erspart geblieben.

»Natürlich, Oskar, sonst wäre ich net hier.«

»Du bist wunderbar, weißt du das?«

»Ja, das tue ich.« Burgstaller lachte. »Aber ich lass dich net gehen, bevor ich erfahren hab, was du mir vorhin hast sagen wollen.«

»Ich liebe dich, das wollte ich dir sagen.«

»Und ich liebe dich.«

15. KAPITEL

Ein wenig hatte Stern von dem Essen, mit dem Silvia Burgstaller ihn überrascht hatte, zu sich nehmen können, dann hatte Mara Grünbrecht draußen vor seiner Wohnung in der Herrenstraße gehupt. Schweren Herzens schlüpfte er in seine Winterjacke und küsste Silvia ein letztes Mal, bevor er sein Zuhause verließ.

»Wer hat dich informiert?«, fragte er die Gruppeninspektorin, als er sich auf dem Beifahrersitz niederließ.

»Die Kollegen von der Freistädter Polizeiinspektion haben angerufen, nachdem Alfred Herml sie verständigt hat. Da war Anna Grünwald schon auf dem Weg ins Krankenhaus«, erzählte sie.

»War es ein Mordanschlag?«, wollte Stern wissen. »Wie bei ihrem Vater?«

»Keine Ahnung, aber ich denke, Anna wird uns bald erzählen, was passiert ist.« Grünbrecht schaltete das Blaulicht und die Sirene ein und stieg aufs Gaspedal. Der BMW raste wie bei einem Straßenrennen durch die oberösterreichische Landeshauptstadt, sodass Stern selbst die wenigen Bissen, die er hastig hinuntergeschlungen hatte, wieder hochzukommen drohten. Auf der A7 stieß er ein Halleluja aus, als Grünbrecht auf der linken Spur den Berg nach Gallneukirchen hochjagte und sich ihm das Gefühl aufdrängte, dass sie oben auf der Kuppe abheben könnten. Er klammerte sich rechts über der Tür am Griff und links am Sitz fest.

»So schnell braucht's jetzt aber auch nicht sein«, japste er. Immerhin wollte er das Ende der Fahrt noch erleben.

»Die Fahrbahn ist eh trocken, das geht schon«, wischte die Gruppeninspektorin seinen Einwand beiseite. Oder sie hatte nicht verstanden, was er hatte ausdrücken wollen.

»Zu Hause wartet ein Essen auf mich. Bei der Geschwindigkeit bin ich mir nicht sicher, ob ich das noch in den Magen bekommen werde oder ob man uns aus einem Blechknäuel schneiden muss«, präzisierte Stern seine Aussage.

Grünbrecht warf ihm einen vielsagenden Blick zu.

»Schau nach vorne!«, schrie Stern.

Die Gruppeninspektorin lachte und verringerte das Tempo. »Das war toll, mal wieder so richtig aufs Gaspedal zu drücken.«

»Was toll ist, ist wohl Ansichtssache«, brummte der Chefinspektor und entspannte sich ein wenig ob der verminderten Geschwindigkeit.

»Ich kann eh selten so schnell fahren, nur wenn wir zu einem Einsatz müssen, und da sitzt meist du hinterm Steuer«, beschwerte sich Grünbrecht.

Stern wusste nicht, was er davon halten sollte. »Ich geb mir Mühe.«

»So hab ich das nicht gemeint«, erwiderte die Gruppeninspektorin. »Bei dem Fahrtraining in Ansfelden hast du echt dazugelernt.«

»Was heißt das denn jetzt? Ich hab zwar dazugelernt, fahre aber immer noch nicht wie gewünscht«, glaubte Stern aus Grünbrechts Antwort herauszuhören.

»Nein, du machst das prima. Trotzdem sitzt eben du hinterm Steuer und nicht ich. Ich liebe es, Auto zu fahren, und ich liebe es halt, ein wenig schneller unterwegs zu sein.«

Das wusste Stern natürlich. »Hast du mal überlegt, an Rennen teilzunehmen? Dort könntest du dein Bedürfnis nach hoher Geschwindigkeit ausleben. Und vor allem in einem sicheren Umfeld, wo niemand anderer gefährdet wird.«

»Ja schon, aber das frisst halt viel Zeit. Wenn ich das ernsthaft betreiben möchte, müsste ich auf Teilzeit reduzieren.« Grünbrecht schien bereits intensiv darüber nachgedacht zu haben.

»Teilzeit?«, echote Stern überrascht. Die Polizei kämpfte jetzt schon mit Personalmangel. Da war es besser, Grünbrecht raste hin und wieder bei einem Einsatz durch die Gegend, als dass sie den personellen Engpass noch verschärfte. Da würde er sogar fast in Kauf nehmen, dass er bei jeder ihrer Fahrten Höllenqualen litt.

»Keine Bange, ich bin eh zu alt, um in den Motorsport einzusteigen. Da musst du ganz früh anfangen«, erklärte sie.

Stern war erleichtert. Einerseits, weil das Freistädter Krankenhaus in Sichtweite rückte, andererseits, weil Grünbrecht ihm erhalten bleiben würde. Er schätzte sie und ihre Arbeit sehr.

Wenig später betraten die Kriminalbeamten das Spital und ließen sich vom Krankenhauspersonal den Weg zu Anna Grünwalds Zimmer zeigen. Dort erwartete sie nicht nur das Opfer, das in einem Bett lag und einen Krankenhauskittel trug, sondern auch dessen Ehemann und die Söhne. Als die Familie Stern und Grünbrecht erkannte, änderte sich umgehend die Stimmung im Raum.

»Grüß Gott.« Der Chefinspektor nickte den Anwesenden zu, dann richtete er seine volle Aufmerksamkeit auf Anna Grünwald, deren rechte Gesichtshälfte angeschwollen und blutunterlaufen war. Anscheinend hatte der Täter mehrmals zugeschlagen, von einem einzigen Hieb konnten die Blutergüsse nicht herrühren. Auf Annas Stirn klebte ein dickes weißes Pflaster, wahrscheinlich verbarg sich dahinter eine Wunde, die genäht worden war. »Was ist passiert?«, fragte er.

»Das hab ich doch schon alles Ihrem Kollegen erzählt«, erwiderte Alfred Herml sichtlich genervt. »Sehen S' net, dass die Anna Ruhe braucht?«

Grünbrecht wandte sich dem Ehemann zu. »Beruhigen Sie sich, Herr Herml. Wir wollen denjenigen erwischen, der Ihrer Frau das angetan hat. Wir machen nur unsere Arbeit …«

»Die gar net notwendig wäre, wenn Sie den Mörder meines Schwiegervaters schon g'fasst hätten«, polterte der Mann weiter, wofür Stern sogar Verständnis aufbrachte. Denn auch er stellte sich die Frage, ob sie es mit demselben Täter zu tun hatten.

»Ist schon in Ordnung, Alfred.« Anna griff nach der Hand ihres Mannes. »Ich schaff das.«

Der Angesprochene schnaubte, sagte aber nichts mehr.

Anna Grünwald schloss für einen Moment die Augen und atmete tief ein und aus. Dann sah sie Stern an. »Ich bin nach Hause g'kommen und hab das Auto vor der Garage abg'stellt. Als ich ausg'stiegen bin, hat mich jemand von hinten ang'griffen, g'schlagen und g'würgt. Er hat mich zu Boden g'stoßen, oder ich bin in dem Gerangel umg'fallen, das weiß ich net so genau. Auf alle Fälle bin ich plötzlich am Boden g'legen und der Angreifer hat auf mich eing'treten, bis mein Sohn, der Felix, g'kommen ist, anschließend ist er davong'rannt.«

»Haben Sie ihn erkannt?«, fragte Stern.

»Nein, die meiste Zeit ist er in meinem Rücken g'wesen, er ist ja von hinten g'kommen. Und wie ich am Boden g'legen bin, hab ich mit den Händen meinen Kopf zu schützen versucht und mich zusammeng'rollt, dadurch hab ich nix mehr g'sehen. Nur einmal hab ich kurz aufg'schaut, und da hab ich bemerkt, dass der Angreifer so eine Skimaske aufhatte.«

»Und Sie?«, fragte Stern den Sohn, dessen Auftauchen offenbar Schlimmeres verhindert hatte. Wenn es sich um denselben Täter wie bei Jakob Grünwald handelte, könnte die Frau jetzt tot sein.

»Nein. Vor der Garage ist es ziemlich finster, und wie ich g'kommen bin, ist er sofort wegg'rannt«, erwiderte Felix.

»Es war also ein Mann?«, schlussfolgerte Grünbrecht aufgrund seiner Formulierung.

Felix zuckte mit den Schultern. »Ich weiß es net, ich glaub schon.«

»Wie groß ist er gewesen?«, hakte Grünbrecht nach. »Und welche Statur hat er gehabt? War er schlank oder beleibt?«

Felix kratzte sich am Kopf und deutete dann die Größe des Angreifers mit der Hand an. »So vielleicht ... Oder nein, eher so.« Die Hand fuhr wie ein Lift um

30 Zentimeter in die Höhe. »In etwa wie der Luca oder der Papa. Oder wie Sie.« Der Sohn von Anna Grünwald zeigte auf Stern. »Und er war schlank, also net so …« Felix verstummte, da ihm offenbar klar wurde, dass ein Vergleich mit dem Chefinspektor unhöflich wäre. »Äh … ich meine … eher wie die beiden«, stotterte er und wies auf seinen Bruder und seinen Vater.

Stern zog den Bauch ein, was allerdings nicht viel an seiner Erscheinung änderte. Die Kilos, die er in den letzten Jahren zugenommen hatte – und jedes Jahr schien eines dazuzukommen –, ließen sich dadurch nicht wegzaubern. Doch auch Luca und sein Vater hatten nicht annähernd dieselbe Gewichtsklasse, zwischen ihnen lagen gut mehrere Kartoffelsäcke. Ebenso waren die beiden Männer unterschiedlich groß. Felix' Aussage als Augenzeuge war demnach nur bedingt zu gebrauchen.

»Ist Ihnen sonst noch etwas an dem Täter aufgefallen?«, hakte Grünbrecht nach.

Der junge Mann zuckte wieder mit den Schultern. »Er war ganz schwarz ang'zogen und hat eine Skimaske aufg'habt, wie die Mama schon g'sagt hat. Ich bin gleich zu ihr hin, wie sie da auf dem Boden g'legen ist. Ich hab ja g'sehen, dass sie blutet.«

»Was ist danach passiert?«, fragte Stern.

»Ich hab nach dem Papa und dem Luca g'schrien. Die haben aber sehr lange g'braucht, bis sie endlich g'kommen sind. Ich hab die ganze Zeit g'laubt, dass die Mama stirbt!« Die Stimme des jungen Mannes überschlug sich. Allein die Erinnerung löste Panik in ihm aus. Sein gehetzter Blick wanderte zwischen den Anwesenden hin und her, als hätte er Angst, sich falsch verhalten zu haben.

»Wo sind Sie denn zu dem Zeitpunkt gewesen?«, fragte Stern Alfred Herml.

»Im Haus, der Fernseher ist g'laufen. Ich hab erst mitg'kriegt, dass was net stimmt, wie ich den Felix schreien g'hört hab«, antwortete der Ehemann der Überfallenen und wandte sich seiner Frau in dem Krankenbett zu. »Es tut mir so leid, Schatz, ich hätt es mitbekommen und viel eher bei dir sein müssen. Dann wäre das alles vielleicht gar net passiert.« Um Vergebung flehend schaute er sie an.

»Dafür kannst du nix.« Anna Grünwald lächelte ihren Mann an.

Stern glaubte zu erkennen, dass die beiden noch immer glücklich miteinander waren. Das war nach so vielen gemeinsamen Jahren und zwei beinahe erwachsenen Söhnen nicht selbstverständlich, das wusste er nur zu gut.

»Und ich hab nix g'hört, weil ich die Musik so aufg'dreht g'habt hab«, erklärte Luca.

»Stimmt. Ich hab mich deswegen g'ärgert, weil ich kaum was verstanden hab und den Fernseher immer lauter hab stellen müssen«, bestätigte der Vater.

»Warum sind Sie nicht in die Garage gefahren, als Sie nach Hause gekommen sind?«, wandte sich Stern an Anna Grünwald. Er glaubte sich zu erinnern, dass neben dem Haus zwei Garagen angebaut waren, eine hätte also frei sein müssen.

»Weil da mein Auto drinnen steht«, gab Luca reuig zu. »Ich werde das aber nimma machen, Mama. Ab jetzt stellst du dich mit deinem Wagen rein.«

»Wir haben drei Autos und zwei Garagen«, erklärte Alfred Herml den Inspektoren. »Und da haben wir uns darauf g'einigt, dass derjenige, der als Letztes nach Hause kommt, draußen parken muss. Im Sommer ist das kein Problem, aber im Winter will halt niemand Eis von den Scheiben kratzen. Wir haben g'dacht, dass das die beste Lösung ist, doch da haben wir uns wohl geirrt.«

»Es hat ja niemand damit rechnen können, dass ich überfallen werde.« Anna Grünwald schaute unglücklich drein.

»Wo waren Sie denn so spät noch?«, fragte Grünbrecht.

»Im Büro, ich hab einiges erledigen müssen, jetzt, wo der Papa tot ist.« Anna Grünwald kämpfte mit den Tränen, was Stern überraschte, hatte sie doch bei ihrer ersten Begegnung äußerst gefasst auf den Tod ihres Vaters reagiert. Es war aber gut möglich, dass ihr nach dem Überfall auf sie selber nun alles zu viel wurde.

»Waren Sie alleine dort?«, fragte er.

Die Angesprochene nickte und sagte verbittert: »Der Matteo hat wie üblich anderes zu tun g'habt.« Mit einem zerknüllten Taschentuch wischte sie sich die Tränen aus den Augen. Dann schnäuzte sie sich in das zerfledderte Ding.

»Ist Ihnen aufgefallen, dass Ihnen jemand gefolgt ist?«

Anna Grünwald überlegte. »Nein. Aber ich hab auch net darauf g'achtet. Glauben S' wirklich, dass der Überfall auf mich etwas mit der Ermordung meines Vaters zu tun hat?«

»Es wäre schon ein merkwürdiger Zufall, wenn das nicht der Fall wäre, oder? Also ja, vorerst gehen wir davon aus, dass wir es mit demselben Täter zu tun haben«, ließ Stern Anna Grünwald nicht im Ungewissen.

Für einen Moment herrschte betroffenes Schweigen.

Alfred Herml brach als Erster die Stille. »Was werden Sie jetzt tun?«

»Sie bekommen Polizeischutz«, entschied Stern kurzerhand. »Solange wir nicht wissen, wer Ihre Frau überfallen hat und wer der Mörder Ihres Schwiegervaters ist, ersuche ich Sie, keine Alleingänge mehr zu unternehmen. Bleiben Sie zu Hause, und vor allem: bleiben Sie zusammen.«

»Aber das geht net! Wir müssen doch in die Schule. Der Luca ist heuer im Maturajahr …«

»Ihnen ist der Ernst der Lage offenbar nicht bewusst, Herr Herml«, erwiderte Stern. »Es geht hier nicht um ein paar Urlaubstage oder Fehlstunden in der Schule. Möglicherweise ist Ihr Verhalten maßgeblich dafür, ob Sie weiterleben oder sterben werden. Ihr Schwiegervater ist tot, Ihre Frau liegt zusammengeschlagen im Krankenhaus. Wollen Sie wirklich riskieren, dass …?«

»Nein, natürlich net«, unterbrach der Mann den Chefinspektor. »Das war dumm von mir, entschuldigen S'. Aber vor Weihnachten ist so viel los, in der Schule werden die letzten Tests und Schularbeiten des Semesters geschrieben, das macht es halt schwierig, wenn ich ausgerechnet jetzt längeren Ersatz für meinen Unterricht organisieren muss.«

»Wir können Sie nur beschützen, wenn Sie tun, was wir sagen«, ergänzte Stern eindringlich.

»Sie haben ja recht, wir bleiben zu Hause«, lenkte Alfred Herml ein.

»Wir brauchen Ihr Gewand, Frau Grünwald, damit das Labor es auf etwaige Spuren untersuchen kann.

Wenn wir Glück haben, hat der Täter bei dem Überfall welche darauf hinterlassen«, sagte Grünbrecht.

»Das können Sie gerne mitnehmen, das ist eh hinüber.« Anna Grünwald deutete auf den Schrank neben dem Bett und sank in ihr Kissen zurück, sie wirkte erschöpft. Kein Wunder bei dem, was sie binnen weniger Tage durchgemacht hatte. Zuerst der Tod ihres Vaters und jetzt der Überfall auf sie selbst. Außerdem war es schon spät, kurz vor 22 Uhr.

Nachdem ihnen der Ehemann die Kleidung überreicht hatte, verabschiedeten sich die Kriminalbeamten von der Familie und traten in den menschenleeren Flur hinaus. Die meisten Patienten schliefen wahrscheinlich um diese Zeit, nur hin und wieder begegnete eine Krankenschwester den Inspektoren auf dem Weg nach draußen und warf ihnen einen verwunderten Blick zu, der zu fragen schien, was sie zu so später Stunde im Krankenhaus verloren hätten.

»Jemand hat es auf die Familie abgesehen«, meinte Grünbrecht, als sie wieder im Wagen saßen.

»Ja, nur wer? Die Familienmitglieder selbst können wir ja wohl ausschließen«, antwortete Stern.

»Wieso?«

»Hast du einen Verdacht?«

»Vielleicht will Matteo unbedingt Chef der Grünwald Ofen GmbH werden, weshalb er alle, die das verhindern könnten, aus dem Weg räumt«, spekulierte Grünbrecht.

»Ich weiß, dass du ihn nicht magst«, erwiderte Stern. »Aber findest du nicht, dass das etwas weit hergeholt ist?«

»Das sehe ich nicht so«, sagte Grünbrecht, kam dann

aber noch auf eine andere Möglichkeit zu sprechen. »Was ist mit Maike? Sie gehört nicht zur Familie, ist angeheiratet, und sie weiß oder ahnt, dass sie von dem großen Kuchen nichts abbekommt, egal ob sie sich nun scheiden lässt oder ihr Ehemann stirbt. Doch wenn sie Jakobs direkte Angehörige umbringt, gehört alles ihr, was er je besessen hat.«

»Trifft das auch auf seine Ex-Frau zu?«, fragte Stern. »Würde sie etwas erben, wenn die Kinder tot wären? Da gibt es schließlich noch Annas Mann und deren Kinder, vielleicht wären die zuerst dran. So wirklich klar ist mir die Erbfolge im Falle des Todes von Matteo und Anna nicht, ich glaube, da sollten wir einen Experten konsultieren.«

»Gehen wir mal davon aus, dass es so ist. Dann hätten wir drei Verdächtige«, blieb Grünbrecht an dem Gedanken dran.

»Und sie wären Serienmörder, wenn sie das durchziehen. Also ich halte das für sehr unwahrscheinlich, vor allem in Bezug auf Helene, die ihre eigenen Kinder umbringen müsste«, meinte Stern.

»War ja nur so ein Gedanke.« Offenbar hatte Grünbrecht bemerkt, dass sich ihre Spekulationen wie das Drehbuch für einen Actionfilm anhörten. Sie startete den Motor und fuhr los.

Stern gähnte auf dem Beifahrersitz. »Es ist ja auch fast zehn, da kann die Fantasie schon mit einem durchgehen.« Seine Augen tränten, die Müdigkeit übermannte ihn.

»Wegen der nahenden Geisterstunde?« Grünbrecht lachte.

»Auch deswegen. Aber eigentlich meinte ich, weil es ein sehr langer Tag war.«

»Du kannst eh schlafen, ich wecke dich, wenn wir in Linz sind.«

Doch dazu sollte es nicht kommen. Denn als sie auf die S10 auffuhren, begann Grünbrecht in Richtung Landeshauptstadt zu rasen. Stern spürte die Geschwindigkeit, das Ruckeln bei jeder Bodenunebenheit, und war umgehend hellwach. In einer Rekordzeit, die er nie für möglich gehalten hätte, erreichten sie seine Wohnung in der Herrenstraße. Durchgeschwitzt stieg er aus dem Wagen.

»Gute Nacht, bis morgen«, verabschiedete er sich.

»Gute Nacht«, erwiderte Grünbrecht und fuhr davon.

Stern betrat die Wohnung, zog im Flur seine Schuhe aus und schlich in Socken in die Küche. Ein Zettel lag auf dem Tisch: »Essen ist im Kühlschrank.« Darunter hatte Silvia ein geschwungenes Herz gesetzt. Stern lächelte. Doch zu so später Stunde allein zu essen, danach stand ihm nicht der Sinn. Er öffnete die Schlafzimmertür. Silvia lag im Bett und schlief, neben ihr Miro, die alle viere vertrauensvoll von sich streckte. Na toll, dachte Stern. Die Katze hatte sich überraschend schnell an ihre neue Versorgerin gewöhnt und schien ihn nicht zu vermissen. Leise schloss er die Tür und legte sich auf die Couch im Wohnzimmer, um die beiden nicht zu wecken.

16. KAPITEL

Geschirrklappern am Morgen. Stern blinzelte. Wo war er? Was waren das für Geräusche? Er drehte sich zur Seite, seinen Rücken durchfuhr ein heftiger Schmerz. Jetzt fiel es ihm ein: Anstelle der Katze hatte er die Nacht auf der Couch verbracht, und nun tat ihm jeder einzelne Knochen weh. Nicht einmal das Gewand hatte er ausgezogen, als er sich schlafen gelegt hatte. Ächzend richtete er sich auf.

»Guten Morgen!«, rief Silvia aus der Küche zu ihm herüber.

»Guten Morgen«, brummte Stern. Die Nacht war viel zu kurz gewesen. Wieder einmal. Der Geruch von frisch gemahlenen Bohnen ließ ihn sich von seinem Nachtlager erheben und zog ihn wie ein Magnet in die Küche.

»Wieso bist du net ins Bett g'kommen?«, fragte Silvia und reichte ihm eine Tasse Espresso. Damit setzte sich Stern an den Esstisch.

»Ich wollte euch nicht stören«, erwiderte er.

»Euch?« Silvia klang überrascht.

»Miro hat die zweite Betthälfte für sich beansprucht. Ich hatte keine Lust, mich so spät mit ihr anzulegen. Ihr Protestgeschrei hätte dich sicher geweckt. Außerdem, die paar Stunden auf der Couch sind kein Problem für mich«, log er, denn natürlich bereute er seine Entscheidung längst. Selbst seine Körperhaltung strafte ihn Lügen.

»Soll ich dich massieren?« Silvia trat hinter ihn, und noch bevor er antworten konnte, drückten ihre Finger auf die schmerzende Stelle an seinem Rücken.

»Hm …« Stern fing an, sich zu entspannen, und genoss die Behandlung durch seine Freundin. Sie wusste, was er brauchte.

»Was ist denn gestern überhaupt los g'wesen, weil du so dringend wegmüssen hast?«, fragte Silvia.

»Anna Grünwald, das ist die Tochter von dem Mordopfer in Kefermarkt, ist überfallen und übel zugerichtet worden«, erzählte der Chefinspektor.

»Das ist ja furchtbar!« Es war Silvia anzuhören, dass sie die Nachricht erschreckte. »Und wie geht es ihr?«

»Gott sei Dank lebt sie, aber wahrscheinlich nur deshalb, weil ihr Sohn unerwartet aufgetaucht ist und den Täter in die Flucht geschlagen hat.«

»Könnte es derselbe gewesen sein, der ihren Vater umg'bracht hat?«

»Möglich. Die Täterbeschreibung war sehr unpräzise. Vermutlich war es ein Mann, doch auch da scheint sich der Junior nicht sicher zu sein. Also ermitteln wir vorerst in alle Richtungen, bis wir nähere Hinweise erhalten. Vielleicht finden die Kollegen im Labor an der Kleidung der Frau ja Spuren vom Täter.« Stern seufzte tief.

»Sind deine Verspannungen im Nacken schon besser?«, fragte Burgstaller.

»Viel besser, danke!« Der Chefinspektor griff nach Silvias Hand und küsste ihre Finger. Seine Lippen wanderten zu ihrem Handrücken vor … Sein Handy läutete, es lag auf dem Küchentresen. Stern wollte nicht aufstehen und telefonieren. Nicht jetzt. Er genoss Silvias Nähe, ihre Berührungen …

Doch die waren vorüber. Silvia holte das nervig klingelnde Gerät und reichte es ihm. »Vielleicht ist es wichtig.«

»Stern«, meldete er sich.

»Vor meinem Hof steht ein Polizeiwagen. Hab ich den Ihnen zu verdanken?«, bellte ein hörbar echauffierter männlicher Anrufer am anderen Ende der Leitung.

Stern erkannte die Stimme nicht. »Und Sie sind?«

»Matteo Grünwald! Lassen Sie mich etwa beschatten? Wenn ja, machen Ihre Kollegen das nicht besonders geschickt. Beim ersten Blick aus dem Fenster habe ich sie entdeckt.« Zur hörbaren Verärgerung des Mannes gesellte sich ein überheblicher Tonfall, der dem Chefinspektor bereits bekannt war.

Er konnte immer mehr nachvollziehen, warum Grünbrecht den Mann nicht mochte, und erwiderte trotzdem freundlich: »Das ist Ihr Polizeischutz, Herr Grünwald. Diese Männer sollen gesehen werden. Vor allem von denjenigen, die Ihnen und Ihrer Familie etwas antun wollen.«

»Was reden Sie da für einen Schmarrn?« Offenkundig verstand Sterns Gegenüber die Dringlichkeit dieser Maßnahme nicht.

Das konnte eigentlich nur eines bedeuten. »Sie wissen es noch nicht?« Ein klein wenig kostete Stern seinen Informationsvorsprung aus, da der Mann ihn so unfreundlich behandelt hatte. »Ihre Schwester ist gestern Nacht überfallen worden.«

»Was?«, dröhnte es aus dem Lautsprecher, sodass Stern das Handy ein Stück weit von seinem Ohr weghielt. »Von wem?«

»Wir kennen die Identität des Täters nicht …«

»Wieso hat mich keiner verständigt?«

»Das fragen Sie am besten Ihre Schwester. Apropos: Wo waren Sie gestern Abend zwischen 19 und 21 Uhr?« Stern schätzte, dass in dieser Zeit der Überfall stattgefunden haben musste.

»Zu Hause. Und wenn Sie mich fragen, ob das wer bezeugen kann, muss ich verneinen. Sie wissen, dass ich alleine auf dem Hof lebe«, drang es nun nicht mehr ganz so überheblich aus der Leitung. »Aber wieso sollte ich meine Schwester überfallen? Ist ihr etwas passiert?«

»Sie ist im Freistädter Krankenhaus«, teilte Stern ihm mit.

»Ich fahr gleich hin. Das darf ich doch, oder?«

»Natürlich. Aber versuchen Sie nicht, die Kollegen vor Ihrer Tür abzuschütteln. Die sind zu Ihrem eigenen Schutz da, solange wir nicht wissen, ob der Überfall auf Ihre Schwester und der Mord an Ihrem Vater zusammenhängen und welches Motiv dahintersteckt. Vielleicht hat es jemand auf Ihre gesamte Familie abgesehen. Haben Sie eine Idee, wer so etwas tun könnte?«

Für einen Augenblick herrschte Schweigen. »Man macht sich im Leben nicht nur Freunde«, sagte Matteo Grünwald hörbar darüber nachdenkend. »Gerade als Anwalt ist man oftmals gezwungen, Dinge zu tun oder zu sagen, die anderen nicht gefallen. Das Gleiche gilt für erfolgreiche Unternehmer. Aber ich erinnere mich an niemanden, der deshalb an meinem Vater, an meiner Schwester oder an mir hätte Rache üben wollen.«

»Falls Ihnen doch etwas einfällt, rufen Sie mich an«, verlangte Stern.

»Das werde ich. Auf Wiedersehen.«

Auch der Chefinspektor verabschiedete sich und beendete das Telefonat.

»Und schon geht die Arbeit wieder los.« Silvia Burgstaller begann, den Frühstückstisch abzuräumen.

Stern hatte kaum etwas gegessen, nur eine halbe Tasse Kaffee hatte er während des Gesprächs getrunken. Nach einem Blick auf die Armbanduhr schüttete er den Rest der braunen Brühe schnell in sich hinein und stand währenddessen auf. »Ja, leider. Ich muss auf die Dienststelle, es ist schon spät.« Hastig gab er seiner Freundin einen Kuss.

»Doch nicht so, Oskar!«, empörte sich Silvia. »Zieh dir zumindest ein anderes Hemd an und mach dich ein wenig frisch. So läufst du mir da draußen nicht herum, jetzt, wo alle wissen, dass wir beide zusammen sind. Wir leben in einer Gesellschaft, in der noch immer viele denken, dass die Frau für das Aussehen ihres Mannes verantwortlich ist.«

Stern lachte und verschwand im Bad. Minuten später kam er in eine Duftwolke gehüllt zurück.

Nun lachte auch Silvia.

*

Stern war spät dran. Als er um halb neun die Dienststelle erreichte, steckten die Kollegen bereits mitten in der Arbeit.

»Guten Morgen«, begrüßte Grünbrecht ihn gut gelaunt. Während sich unter seinen Augen tiefe Ringe eingegraben hatten, war ihr die kurze Nacht nicht anzumerken. Ihre dunkelbraunen Locken hatte sie zu einem Pferdeschwanz gebunden, was sie noch jugendlicher wirken ließ. Er hingegen fühlte sich wegen des Schlafmangels und der auf der Couch verbrachten Stunden um Jahre gealtert.

»Wir haben schon gehört, was passiert ist«, sagte Kolanski anstatt eines Grußes. »Ich bin mir sicher, dass die Fälle zusammenhängen.«

»Alles andere wäre ein echt großer Zufall«, gab Heinze dem Kollegen recht. »Und Zufälle gibt es nicht, gell, Chef?«

Stern gab ein paar zustimmende Laute von sich und bereute es, nicht gefrühstückt zu haben. Damit wäre er besser für den Tag gewappnet gewesen, der wieder lang zu werden drohte.

»Ich hab die Kleidung von Anna Grünwald bereits ins Labor gebracht, aber noch keine Rückmeldung erhalten«, informierte Grünbrecht ihn. »Es wird wohl den ganzen Tag dauern, bis wir mit Ergebnissen rechnen können. Und wenn sie DNA-Spuren darauf finden, dann dauert die Auswertung noch länger.«

»Die Kollegen von der Technik haben die Fotos bearbeitet, die auf dem Schloss Weinberg in dem Raum vor der Kapelle aufgenommen wurden, und die Gesichter der Menschen darauf vergrößert«, teilte Heinze ihnen mit.

»Lass mal sehen«, forderte Stern den Kollegen auf.

Heinze holte das erste Bild auf seinen Monitor. Die

Inspektoren versammelten sich in seinem Rücken und schauten ihm über die Schulter. Heinze klickte die Fotos der Reihe nach durch, insgesamt waren es acht vergrößerte Ausschnitte in mehr oder weniger guter Qualität.

»Kennen wir einen von denen?«, fragte Kolanski.

»Niemanden außer den Aussteller, der dort hinten seinen Stand gehabt hat. Und mit dem hab ich geredet, wie wir am Sonntag die Vernehmungen durchgeführt haben. Wenn ich mich richtig erinnere, ist er aus Tschechien und hat bunte Keramikfiguren verkauft. Für mich war er unauffällig«, schilderte Heinze und fragte: »Was sollte er außerdem für ein Motiv haben, den Jakob Grünwald umzubringen?«

»Oder dessen Tochter zu überfallen?«, ergänzte Grünbrecht.

»Klick noch einmal alle Fotos durch, aber langsamer«, verlangte Stern. Ihm war das zu schnell gegangen, er musste sich die Leute genauer anschauen.

Heinze kam der Aufforderung nach, doch keine der abgebildeten Personen kam den Kriminalbeamten bekannt vor.

»Wir sollten die Bilder Felix Grünwald zeigen«, schlug Grünbrecht vor. »Vielleicht erkennt er unter den Personen den Angreifer.«

»Er hat uns ja nicht einmal sagen können, wie groß der Täter gewesen ist«, zeigte sich Stern skeptisch. »Außerdem hat der Angreifer eine Skimaske oder Sturmhaube getragen, und die Wahrscheinlichkeit, dass Jakob Grünwalds Mörder nicht auf den Fotos abgelichtet ist, ist meiner Meinung nach höher, als dass er unter diesen

Menschen zu sehen ist. Es sind nur einzelne Momentaufnahmen, die wir von einem Marktbesucher bekommen haben. Es war zwar eine Chance, aber nur eine kleine. Zeigt Felix Grünwald die Bilder trotzdem, vielleicht haben wir ja Glück.«

»Etwas Besseres fällt mir im Augenblick nicht ein«, meinte Grünbrecht und sog die Luft tief ein. Dann sagte sie gedehnt, »außer …«

»Ja?«, hakte Stern nach.

Auch Kolanski und Heinze wandten sich ihr erwartungsvoll zu.

»Mich interessiert, wo sich Matteo Grünwald zum Zeitpunkt des Überfalls auf seine Schwester aufgehalten hat. Vielleicht hat er sie ja …«

»Ich hab ihn schon befragt«, unterbrach Stern die Gruppeninspektorin.

»Echt? Wann?«

»Heute Morgen. Er hat den Polizeiwagen vor seinem Hof entdeckt und mich angerufen. Er wollte wissen, ob wir ihn beschatten lassen.«

»Was hast du gesagt?« Grünbrecht war sichtlich an Sterns Antwort interessiert. Wahrscheinlich hoffte sie auf ein knallhartes Verhör, weil sie den Typen nicht ausstehen konnte.

»Dass er Polizeischutz hat«, antwortete Stern wahrheitsgemäß.

Die Gruppeninspektorin schien enttäuscht zu sein.

»Was hätte ich denn sonst sagen sollen?«, verteidigte sich Stern, was widersinnig war, das wusste er. Bislang gab es keinen Grund, Matteo Grünwald als Verdächtigen zu führen.

»Du hättest ihm schon ein bisschen Angst machen können, damit er glaubt, dass wir ihn im Visier haben«, erwiderte Grünbrecht ein wenig trotzig.

»Der hat Angst, glaub mir. Aber nicht vor uns, sondern vor demjenigen, der es auf seine Familie abgesehen hat. Da brauchen wir nicht nachzulegen«, tat Stern seine Meinung kund.

»Vorausgesetzt, er ist kein Mörder.« Grünbrecht war noch nicht bereit, die weiße Fahne zu hissen.

»Wir haben keine Beweise, dass er einer ist«, entgegnete Stern. »Und dass du ihn nicht magst, reicht nun mal nicht.«

Grünbrecht seufzte. »Hast ja recht. Ich halte es trotzdem für möglich, dass er beide Taten begangen hat. Wir wissen jetzt, dass Jakob Grünwald seine Tochter als Nachfolgerin in seinem Testament verfügt hat. Was, wenn Matteo davon Wind gekriegt hat und zuerst seinen Vater aus dem Weg geräumt hat und dann das Gleiche mit seiner Schwester tun wollte, damit er auf dem Chefsessel Platz nehmen kann?«

»Wir fahren zu seinem Freund, bei dem er zur Tatzeit angeblich gewesen ist, und überprüfen sein Alibi. Wir haben doch dessen Kontaktdaten, oder?« Stern schaute in die Runde.

Grünbrecht kramte die Liste, die Matteo Grünwald bei ihrer ersten Begegnung für sie angefertigt hatte, aus den Unterlagen auf ihrem Schreibtisch hervor und las laut vor: »Bernhard Fonak aus Freistadt.«

»Gut, wir übernehmen das«, entschied Stern und deutete auf Grünbrecht. »Und noch etwas: Wissen wir inzwischen, mit wem sich Jakob Grünwald auf dem Foto vom Weinberger Schloss Advent unterhält?«

»Ja, da kann ich behilflich sein.« Nun durchsuchte Heinze seine Notizen in seinem Smartphone. »Die Kollegen haben das Foto herumgezeigt und einen Treffer gelandet.«

»Und wie lautet der Name?«, hakte Stern ungeduldig nach.

»Einen Moment, ich hab's gleich.«

»Vielleicht solltest du dir ein Notizbuch zulegen, wie es das früher mal gegeben hat, du weißt schon, eines aus Papier, und nicht alles in deinem Handy abspeichern«, schlug Stern vor. »Darin findest du die Informationen möglicherweise schneller.«

Kolanski und Grünbrecht schmunzelten. Jeder wusste, dass Stern es mit elektronischen Gerätschaften nicht so hatte und Altbewährtes wie Papier und Stift bevorzugte.

»Hier!« Heinze hielt sein Smartphone hoch. »Alfons Steffenberger!«

»Den Namen kenne ich …« Stern wollte jedoch nicht einfallen, woher.

»Anna Grünwald hat ihn mal erwähnt«, erinnerte sich Grünbrecht. »Das war doch der, der Jakob Grünwald das Unternehmen abkaufen wollte.«

»Richtig!«, pflichtete Stern der Kollegin bei. »Interessant, dass sich die beiden ausgerechnet an dem Tag treffen, an dem Jakob Grünwald ermordet wird. Planänderung! Wir …«

Die Tür ging auf und Bormann stürmte herein. »Stern! Haben Sie einen Moment?«

»Geht es um den Mordfall in Kefermarkt?«, fragte der Chefinspektor, vom hektischen Auftreten des Dienststellenleiters überrascht. Aber genau genommen war er es dann doch nicht. Bormann veranstaltete gerne ein Theater, wenn sich die Ermittlungen um Personen aus Politik, Wirtschaft oder Kultur drehten.

»Gibt es denn in dieser Sache etwas Neues?«, wollte der Dienststellenleiter erfahren.

»Noch nicht …«

»Informieren Sie mich, wenn Sie etwas haben«, verlangte Bormann. »Jetzt brauche ich Sie in einer anderen Angelegenheit.«

»Und die wäre?«, fragte Stern erwartungsvoll. Meist bedeutete es nichts Gutes, wenn sein Vorgesetzter unvermittelt mit einem Anliegen auftauchte.

»Ich hab einen Anruf von einem Schuldirektor erhalten, der mir von mehreren Telefonaten mit aufgebrachten Eltern erzählt hat. Angeblich haben Sie in einer Klasse während des Unterrichts irgendwelche Schauergeschichten über Verbrechen und was weiß ich noch alles erzählt. Was haben Sie sich um Himmels willen dabei gedacht?« Die Vorwürfe des Schuldirektors echauffierten den Dienststellenleiter sichtlich.

»Ich bin eingeladen worden, den Kindern meinen Beruf näherzubringen, mehr nicht. Aber auch nicht weniger. Ich hab nun mal nicht mit den braven Leuten zu tun, sondern mit den anderen«, erwiderte der Chefinspektor eingeschnappt. Bei den Schülern war sein Vortrag gut angekommen, hatte er den Eindruck gehabt. Und Tobias war stolz auf ihn gewesen, dass keiner seiner Schulkameraden, wie bei einem seiner Vorgänger, vor Langeweile eingeschlafen war.

»Sie können den Kindern doch nicht erzählen, welche

Verbrecher da draußen herumlaufen!« Bormann deutete zum Fenster hinaus und regte sich weiter auf. »Die fürchten sich ja zu Tode!«

»Dass nicht immer alles eitel Wonne ist und nicht nur nette Leute durch die Gegend rennen, wissen die Jungen und Mädchen in diesem Alter längst«, verteidigte sich Stern. »Die sind elf oder zwölf Jahre alt, haben ein Handy und Zugang zum Internet. Das müsste man ihnen eher verbieten oder einschränken, damit sie sich keine Videos davon anschauen können, wie die Hamas israelische Geiseln vergewaltigt und ermordet. Oder wie Palästinenser mit bloßen Händen ihre toten Kinder unter den Trümmern ausgraben, weil eine Rakete ihr Haus zerstört hat. Dazu noch Videos, die zur Gewalt gegen die Gegenseite aufrufen, und das nicht nur dort unten, wo der Krieg stattfindet, sondern überall auf der Welt. Solche Aufnahmen schauen sich manche Kinder an, und das ist furchtbar! Da wird Wut und Hass produziert. Und das ist etwas ganz anderes, als wenn ich den Schülern schildere, was ich in meinem Alltag erlebe. Details von einem Mord habe ich ihnen natürlich nicht erzählt. Trotzdem belüge ich keine Kinder.«

»Das sind keine Lügen, Stern. Das nennt man altersgerecht verpacken und notfalls ein wenig abändern …«

»Das hab ich gemacht«, glaubte Stern.

»Ach ja? Viele Eltern sind da anderer Meinung«, erwiderte der Dienststellenleiter. »Wir können von Glück reden, wenn uns niemand verklagt. Heutzutage ist es ja üblich, dass man jeden wegen allem Möglichen vor Gericht zerrt. Nicht auszudenken, wenn die Polizei wegen so einer Sache …« Bormann verstummte und schüttelte theatralisch den Kopf. »Und die Presse erst!«

»Auch wenn es manchen Eltern nicht in den Kram passt, den Kindern hat es gefallen«, erwiderte Stern nun nicht mehr ganz so im Verteidigungsmodus, denn vielleicht hätte er bei der einen oder anderen Erzählung tatsächlich andere Worte finden oder sie ganz weglassen können.

»Noch so eine Aktion, ohne dass ich vorher Bescheid weiß, wird es in Zukunft nicht geben, Stern. Das nächste Mal, wenn jemand den Beruf eines Polizisten in einer Schule vorstellen soll, kann Grünbrecht ja fahren.« Bormann wandte sich der Gruppeninspektorin zu.

Diese streckte abwehrend die Hände von sich. Offenbar wollte sie nicht in die Debatte hineingezogen werden.

»Wenn mein Enkel in der Klasse sitzt, fahre ich!«, sagte Stern bestimmend. »Alle anderen Schulen kann gerne jemand anders übernehmen.« Dass er sich wegen so einer Sache mit Bormann in die Haare kriegte, fand er nun wirklich übertrieben. Er durfte gefährliche Verbrecher jagen, aber nicht mit Kindern reden? Weit hatte er es gebracht! Vielleicht war es an der Zeit, sich näher mit dem Ruhestand zu beschäftigen.

»Ihr Enkel war in der Klasse?«, wiederholte Bormann konsterniert. »Das wusste ich nicht. Das hat mir der Schuldirektor nicht gesagt. Ähm … Dann sieht das Ganze vielleicht ein wenig anders aus … Aber, Stern, erzählen Sie beim nächsten Mal trotzdem nur von den – ja, wie soll ich sagen? Von den weniger bösen Menschen. Sie wissen schon, wie ich das meine«, schwächte Bormann seine Rüge ab.

»Die Kinder entscheiden sich vielleicht genau in diesem Moment, was sie einmal werden wollen«, mischte sich Grünbrecht nun doch in das Gespräch ein. »Deshalb denke ich, dass man den Beruf des Polizisten so spannend wie möglich darstellen muss, damit sie ihn auch ergreifen wollen. Es bringt nichts, wenn man ihnen sagt, dass sie nur Strafzettel wegen Geschwindigkeitsüberschreitungen ausstellen, für Mütter, die zu spät dran sind, um ihre Kinder in die Schule zubringen. Oder dass sie das Auto vom Opa aus dem Verkehr ziehen, weil es kein Pickerl mehr hat.«

»Wir alle sind Polizisten geworden, weil wir Verbrecher jagen wollen. Richtige Verbrecher und nicht die Mutter oder den Opa, die Grünbrecht gerade erwähnt hat«, schloss sich Kolanski dem Plädoyer seiner Kollegin an.

»Ich war immerhin ein paar Jahre undercover in Wien«, schilderte Heinze seine persönliche Erfahrung. »Ich wollte das schon als kleiner Junge machen, die Bösen zur Strecke bringen. Meine Eltern und meine älteren Geschwister haben Krimis angeschaut, im Fernsehen zur Primetime, und ich hab durchs Schlüsselloch gelugt mit Blick auf die Mattscheibe. Die Stirb-langsam-Filme mit Bruce Willis hab ich gesehen, da war ich jünger als die Schüler der Klasse, vor denen Stern seinen Vortrag gehalten hat, und ich wusste danach, was ich einmal werden will. Und diese Filme sind alles andere als harmlos.«

Bormann hob abwehrend die Hände. »Ich hab verstanden und werde sehen, was ich machen kann. Ich ruf den Schuldirektor an und erkläre ihm, wie ich das sehe.« Der Dienststellenleiter verließ das Großraumbüro viel ruhiger, als er es betreten hatte.

Stern wandte sich den Kollegen zu. »Danke, Leute! Ich hätte mich jedoch auch alleine verteidigen können.«

»Das wissen wir, Chef! Aber so hat es viel mehr Spaß gemacht.« Heinze grinste.

»Wo er recht hat, hat er recht.« Kolanski verschränkte zufrieden die Arme vor der Brust.

»Und ich stelle mich sicher nicht vor eine Horde Schüler, die mir Löcher in den Bauch fragt«, machte Grünbrecht deutlich. »Das ist dein Job, Oskar! Und zwar noch viele Jahre.«

Als hätte Grünbrecht seinen zuvor gehegten Gedanken an die Pensionierung erraten, dachte Stern und lächelte.

»Du hast vorhin etwas von Planänderung erwähnt«, führte Kolanski das Gespräch auf den Mordfall zurück. »Bevor Bormann hereingestürmt ist.«

»Ja genau.« Stern erinnerte sich. »Ihr beide«, er deutete auf Kolanski und Heinze, »übernehmt bitte die Überprüfung des Alibis von Matteo Grünwald und fahrt nach Freistadt zu diesem Bernhard Fonak, bei dem er angeblich zur Tatzeit gewesen ist. Mara und ich knöpfen uns inzwischen Alfons Steffenberger vor.«

»Wieso dürft ihr immer das Spannende machen und wir müssen Alibis überprüfen?«, maulte Heinze, stand aber trotzdem auf und zog seine Jacke an.

»Weil ich der Chef bin«, antwortete Stern amüsiert. »Außerdem habt ihr letztens bei den Befragungen auf dem Schloss Weinberg lauter kulinarische Schmankerln zu essen bekommen, Grünbrecht und ich mussten hingegen hungern.«

»Okay, dieses Argument zählt. Die Sachen haben nämlich ausgezeichnet geschmeckt, vor allem die Mehlspeisen«, schwärmte Heinze und verließ das Büro.

»Vielleicht müssen wir ihn mal undercover losschicken, bevor er sich bei uns in Oberösterreich langweilt und zurück nach Wien will«, sagte Kolanski im Hinausgehen zu Stern und Grünbrecht und ließ die Tür hinter sich ins Schloss fallen.

Stern grübelte und fragte dann seine Kollegin: »Hast du den Eindruck, dass sich Heinze bei uns tatsächlich langweilt?«

»Bislang nicht«, antwortete die Gruppeninspektorin geistesabwesend und tippte auf ihrem Smartphone herum. Wahrscheinlich suchte sie nach der Adresse, zu der sie fahren mussten.

Stern wollte es dennoch im Hinterkopf behalten. Einen neuerlichen Wechsel im Team konnte er nicht gebrauchen. Mirschers Tod ging ihnen allen noch an die Nieren, und Grünbrecht hatte lange gebraucht, bis sie sich mit Heinze als Mirschers Nachfolger hatte anfreunden können. Darauf musste er ein Auge haben.

»Wo ist denn die Firma von diesem Steffenberger?«, fragte er.

»In Wels. Ich hab die Adresse.« Grünbrecht hielt ihm ihr Handy hin, als ob er die Wörter ohne Brille lesen könnte.

»Na, dann los!« Stern zog seine Winterjacke an.

»Wer fährt?«, fragte Grünbrecht.

Der Chefinspektor zögerte. Grünbrecht hatte ihm

erst jüngst anvertraut, wie aufregend sie es fand, hin und wieder mehr aufs Gaspedal zu treten als unbedingt notwendig. Was, wenn es ihr ebenfalls zu langweilig wurde, weil er ständig hinterm Steuer saß?

»Du«, entschied er und fürchtete sich jetzt schon vor der Fahrt.

17. KAPITEL

Als sie in Wels auf dem Parkplatz vor der NewÖfen Group ankamen, war Stern schweißgebadet. Grünbrecht war gefahren, als gäbe es kein Tempolimit, nun war er froh, den Wagen verlassen zu können. Während die Farbe seines Gesichts jener von Milch glich, waren die Wangen der Gruppeninspektorin zart gerötet. Auch wenn er nicht sicher wusste, ob sich Heinze tatsächlich bei ihnen im Team langweilte, hoffte Stern, dass sich sein Leid bei der Herfahrt ausgezahlt hatte und zumindest Grünbrecht auf ihre Kosten gekommen war. Es war eben nicht leicht, ein guter Vorgesetzter zu sein.

Die Kriminalbeamten betraten das Firmengebäude in der Nähe des Welser Flugplatzes und baten die Empfangsdame, zum Chef vorgelassen zu werden.

»Warten Sie, ich melde Sie an.« Die Frau um die 30 betätigte hinter dem Tresen ein paar Tasten auf einer Telefonanlage und sprach leise in ihr Headset. Ihre Fingernägel waren hellblau lackiert – mit demselben Farbton wie ihre Bluse –, und in ihren Ohren steckten riesige Creolen, die beinahe bis zu den Schultern reichten, ähnlich jenen der beliebten ZIB-1-Moderatorin.

Stern sah sich um. »Der Firmensitz erweckt mir nicht gerade den Eindruck, als wenn Steffenberger es nötig hätte, die Konkurrenz aus dem Weg zu räumen. Der heimische Markt für Heizungen und Öfen ist doch bestimmt groß genug, dass zwei solche Unternehmen ohne Probleme davon leben können.«

»Vielleicht trügt der Schein und die Firma steckt in finanziellen Schwierigkeiten«, meinte Grünbrecht.

»Frau Sanklar kommt gleich und holt Sie ab«, teilte ihnen die Empfangsdame mit. »Sie ist die Sekretärin von Herrn Steffenberger.«

Stern bedankte sich und hörte auch schon das Brummen des Lifts, der sich auf den Weg machte. Als kurz darauf die Aufzugstüren aufgingen, entstieg der Kabine eine Frau etwa in Sterns Alter. Sie war elegant gekleidet mit einem pinkfarbenen Kostüm und trug hochhackige Schuhe. Ihr Gang durch das Foyer verriet, dass sie es gewohnt war, in High Heels zu laufen. Als sie die Inspektoren erreichte, streckte sie ihnen die Hand entgegen und lächelte freundlich.

»Cornelia Sanklar«, stellte sie sich vor. »Was darf ich für Sie tun?« Ein wenig neigte sie den Kopf zur Seite.

»Chefinspektor Oskar Stern, das ist meine Kollegin Gruppeninspektorin Mara Grünbrecht. Wir müssen mit Herrn Steffenberger sprechen. Ist er da?«, begann Stern das Gespräch.

»Herr Steffenberger hat gerade einen Termin, tut mir leid«, sagte die Frau bedauernd. »Kann ich Ihnen weiterhelfen?«

»Es ist wirklich dringend nötig, dass wir mit ihm persönlich reden«, blieb Stern dran. »Wo findet dieser Termin denn statt?«

»Hier bei uns. Herr Steffenberger zeigt einem Bewerber unsere Betriebsstätte. In einer halben Stunde müsste er zurück sein.«

»Gut, wir warten so lange«, entschied Stern.

»Kann ich Ihnen in der Zwischenzeit etwas anbieten? Kaffee oder Tee?« Wieder wanderten Cornelia Sanklars Mundwinkel nach oben.

Stern gewann den Eindruck, dass die Freundlichkeit aufgesetzt war. Die Augen der Frau lächelten nicht mit. »Für mich Kaffee, bitte«, sagte er.

»Und für mich bitte Tee«, erbat sich Grünbrecht.

»Kommen Sie mit, ich bringe Sie in einen Besprechungsraum, dort sind Sie ungestört.« Die Sekretärin führte die Inspektoren zum Lift und begleitete sie nach der Fahrt in den zweiten Stock in ein Zimmer. »Bitte schön, nehmen Sie Platz. Kaffee und Tee bringe ich gleich.«

Erneut bedankte sich Stern bei der Frau, was diese wieder mit einem Lächeln quittierte.

»Ich glaube, die war mal in Japan«, spekulierte Grünbrecht, als die Sekretärin die Tür hinter sich geschlossen hatte. »Die Menschen dort lächeln angeblich andauernd.«

»Was uns Österreichern hin und wieder auch nicht schaden würde«, meinte Stern. »Wir sind ein grantelndes Volk. Nicht umsonst wurde Österreich im Jahr 2023 zum unfreundlichsten Land der Welt gekürt. Immer haben wir etwas zu meckern und zu jammern und sind unzufrieden.«

»Du nimmst die Aussage von Hermann, was Martin betrifft, doch nicht etwa ernst?«, wollte die Gruppeninspektorin wissen, da Sterns ausführliche Antwort sie offenbar genau das glauben ließ.

»Doch, das tue ich. Als Chef muss ich das sogar«, antwortete Stern. »Und was ist mit dir?«

»Mit mir? Was soll mit mir sein?«, fragte Grünbrecht. »Ich bin doch eh immer nett. Außer bei Typen wie diesem Matteo Grünwald halt.«

»Ob du zufrieden bist, so wie es bei dir läuft … in der Arbeit, eh klar … nicht privat. Du weißt schon …«, redete Stern um den heißen Brei herum.

Grünbrecht zuckte mit den Achseln. »Ja, eigentlich schon.«

»Was heißt eigentlich?«

»Mir geht es gut, Oskar. Mach dir um mich keine Sorgen.«

»Würdest du es mir sagen, wenn es anders wäre?«

»Du wärst der Erste, der es erfährt.«

»Versprochen?«

»Versprochen.« Grünbrecht lächelte Stern an und er glaubte ihr. Im Gegensatz zu der Sekretärin lächelten ihre Augen mit.

Die Tür ging auf und Cornelia Sanklar kam mit einem Tablett herein. Sie stellte vor die Kriminalbeamten je eine Tasse aus blütenweißem Porzellan ab und schob eine dritte auf einen freien Platz am Tisch. Einen Teller mit Weihnachtskeksen platzierte sie in der Mitte. »Herr Steffenberger kommt gleich«, verkündete sie mit dieser aufgesetzten Freundlichkeit. »Wünschen Sie noch etwas?«

Die Inspektoren verneinten und bedankten sich.

»Vielleicht hat sie ein Auge auf dich geworfen, weil sie gar so nett ist«, zog Grünbrecht ihren Chef auf, als die Frau den Raum verlassen hatte.

»Auf mich?« Stern war überrascht, fühlte sich aber gleichzeitig geschmeichelt. In diesem Moment flog die Tür ein weiteres Mal auf und ein Mann in grauem Anzug und weißem Hemd trat ein. Es fehlte eine Krawatte, und die oberen Knöpfe standen offen.

»Grüß Gott, Alfons Steffenberger.« Gentlemanlike reichte er zuerst Grünbrecht und dann Stern die Hand. »Ich sehe, Sie sind bestens versorgt, das ist gut. Meine Sekretärin hat mir gesagt, dass Sie von der Kriminalpolizei sind. Was kann ich für Sie tun? Ich hab doch nichts angestellt, oder?« Der Firmeninhaber setzte sich auf den Platz mit der dritten Tasse.

»Das wollen wir eigentlich von Ihnen erfahren, Herr Steffenberger«, antwortete Stern.

Der Angesprochene zog die Augenbrauen nach oben. »Ich bin mir keiner Schuld bewusst. Also, wie kann ich helfen?« Sein Blick wanderte zwischen den Inspektoren hin und her, zeitgleich rührte er in seiner Tasse, obwohl er wie Stern seinen Kaffee schwarz trank. Milch und Zucker blieben unberührt auf dem Tisch stehen.

»Sie kannten Jakob Grünwald?«, fragte Stern, auch wenn er die Antwort bereits wusste. Aber er wollte sehen, inwieweit er seinem Gegenüber vertrauen konnte.

»Natürlich. In der Branche kennt man sich. Es ist furchtbar, was ihm zugestoßen ist.« Steffenberger schüttelte bedauernd den Kopf. Dann führte er die Tasse zum Mund und nahm einen großen Schluck Kaffee.

»Wie gut kannten Sie ihn?«

»Wir haben ein paarmal telefoniert und uns hin und wieder auf Messen und Firmenveranstaltungen getroffen, mehr nicht.«

»Wann haben Sie ihn das letzte Mal gesehen?«

»Das ist schon eine Weile her, bestimmt ein paar Monate. Vielleicht bei der Mühlviertler Wiesn im

August. Da muss man einfach dabei sein, wenn man in der Region Geschäfte machen will«, antwortete Steffenberger.

»Sind Sie sicher, dass Sie ihn dort das letzte Mal getroffen haben?«, hakte Grünbrecht nach.

»Sicher bin ich nicht, aber ich glaube es. Wieso?«

»Was macht Ihr Unternehmen eigentlich genau?«, fragte wieder Stern.

»Die NewÖfen Group bietet Holz- und Pelletheizungen an, ähnlich wie die Firma von Jakob Grünwald. Die Betriebe unterscheiden sich nicht allzu sehr, außer dass wir inzwischen zusätzlich den Energieträger selber verkaufen. Wir verhandeln mit Waldbesitzern in Rumänien und Polen, die uns mit dem notwendigen Rohmaterial versorgen. Der Kunde will nicht nur eine Heizung haben, die günstig in der Anschaffung ist, er möchte ebenso niedrige laufende Kosten«, erklärte der Geschäftsführer. »Und das bieten wir ihm.«

»Da würde das Unternehmen von Jakob Grünwald gut in Ihr Portfolio passen«, fasste Grünbrecht das Gehörte zusammen.

Steffenberger zögerte mit einer Antwort.

»Waren Sie auf dem Weinberger Schloss Advent?«, setzte Stern zum bedeutenden Teil der Befragung an.

»Ah genau«, gab der Firmenchef zu und räusperte sich. Ihm schien eben klar geworden zu sein, dass sein letztes Zusammentreffen mit Jakob Grünwald ja dort stattgefunden hatte. »Sie haben recht, Grünwald und ich sind uns auf dem Schloss begegnet, aber nur kurz. Wir haben ein paar Worte gewechselt, dann ist jeder seines Weges gegangen, mehr war da nicht.«

»Und daran konnten Sie sich nicht erinnern, weil …?« Grünbrecht ließ die Frage offen.

»Weil ich in dem Augenblick, als Sie mich gefragt haben, nicht daran gedacht habe. So etwas kommt vor, oder?«, erwiderte Steffenberger.

»Kann sein«, sagte Grünbrecht. »Aber in dem Fall ist es doch ungewöhnlich, immerhin wurde Grünwald ermordet, nachdem Sie mit ihm gesprochen haben.«

»Und trotzdem war es so«, blieb Steffenberger bei seiner Aussage.

Ob der Unternehmer log oder die Wahrheit sagte, konnte Stern nicht erkennen. Vielleicht würde sich das im Laufe der Befragung noch herausstellen. »Um was ging es in dem Gespräch?«

»Ich wollte wissen, ob er sich mein Angebot, seine Firma zu übernehmen, noch einmal überlegt hat«, gab Steffenberger überraschend offen preis.

»Und? Hatte er?«

»Nein. Er wolle das Familienunternehmen nicht an jemanden wie mich verkaufen, hat er gesagt.« Steffenberger lehnte sich in seinem Stuhl zurück und verschränkte die Arme vor der Brust.

»Was meinte er damit?«

Steffenberger zuckte mit den Schultern. »Das können wir ihn leider nicht mehr fragen.«

»Angeblich haben Sie durch die Expansion der Grünwald Ofen GmbH Marktanteile verloren, stimmt das?«

Steffenberger sog die Luft ein. »Das ein oder andere Prozent könnte es schon sein.«

»Wo waren Sie, als Jakob Grünwald ermordet wurde?«, fragte Stern nach dem Alibi.

»Wann war das?«, wollte der Firmenchef erfahren, was ein geschickter Schachzug sein konnte, um von sich abzulenken. Vielleicht wusste er es aber tatsächlich nicht.

»Am Samstag zwischen 18 und 20 Uhr.« Stern behielt den Mann im Auge.

»Da war ich auf dem Weg von Kefermarkt zurück nach Wels. Ich wohne nicht weit von hier.« Mit der Hand deutete er hinter sich, in die Richtung, in der sein Zuhause wohl lag.

»Kann das jemand bezeugen?«

»Meine Frau.«

»Mit einem Alibi durch den eigenen Ehepartner ist das so eine Sache«, warf Grünbrecht ein.

»Was unterstellen Sie uns da?«, echauffierte sich Steffenberger.

»Nichts«, erwiderte Grünbrecht ruhig. »Aber ich stelle mir das so vor: Die Grünwald Ofen GmbH ist immer größer geworden und hat Ihnen Marktanteile weggenommen, was bei Ihnen zu Verlusten geführt hat. Sie hat Sie quasi als Platzhirsch verdrängt, was nachhaltiges Heizen mit Holz und Pellets anbelangt. Das wollten Sie nicht akzeptieren, deshalb haben Sie versucht, den unliebsamen Konkurrenten aufzukaufen. Dadurch wären Sie all Ihre Sorgen los gewesen. Doch Grünwald wollte nicht an Sie verkaufen. Er wollte das, was er aufgebaut hat, an seine Kinder oder an seine Ehefrau übergeben. Das hat Sie wütend gemacht, und da haben Sie nachgeholfen. Sie haben geglaubt, dass Sie mit seiner Frau Maike ein leichteres Spiel haben. Wenn Maike die Firma bekommt oder bloß ein paar Anteile, dann können Sie diese erwerben. Maike ist nicht so mit dem

Unternehmen verbunden, wie Jakob Grünwalds Kinder es sind. Die stellen ein Problem dar, aber da wiederum auch nur Anna. Matteo ist ja nicht derart mit dem Unternehmen verhaftet, dem können Sie ein großzügiges Angebot machen. Bleibt nur noch Anna, die es auszuschalten gilt. Also, wo waren Sie gestern zwischen 19 und 21 Uhr?«

Steffenberger hatte sich regungslos Grünbrechts Theorie angehört und reagierte erst bei dem letzten Satz. »Wieso fragen Sie das?«

»Weil in dieser Zeit Anna Grünwald überfallen wurde.« Mehr sagte Grünbrecht nicht, offenbar wollte sie Steffenberger im Ungewissen lassen, wie es um den Gesundheitszustand des Opfers stand. Ob es lebte oder tot war. Wenn er der Täter war, wusste er natürlich Bescheid. Vielleicht konnten sie das an seiner Reaktion ablesen.

Gute Strategie, dachte Stern und wartete gespannt auf Steffenbergers Antwort.

»Das tut mir leid, aber ich bin es nicht gewesen. Montags ist mein Pokerabend. Vor 24 Uhr bin ich dort nicht weggegangen.« Steffenberger wirkte unbeeindruckt und trank wieder Kaffee.

»Geben Sie uns die Namen aller, die bei dem Pokerabend gewesen sind«, verlangte Stern.

»Natürlich.« Steffenberger trat auf wie jemand, der sich seiner Sache ganz sicher war.

Ein Klopfen an der Tür und das darauffolgende Aufschwingen derselbigen unterbrach das Gespräch. Cornelia Sanklar sagte in Richtung ihres Chefs: »Entschuldigen Sie, dass ich störe. Der nächste Bewerber wartet bereits seit fünf Minuten.«

»Ich komme gleich«, erwiderte Steffenberger. »Ich denke, wir sind ohnehin fertig. Oder gibt es noch eine Tat, die Sie mir anhängen wollen?« Der Firmeninhaber der NewÖfen Group erhob sich von seinem Stuhl, ein klares Zeichen, dass er das Gespräch als beendet betrachtete.

»Wenn sich noch Fragen ergeben, melden wir uns. Verlassen Sie einstweilen nicht das Land, bis der Fall abgeschlossen ist.« Stern stand ebenfalls auf und wandte sich der Sekretärin zu. »Danke für den Kaffee und die Kekse, es hat beides vorzüglich geschmeckt.«

Die Kriminalbeamten verabschiedeten sich und gingen zum Lift. Als sich die Türen hinter ihnen schlossen, stieß Stern die Luft aus. »So ein Kotzbrocken!«

»Außer dass er sich nicht auf Anhieb daran erinnern konnte, wann er und Jakob Grünwald sich das letzte Mal gesehen haben, haben wir nichts gegen ihn in der Hand.« Grünbrecht klang frustriert.

»Wir könnten mit der Sekretärin reden. Die weiß bestimmt, was in dem Unternehmen alles läuft und wie es finanziell aussieht«, schlug Stern vor.

»Die ist doch viel zu loyal, als dass sie ihrem Chef in den Rücken fällt«, argumentierte Grünbrecht dagegen.

Im Erdgeschoss spuckte der Lift die Kriminalbeamten aus. Als sie wieder im Wagen saßen, hatte Stern eine gute Idee. Zumindest glaubte er, dass es eine war.

»Du, Mara, der Termin von Steffenberger, warum er jetzt so plötzlich wegmusste …«

»Ja?«

»Die Sanklar hat einen Bewerber erwähnt. Und der Termin vorher, wegen dem wir warten mussten, hatte doch auch etwas mit einem Bewerber zu tun. Angeblich hat Steffenberger ihm den Betrieb gezeigt. Die Firma sucht demnach Mitarbeiter …«

»Das ist durchaus möglich. Viele Unternehmen stellen zurzeit qualifizierte Leute ein«, erwiderte Grünbrecht. Sie schien nicht zu verstehen, worauf Stern hinauswollte.

Und dem gefiel seine Idee immer besser. Er könnte zwei Fliegen mit einer Klappe schlagen, wie es im Volksmund so schön hieß. Begeistert erzählte er der Gruppeninspektorin davon.

18. KAPITEL

»Martin, wo bist du?«, fragte Stern über die Freisprecheinrichtung den Kollegen am anderen Ende der Leitung.

»In Freistadt bei Bernhard Fonak. Hermann und ich haben gerade Matteo Grünwalds Alibi überprüft. Fonak bestätigt, dass Grünwald am Samstagabend bei ihm gewesen ist. Die beiden hätten über die alte Zeit geredet, hat er uns erzählt«, berichtete Heinze.

»Ein Verdächtiger weniger«, schlussfolgerte Grünbrecht.

Stern glaubte, Enttäuschung aus ihren Worten herausgehört zu haben.

»So schnell gebe ich nicht auf. Das Alibi könnte ja auch falsch sein. Dieser Fonak ist Anwalt, der kennt sich mit so etwas aus. Ich werde gemeinsam mit den Kollegen von der Technik überprüfen, wo Matteo Grünwalds Handy zum Zeitraum des Mordes eingeloggt war. Falls das nichts bringt, besorgen wir uns seine Autodaten, natürlich beides mit einem richterlichen Beschluss, eh klar. Die modernen Systeme schreiben mit, wo sich das Fahrzeug gerade befindet. Ist als Diebstahlschutz gedacht, hilft uns aber auch in diesem Fall. Wie ich Matteo Grünwald einschätze, hat der einen Luxusschlitten, der gewiss so ein System eingebaut hat. Seit 2018 werden ohnehin alle Neuwagen mit SIM-Karten ausgestattet«, informierte Heinze die Kollegen.

»Du willst damit quasi den Anwalt, also das Alibi vom Alibi, überprüfen?«, hakte Stern nach, ob er den Kollegen richtig verstanden hatte.

»Das könnte man so sagen«, bestätigte Heinze am anderen Ende der Leitung.

»Ich muss mir das schon die ganze Zeit über anhören«, jammerte Kolanski.

»Ich will halt alles überprüfen, auch das Unwahrscheinliche«, verteidigte sich Heinze.

»In diesem Fall würde es bedeuten, dass zwei Anwälte nicht die Wahrheit sagen«, warf Kolanski ein. »Das halte ich in der Tat für unwahrscheinlich.«

»Ein besseres Alibi als das gibt es eigentlich nicht«, schloss sich Grünbrecht dem Gruppeninspektor an.

»Doch, wenn ein Richter dir eines gibt«, widersprach Heinze. »Aber das kann man ebenfalls überprüfen, sind ja auch bloß Menschen. Und Menschen lügen nun mal.«

»Du hast auf dem Schloss zu viel Zucker gegessen«, erwiderte Kolanski.

»Kann das möglicherweise jemand anderes übernehmen?«, wollte Stern wissen.

»Ja, schon«, gab Heinze widerwillig zu. »Aber wieso sollte ich das denn nicht selber tun?«

»Weil ich einen Spezialauftrag für dich hab.« Stern hoffte, den Gruppeninspektor mit seiner Ankündigung zu ködern.

»Welchen?«, fragte Heinze misstrauisch. »Ich stelle gewiss nicht in einer Schule unseren Beruf vor, das kannst du vergessen!«

Die Kollegen lachten.

»Alfons Steffenberger sucht einen Sicherheitsmitarbeiter mit Nahkampfausbildung. Wir haben auf der Homepage des Unternehmens die Stellenausschreibung gefunden. Und es scheint dringend zu sein, ›zum sofortigen Eintritt‹ steht da. Das wäre doch etwas für dich, oder?«, ließ Stern die Katze aus dem Sack.

»Soll ich etwa kündigen?« Pures Erstaunen drang durch die Leitung.

»Nein!«, sagte Stern rasch. Dass Heinze seinen Vorschlag auf diese Weise interpretieren könnte, hatte er nicht kommen sehen. »Du sollst undercover ermitteln. Finde heraus, wie es um die Firma bestellt ist. Steffenberger hat uns nämlich zuerst nicht gesagt, dass das letzte Treffen zwischen ihm und Jakob Grünwald am Weinberger Schloss Advent stattgefunden hat. Erst als er gemerkt hat, dass wir Kenntnis von dieser Begegnung haben, hat er es zugeben. Vielleicht laufen die Geschäfte doch nicht so gut, wie er uns weismachen wollte, und er hat zu härteren Mitteln gegriffen, um die Konkurrenz auszuschalten. Der schnellste Weg, um das rauszufinden, ist, wenn wir einen Insider haben. Heute werden die Bewerbungsgespräche für die Stelle als Sicherheitsmitarbeiter durchgeführt. Was hältst du davon?«

»Das ist toll!« Heinze klang begeistert. »Und ich hab ja noch immer meine zweite Identität aus der Zeit beim Bundeskriminalamt in Wien, als ich dort undercover gewesen bin. Ich kann gleich loslegen!«

»Martin hat doch gar keinen Termin bei Steffenberger«, wandte Kolanski ein.

»Da lass ich mir schon etwas einfallen«, ließ Heinze den Einwand nicht gelten. »Ich sag einfach, dass ich die

Anzeige im Internet gesehen hab und gleich hergefahren bin, um mir vor Ort ein Bild zu machen, was das für ein Unternehmen ist. Ist ja nicht so, dass sich nur die Firmen die Mitarbeiter aussuchen, sondern halt auch die Menschen das Unternehmen, in dem sie arbeiten wollen.«

»Sehr gut. Wir warten hier in Wels auf euch. Du kommst bitte mit, Hermann. Wir suchen uns einen Platz, wo wir Martin ungestört instruieren können. Mara schickt euch die Koordinaten.«

»Geht klar, Chef!«

Stern beendete die Verbindung, und Grünbrecht startete den Motor. Sie verließen das Firmengelände der NewÖfen Group und stellten sich in einer Seitenstraße an den Fahrbahnrand, das Firmengebäude im Blick. Die Gruppeninspektorin sendete den Kollegen ihren Standort auf das Handy.

»Hältst du das wirklich für eine gute Idee?«, fragte Grünbrecht ihren Chef. »Was, wenn Steffenberger der Täter ist und dahinterkommt, wer Martin wirklich ist? Wenn er Jakob Grünwald umgebracht und Anna überfallen hat, wird er nicht zögern, Martin aus dem Weg zu räumen.«

»Deshalb bleiben wir vor Ort, um notfalls eingreifen zu können«, argumentierte Stern.

»Martin ist nicht verkabelt, wir werden nicht mitkriegen, was drinnen passiert«, zeigte Grünbrecht eine weitere Lücke im Plan auf. »Und so schnell können wir das nicht auf die Beine stellen. Wir haben keine entsprechende technische Ausrüstung dabei.«

»Heute ist nur das Vorstellungsgespräch. Vielleicht bekommt Heinze den Job ja gar nicht. Und wenn doch, haben wir danach Zeit, ihn mit der notwendigen Technik auszustatten.«

Grünbrecht seufzte. »Ich hab kein gutes Gefühl bei der Sache. Ich mag diesen Steffenberger nicht …«

»Du magst auch Matteo Grünwald nicht. Aber nicht alle geschniegelten Anzugträger sind Verbrecher.«

»Hast recht. Keine Ahnung, diese Karrieretypen sind halt nicht mein Fall«, winkte die Gruppeninspektorin ab.

»Du musst dich ja nicht mit denen anfreunden.«

Für eine Weile herrschte Schweigen. Bis Kolanski und Heinze in Wels sein würden, würde gewiss noch eine halbe Stunde vergehen. Stern warf einen Blick auf die Anzeige am Armaturenbrett: Es war 13 Uhr. Das Mittagessen würde ausfallen, was er als halb so schlimm empfand, immerhin hatte er den Großteil der Weihnachtskekse, die Steffenbergers Sekretärin auf den Besprechungstisch gestellt hatte, gegessen. Weder Grünbrecht noch Steffenberger hatten davon genascht. Ob die Gruppeninspektorin hungrig war?

»Es ist schon nach Mittag, sollen wir irgendwo etwas essen, bei einem Würstelstandl vielleicht?«, fragte Stern.

»Ich hab keinen Hunger«, winkte Grünbrecht ab.

Stern hatte im Grunde nichts anderes erwartet und redete weiter: »Ich denke, dass der Einsatz Heinze guttun wird.«

»Heinze geht es auch so gut«, glaubte Grünbrecht zu wissen. »Das Einzige, was ihm wirklich fehlt, ist seine Tochter, die er viel zu selten sieht, weil sie mit seiner Ex in Wien lebt.«

Das konnte Stern nachvollziehen. Als sich Franziska von ihm getrennt hatte, war seine Tochter Barbara dem

Himmel sei Dank schon alt genug gewesen, um selber zu entscheiden, ob sie ihn besuchen wollte oder nicht. Außerdem lebten sie in derselben Stadt, was vieles einfacher machte. So konnte er nun seine Enkelkinder regelmäßig sehen. In diesem Zusammenhang fiel ihm der Vortrag in der Schule wieder ein und dass es deswegen Beschwerden gegeben hatte. Ob Bormann das inzwischen hatte klären können?

Der Wagen von Kolanski und Heinze bog in die Seitenstraße ein und hielt hinter dem von Grünbrecht.

»Sie sind da«, verkündete die Gruppeninspektorin mit Blick in den Rückspiegel.

Die Kriminalbeamten stiegen aus, und Stern setzte die Kollegen über die Vernehmung von Steffenberger in Kenntnis.

»Ich geh da jetzt rein und improvisiere«, sagte Heinze gut gelaunt. »Ihr werdet schon sehen, ich krieg das hin. Improvisieren ist mein zweiter Vorname.« Die Aufgabe bereitete ihm sichtlich Vergnügen.

»Na, dann mal los.« Stern gab für den verdeckten Einsatz grünes Licht.

Martin Heinze setzte sich wieder in den Wagen und fuhr auf das Firmengelände. Die Kollegen beobachteten, wie er kurz darauf im Gebäude verschwand.

»Also, ich finde das übertrieben«, bewertete Kolanski von der Rücksitzbank von Grünbrechts BMW die Aktion.

»Ich ebenfalls«, schloss sich Grünbrecht ihm an.

»Das ist *die* Gelegenheit, damit Heinze eine Aufgabe hat, die nicht so langweilig ist wie das Überprüfen von Alibis«, rechtfertigte Stern seine Entscheidung.

»Ah, daher weht der Wind.« Kolanski grinste. »Wenn Bormann davon erfährt, sind wir alle am Arsch.«

»Das muss er ja nicht.« Stern behielt das Gebäude weiterhin im Auge. Er konnte nicht einschätzen, ob Heinze ohne Termin überhaupt zum Chef des Unternehmens vorgelassen oder ob er gleich wieder am Portal erscheinen würde. »Ich schlage vor, wir besorgen uns einen Gerichtsbeschluss, damit wir Einsicht in die Finanzen von der NewÖfen Group nehmen können.«

»Du glaubst also, dass Heinze sowieso nichts herausfindet?«, schlussfolgerte Grünbrecht.

»Ich glaube, dass Steffenberger ihn belügen wird, falls es um das Unternehmen schlecht steht«, stellte Stern richtig.

»Das denke ich auch«, meinte Kolanski.

»Okay, ich erledige das mit dem Gerichtsbeschluss«, bot Grünbrecht an.

»Und besorg uns bitte auch welche für die Bankkonten von Maike, Anna und Matteo Grünwald«, bat Stern.

»Wird erledigt.«

Eine Stunde später war Martin Heinze immer noch nicht zurückgekehrt. In Grünbrechts Wagen war es mittlerweile genauso kalt wie draußen.

»Wie lange dauert so ein Vorstellungsgespräch wohl?«, fragte Kolanski.

»Heinze hat keinen Termin, also muss er warten, bis sich ein Zeitfenster auftut«, glaubte Stern.

»Was, wenn Steffenberger herausgefunden hat, dass er Polizist ist?« Grünbrecht schien dieser Gedanke zu beunruhigen.

»Dann bekommt Martin das irgendwie hin«, erwiderte Stern. »Immerhin hat er jahrelang im Wiener

Untergrund gearbeitet, da musste er viel schlimmere Situationen bewältigen. Damals hatte er es mit allen möglichen Kriminellen zu tun – Drogendealern, organisierten Banden, Waffenhändlern. Was kann ihm da ein Geschäftsmann anhaben? Er schafft das!«

»Steffenberger könnte aber nicht bloß ein Geschäftsmann sein, sondern auch ein Mörder«, warf Grünbrecht ein. »Wir wissen nicht, zu was er fähig ist.«

Stern brummte. Natürlich hatte Grünbrecht recht. Und vielleicht war seine Idee, den Kollegen verdeckt ermitteln zu lassen, doch nicht so gut gewesen. Er schaute auf die Uhr am Armaturenbrett. Seit eineinhalb Stunden war Heinze nun schon weg. »Wenn er in der nächsten Viertelstunde nicht kommt, gehen wir rein.«

Die 15 Minuten verstrichen.

»Los!«, gab Stern den Befehl.

»Wartet!« Kolanski hielt ihn zurück und deutete auf das Firmengebäude. Dort trat Heinze aus dem Portal und näherte sich seinem Wagen.

»Gott sei Dank!«, stieß Grünbrecht erleichtert aus.

Auch Stern war froh, dass ein Eingreifen nun nicht notwendig war. Als Heinze mit seinem Auto bei ihnen anlangte und neben dem BMW anhielt, stellte Grünbrecht die Zündung an und ließ das Fenster herunter.

»Und?«, fragte Stern.

»Ich hab den Job.« Heinze grinste.

»Echt?« Stern war überrascht.

»Erzähl!«, forderte Grünbrecht den Kollegen auf.

»Da gibt es nicht viel zu erzählen. Mein Engagement, dass ich gleich vorbeigekommen bin, und meine Vergangenheit als Türsteher in Wien haben Steffenberger überzeugt. Er hat meine Identität, die ich mir als Undercover-Bulle zugelegt habe, überprüft und war damit zufrieden. Morgen um 7 Uhr geht's los!«

»Hast du sonst noch etwas herausgefunden, was uns bei den Ermittlungen hilft?«, fragte Stern.

»Dazu gab es keine Gelegenheit. Aber gleich morgen schaue ich, was ich in Erfahrung bringen kann. Ich bin schließlich der neue Sicherheitschef von NewÖfen Group.«

»Was ist eigentlich mit dem alten passiert?« Stern beschlich ein ungutes Gefühl.

»Der hat überraschend gekündigt«, berichtete Heinze.

»Kaufst du das Steffenberger ab?«, wollte Grünbrecht wissen.

Heinze zuckte mit den Schultern. »Keine Ahnung. Auf mich hat er nicht gewirkt, als würde er lügen. Er scheint tatsächlich dringend einen neuen Sicherheitschef zu brauchen.«

»Du hast einen Tag, Martin. Wenn du in dieser Zeit nichts herausfindest, blasen wir die Sache ab«, entschied Stern.

»Ein Tag reicht mir völlig«, erwiderte Heinze selbstbewusst.

»Wir verkabeln dich«, erinnerte Grünbrecht den Kollegen an die vereinbarte Sicherheitsmaßnahme.

»Das ist nicht nötig, Mara«, winkte Heinze ab. »Das ist ein Unternehmen und nicht die Mafia.«

»Oftmals gibt es da keinen Unterschied«, warf Grünbrecht ein.

»Ich hab lange genug undercover gearbeitet, ich weiß, dass das in dem Fall überflüssig ist«, beharrte Heinze.

»Sicher?« Stern war nicht wohl bei der Sache, er wollte dem Kollegen aber keine Vorschriften machen. Immerhin veranstalteten sie das Ganze seinetwegen, damit es ihm in Linz nicht zu langweilig wurde.

»Ganz sicher«, erwiderte Heinze.

19. KAPITEL

»Hat sich Heinze gemeldet?«, fragte Stern am nächsten Tag um 9:30 Uhr bereits zum zweiten Mal bei den Kollegen auf der Dienststelle nach.

»Dafür ist es zu früh«, erwiderte Kolanski. »Er braucht sicher ein wenig Zeit, bis er sich einen Überblick verschafft und mit den richtigen Leuten geredet hat.«

»Haben wir die richterlichen Beschlüsse für die Einsicht der Konten schon?« Stern trieb eine innere Unruhe um. Er musste sich irgendwie ablenken.

»Der Richter war gestern nicht mehr erreichbar, aber gleich heute Vormittag will er die Beschlüsse ausstellen«, informierte Grünbrecht ihn. »Ich hab ihn auch um jene für den Rechtsanwalt gebeten, damit wir diese wie versprochen nachliefern können.«

Kolanski stand auf und zog seine Jacke von der Sitzlehne. »Ich fahre nach Kefermarkt und zeige Felix Grünwald die vergrößerten Aufnahmen vom Adventmarkt. Bis das erledigt ist, wird sich Martin gewiss gemeldet haben.«

»Ja, mach das.« Stern wollte den Bericht der Tatortgruppe vom Überfall auf Anna Grünwald durchgehen. Das war die richtige Beschäftigung für ihn, bis sie ein Zeichen von Heinze erhielten.

In seinem Büro setzte er sich hinter den Schreibtisch, öffnete das E-Mail mit dem Report und las darin, dass auf der Kleidung von Anna Grünwald, die sie bei dem Überfall getragen hatte, Fasern von Felix' und Alfred Hermls Gewand gefunden worden waren. Doch das war nicht verwunderlich, schließlich waren die beiden ihr zu Hilfe geeilt. Andere Spuren hatten die Kollegen nicht sicherstellen können. Stern hatte beinahe mit diesem Ergebnis gerechnet, wenngleich er sich ein anderes erhofft hatte.

An seiner Bürotür klopfte es.

»Ja?«

»Hallo, Opa.« Tobias steckte den Kopf zur Tür herein. »Hast du einen Augenblick Zeit?«

Stern war überrascht, seinen Enkel auf der Dienststelle zu sehen. Noch dazu um diese Uhrzeit. »Tobi? Was machst du denn hier? Solltest du nicht in der Schule sein?«

»Ja, schon ...«, druckste der Junge herum.

»Was ist passiert?«, forderte Stern seinen Enkel auf, mit der Sprache herauszurücken.

»Ich muss ganz dringend mit dir reden.«

Wenn sein Enkel dafür die Schule schwänzte, musste es wichtig sein. »Komm rein!« Stern stand auf und ging um den Schreibtisch herum.

Tobias kam der Aufforderung nach, aber er war nicht alleine. Ein Mädchen betrat hinter ihm das Büro.

Stern erinnerte sich sofort an das Kind: Es war die Mitschülerin von Tobias. Ihre Aussage, Männern ins Knie schießen zu wollen, wenn diese Frauen und Kindern wehtaten, hatte ihn aufhorchen lassen.

»Grüß Gott!« Artig streckte sie ihm die Hand entgegen.

Stern schüttelte die Hand. »Grüß dich! Wie heißt du denn?«

»Nathalie.«

»Setzt euch!« Stern deutete auf die Besucherstühle beim runden Tisch und war gespannt, was die beiden herführte. »Also, was ist los?«

»Nathalie möchte dir etwas sagen«, begann Tobias unsicher.

Stern fiel auf, dass das Mädchen mit sich haderte. Dass es ihm schwerzufallen schien, sich ihm anzuvertrauen. »Möchtest du mit jemand anderem reden? Einer Frau vielleicht?«

Nathalie schüttelte den Kopf.

»Hat es mit meinem Vortrag in der Schule zu tun?«, fragte er, um das Eis zu brechen.

Jetzt nickte das Mädchen.

»Wegen der Gewalt, die manche Männer Frauen und Kindern antun?«

Stummes Nicken.

Stern befürchtete Schlimmes. »Tut dein Vater dir etwas an?«

Kopfschütteln.

»Tut er deiner Mutter schlimme Dinge an?«

Nicken.

»Hast du Geschwister, Nathalie?«

»Einen Bruder.«

»Wie heißt er?«

»Beni.«

»Tut dein Vater Beni etwas Böses an?«

»Nein, nur Mama.«

»Schlägt er sie?«

»Ja.«

»Ist deine Mutter deswegen schon einmal bei der Polizei gewesen?«

Das Mädchen zuckte mit den Schultern.

»Möchtest du, dass ich mit ihr und deinem Vater rede?«

Schulterzucken.

Stern wünschte sich Grünbrecht herbei. Sie würde wissen, wie sie dem Mädchen mehr Informationen entlocken konnte. »Ich hab eine sehr nette Kollegin, Mara heißt sie. Möchtest du ihr erzählen, was bei euch zu Hause los ist?«

Kopfschütteln. »Tobi hat gesagt, dass du das hinbekommst, dass der Papa der Mama nicht mehr wehtut. Einmal hat sie sogar ins Krankenhaus müssen, weil ihr der Papa die Hand gebrochen hat. Danach ist es besonders schlimm gewesen, weil er ihr die Schuld dafür gegeben hat. Er hat gar nicht mehr aufgehört zu trinken.« Nathalies Augen füllten sich mit Tränen.

»Trinkt dein Vater viel Alkohol?«

»Ja, und dann schreit er die Mama immer an ... Und wir müssen in unser Zimmer ... und hören alles durch die Wand ... wie er schreit ... und wie Mama schreit ... wie es rumpelt ...«, erzählte das Mädchen stockend. »Beni und ich verstecken uns unter der Decke, falls er zu uns hereinkommt ... Und ich schäme mich so, weil ich der Mama nicht helfen kann. Ich hab einfach zu viel Angst vor ihm, wenn er so ist.« Nathalie weinte. Sie wollte tapfer sein, das sah Stern ihr an, aber ihr kleiner Körper wurde von den gewaltigen Emotionen durchgeschüttelt. Wie ein Tornado fegten sie über das Mädchen hinweg und brachten schreckliche Erinnerungen mit. Und unerträgliche Angst.

Tobias saß erschrocken daneben. Die Welt, in der Nathalie lebte, war nicht die seine. Wo reale Gewalt auf Haut prallte. Wo Knochen brachen, weil eine Faust auf sie herniederfuhr. Stumm flehend, es endlich wiedergutzumachen, schaute er Stern an.

»Ich sag Mara Bescheid, dass sie zu uns kommt. Gemeinsam wird uns etwas einfallen, okay?«

Nathalie sah Tobias an.

Der nickte eifrig.

Zu ihm hatte das Mädchen offenbar Vertrauen. Schweigend pflichtete es ihm bei.

Stern griff zum Telefon. Eine Minute später erschien Grünbrecht in der Tür. Der Chefinspektor setzte sie mit gedämpfter Stimme in Kenntnis.

Die Gruppeninspektorin ging neben Nathalie in die Knie. »Ich bin Mara, Oskars und Tobis Freundin.«

»Ja, und sie fährt ganz schnell mit dem Auto. Opa kann das nicht so gut«, fügte Tobias an, was ein Lächeln ins Gesicht von Nathalie zauberte. Ihre Tränen versiegten.

»Verrätst du mir, wie deine Eltern heißen?«, fragte Grünbrecht.

»Harald und Carola«, antwortete das Mädchen.

»Und euer Familienname?«

»Mayerkop.«

»Ich schau mal kurz was nach und bin gleich wieder bei euch.« Grünbrecht ging zu Sterns Schreibtisch. Dort tippte sie etwas in den Computer ein.

»Wann hat dein Vater deiner Mutter das letzte Mal

wehgetan, weißt du das noch?«, wollte Stern in der Zwischenzeit erfahren.

»Gestern.«

»Wie geht es deiner Mutter?«

»Ich weiß es nicht. Sie versucht, tapfer zu sein, aber ich hab sie in der Nacht weinen gehört.«

»Oskar ...« Grünbrecht gab ihrem Chef zu verstehen, er möge einen Blick auf den Bildschirm werfen.

Stern kam zu ihr, setzte seine Brille auf und las, dass gegen Harald Mayerkop schon einmal ein Betretungsverbot für die Wohnung der Familie ausgesprochen worden war. Dann hatte die Frau ihre Aussage widerrufen und das Betretungsverbot musste aufgehoben werden. Weswegen die Frau ihre Aussage geändert hatte, stand nicht verzeichnet. Diese Information würden sie auch nicht von Nathalie erhalten.

Grünbrecht kam zu den Kindern zurück und setzte sich zu ihnen an den Tisch. »Ich schlage vor, wir fahren zu euch nach Hause und schauen mal nach, wie es deiner Mama geht und wie wir ihr, dir und Beni helfen können. Was hältst du davon?«

Nathalie sah sie mit großen Augen an. »Ich habe Angst, dass der Papa noch viel böser auf Mama sein wird, wenn er erfährt, dass ich euch das alles erzählt hab.«

»Wenn deine Mama es zulässt, dass wir euch helfen, wird das nicht passieren«, sagte Grünbrecht.

»Bist du dir sicher?« Nathalie zweifelte offenbar an den Worten der Gruppeninspektorin. Wahrscheinlich erlebten sie und ihr Bruder schon viel zu lange, wie ihr Vater ihre Mutter schlug und niemand da war, der ihnen half.

»Ja, das bin ich. Aber jetzt lass uns mal hören, was deine Mama sagt, okay?«

»Und die Schule?« Tobias hatte bislang geschwiegen und das Gespräch erschrocken mitverfolgt.

»Die fällt heute aus.« Stern berührte seinen Enkel an der Schulter, obwohl er ihn am liebsten an sich gedrückt hätte. Doch das wäre dem Elfjährigen vor seiner Mitschülerin peinlich gewesen, das wusste Stern. »Gib deiner Mutter Bescheid, wo du steckst. Denn wenn euer Fehlen bemerkt wird, ruft die Lehrerin sicher bei euch zu Hause an.«

»Mach ich, Opa!«

»Dann los! Sollen wir das Blaulicht beim Auto einschalten?«, fragte Grünbrecht.

»Ja!«, rief Tobias begeistert.

Nathalie nickte bloß.

*

Obwohl Nathalie einen Schlüssel hatte, läutete Stern an der Wohnung mit dem Schild »Mayerkop«. Er wollte ihrer Mutter nicht unangekündigt gegenüberstehen, die nach Nathalies Schilderung gerade Schlimmes durchmachte. Es dauerte eine Weile, bis die Tür aufging.

Eine Frau Mitte 30 mit blonden Locken sah sie misstrauisch an. Sie trug Jeans und einen grünen Sweater, ihre Füße steckten in rosafarbenen Schlapfen. Einen Bluterguss auf der rechten Seite ihres Gesichtes hatte sie versucht, zu überschminken, für ein geschultes Auge war er trotzdem gut erkennbar. Ihr Blick fiel auf das Mädchen. »Nathalie? Was ist passiert? Hast du etwas angestellt?«

»Nathalie geht es gut«, beruhigte Stern die Mutter. Dann dämpfte er seine Stimme und sagte: »Sie hat uns um Hilfe gebeten und uns von Ihrem gewalttätigen Ehemann erzählt.« Sollte sich jemand in einem der anderen Stockwerke im Stiegenhaus aufhalten, musste der ja nicht hören, weswegen sie hier waren.

Carola Mayerkop schloss die Augen. Offenbar musste sie die Situation erst einmal verarbeiten.

»Nathalie und Tobias gehen zusammen in die Schule, ich bin der Großvater von Tobi und gleichzeitig Polizist. Das ist meine Kollegin Mara Grünbrecht«, erklärte Stern, um das Vertrauen der Frau zu gewinnen. »Nathalie und Tobi sind heute zu uns auf die Dienststelle gekommen, und da hat sich Nathalie uns anvertraut, weil sie die Situation nicht mehr aushält. Weil sie nicht länger mitansehen kann, was Ihr Mann Ihnen antut.«

Carola Mayerkop öffnete die Augen und verharrte, ohne ein Wort zu sagen. Dass sie über das Auftauchen der Inspektoren nicht erfreut war, war gut erkennbar.

»Wir wollen Ihnen helfen, Frau Mayerkop. Und Ihren Kindern! Sie leiden sehr unter der Situation, auch wenn sie das vor Ihnen zu verbergen versuchen, damit Sie nicht noch mehr Kummer haben«, sagte Grünbrecht. Die Erwähnung der Kinder rief eine Veränderung bei der Frau hervor. Tränen traten in ihre Augen.

»Ist Ihr Mann da?«, fragte Stern.

»Nein«, flüsterte sie, den Blick auf ihre Tochter gerichtet.

»Mama, bist du böse auf mich?«, fragte Nathalie mit brüchiger Stimme.

Carola Mayerkop lächelte ihre Tochter an, wenngleich Stern erkannte, dass ihr das schwerfiel. »Nein, Schatz. Du hast nichts falsch gemacht.« Dann wandte sie sich an die Kriminalbeamten: »Kommen Sie herein.«

In dem kleinen Wohnzimmer, in dem eine grüne Couch, zwei gleichfarbige Fauteuils, ein Tisch und eine Kommode aus hellem Holz standen, setzten sie sich. Über einem Sideboard an der Wand hing ein großer Fernseher.

Die Frau küsste ihre Tochter auf das Haupt und drückte sie fest an sich. Sie gaben sich gegenseitig Halt, schoss es Stern bei dem Anblick durch den Kopf, trotzdem sagte er zu den Kindern: »Ich schlage vor, ihr zwei spielt in Nathalies Zimmer etwas. Was haltet ihr davon?« Dabei blickte er die beiden aufmunternd an.

»Komm mit!« Nathalie löste sich aus der Umarmung ihrer Mutter und verließ das Wohnzimmer, dicht gefolgt von Tobias. Als die Tür hinter ihnen ins Schloss fiel, änderte sich die Haltung der Mutter.

»Es war ein Fehler, dass Nathalie mit Ihnen gesprochen hat. Wenn mein Mann davon erfährt, dann … bringt er mich um.« Angst schwang überdeutlich in Carola Mayerkops Worten mit.

»Er muss es ja nicht erfahren«, sagte Stern. »Aber Ihre Tochter macht sich große Sorgen. Was in diesen vier Wänden passiert, geschieht nicht nur Ihnen, Frau Mayerkop, es passiert auch Ihren Kindern. Sie erleiden unglaubliche Ängste! Das formt sie, beeinflusst ihre Entwicklung. Wie wird dadurch ihr späteres Leben einmal aussehen?«

Die Frau schwieg.

»Seit wann misshandelt Ihr Mann Sie?«, fragte Stern.

Die Frau schüttelte den Kopf. »Sie verstehen das nicht. Grundsätzlich ist Harald kein böser Mensch, aber wenn er zu viel trinkt, hat er sich hin und wieder nicht unter Kontrolle.«

»Sie verteidigen ihn, obwohl er Sie schlägt? Wieso?« Die Frage hatte Grünbrecht gestellt.

»Was soll ich denn sonst tun? Ich kann ihn nicht verlassen. Ich kann mir ein Leben alleine mit zwei Kindern einfach nicht leisten. Das Geld, das ich verdiene, reicht gerade mal für die Miete. Was soll ich meinen Kindern auf den Tisch stellen? Jeden Tag einen Hamburger, wie es unser Ex-Kanzler vorgeschlagen hat?«

»Tut Ihr Mann den Kindern etwas an?«, fragte Stern.

»Nein«, wehrte die Frau vehement ab.

»Was, wenn er diese Grenze eines Tages überschreitet?« Grünbrecht musterte die Frau eindringlich.

»Das wird er nicht.«

»Was macht Sie da so sicher?«

»Er liebt sie, das weiß ich.«

»Aber Sie liebt er doch auch. Was ist also anders?«

Carola Mayerkop antwortete nicht.

»Sie können mit den Kindern in ein Frauenhaus ziehen, bis Sie auf eigenen Beinen stehen. Die helfen Ihnen. Wir haben in Linz gute …«

»Er wird mich finden«, unterbrach die Frau die Gruppeninspektorin.

»Dort ist alles anonym. Er hat keinen Zutritt und …«

»Ich bitte Sie, jetzt zu gehen.« Die Frau stand auf.

»Das tun wir.« Stern schrieb auf die Rückseite seiner beruflichen Visitenkarte seine privaten Kontaktdaten, erhob sich ebenfalls und reichte der Frau die Karte. »Falls Sie es sich anders überlegen, rufen Sie mich an. Zu jeder Tages- und Nachtzeit. Tun Sie es für Ihre Kinder. Die haben genauso viel Angst wie Sie, Frau Mayerkop, und können sich nicht entscheiden, ob sie hierbleiben oder gehen wollen.«

Die Frau nahm die Karte und steckte sie in die Tasche ihrer Jeans. »Danke.« Dann senkte sie den Blick.

»Das ist nichts, wofür Sie sich schämen müssen. Ihr Mann ist derjenige, der Falsches tut.«

Die Frau nickte, und Stern wusste, dass sie nicht mehr länger mit ihnen reden würde. Weil sie die Anwesenheit zweier Polizisten in ihrer Wohnung als gefährlich einstufte. Weil ihr Mann ausrasten könnte, da er es als Vertrauensbruch wertete. Dass seine Frau die Polizei nicht verständigt hatte, würde ihn nicht interessieren. Der Chefinspektor rief nach seinem Enkel.

Die Kinder kamen aus Nathalies Zimmer. »Gehen wir etwa schon?«, fragte Tobias.

Stern winkte ihn zu sich. »Ja, komm!«

Im Flur blieb Tobias stehen. »Müssen Nathalie und ich heute noch in die Schule?«

»Nathalie kann zu Hause bleiben«, antwortete Carola Mayerkop in Sterns Rücken, sie begleitete die Kriminalbeamten und den Jungen hinaus.

»Und ich?« Tobias schaute seinen Großvater an.

»Ich bringe dich heim.« Stern schob seinen Enkel ins Stiegenhaus, wo Grünbrecht bereits auf sie wartete. Dort drehte er sich noch einmal zu Carola Mayerkop um. »Passen Sie gut auf sich und die Kinder auf, und wenn …«

Die Frau schloss die Tür.

»Was ist jetzt, Opa? Hilfst du Nathalies Mama?«, wollte Tobias erfahren. Der überhastete Aufbruch irritierte ihn sichtlich.

Stern überlegte, wie er dem Jungen beibringen sollte, dass sie niemandem helfen konnten, der sich nicht helfen lassen wollte. Dass die Frau, wie es im Augenblick den Anschein hatte, ihren gewalttätigen Ehemann nicht verlassen würde und dadurch Nathalie und ihr Bruder ebenfalls bleiben mussten.

»Wir arbeiten daran, Nathalies Mutter zu überzeugen, dass sie ein neues Leben anfangen kann, in dem ihr niemand Gewalt antut«, antwortete Grünbrecht an seiner Stelle.

»Wieso kommen sie nicht gleich mit? Sie können doch so lange bei uns bleiben, bis sie eine eigene Wohnung gefunden haben«, bot Tobias an.

»Wo sollen sie denn schlafen?«, fragte Stern.

»Nathalie bei Melanie und Beni bei mir. Und ihre Mutter auf der Couch im Wohnzimmer.« Für Tobias schien alles klar zu sein.

Dafür bewunderte Stern seinen Enkel. Wenn alle Menschen mehr wie Kinder wären, wäre die Welt eine andere. Eine bessere, glaubte er. Tobias war bereit, mit einem fremden Jungen sein Zimmer zu teilen, weil dieser in Not geraten war. Einem Jungen, den er wahrscheinlich nie zuvor in seinem Leben gesehen hatte.

Sein Handy gab einen Signalton von sich, ebenso jenes von Grünbrecht.

Die Gruppeninspektorin holte ihres aus der Tasche und sah auf das Display. »Martin hat sich gemeldet.«

Endlich, dachte Stern und fragte: »Was schreibt er?«

»Er und Steffenberger fahren in einer halben Stunde nach Hörsching zum Flughafen und fliegen nach Belarus«, las Grünbrecht vor.

»Was? Mist!«, fluchte Stern. »Der haut womöglich ab! Steffenberger hat Jakob Grünwald mal ein Angebot für dessen Unternehmen gemacht, der hat das aber abgelehnt. Wir wissen, dass Grünwald zunehmend Marktanteile gewonnen hat. Steffenberger hat seinen Konkurrenten vielleicht aus dem Weg geräumt, damit er an die Firma kommt, und jetzt hat er möglicherweise mitgekriegt, dass wir kurz davor stehen, dahinterzukommen. Es besteht kein bilaterales Auslieferungsabkommen zwischen Österreich und Belarus, also müssen wir verhindern, dass er in dieses Flugzeug steigt!«

»Hattest du doch den richtigen Riecher.« Grünbrecht steckte das Smartphone wieder ein.

»Was ist los?« Tobias wollte wissen, wieso plötzlich so eine Aufregung herrschte.

»Es gibt ein Problem bei unseren Ermittlungen«, antwortete Stern ausweichend. »Kannst du von hier alleine nach Hause fahren? Du brauchst nur dort vorne …«

»Klar, Opa! Ich bin doch kein Baby mehr«, erwiderte der Junge entrüstet. »Was glaubst du denn, wie ich jeden Tag zur Schule und wieder heimkomme?«

»Ich wollte dich eigentlich nicht alleine lassen, nachdem wir gerade …«

»Opa, ich schaff das schon. Ich will schließlich auch einmal Polizist werden.« Tobias wandte sich ab, winkte ihnen zu und ging in Richtung der nächsten Straßenbahnhaltestelle.

Stern beobachtete ihn für einen Augenblick.

»Er packt das«, meinte Grünbrecht und klopfte Stern auf die Schulter. »Wir müssen los, wenn wir vor Martin am Flughafen sein wollen.«

»Ja klar.« Stern nahm sich vor, während der Fahrt seine Tochter anzurufen und ihr mitzuteilen, was passiert war. Sie sollte mit Tobias reden und herausfinden, ob und wie sehr ihm die Situation mit seiner Schulkameradin zusetzte. »Hat Heinze nicht mehr geschrieben, außer dass sie zum Flughafen fahren?«, fragte er auf dem Weg zum Wagen.

»Leider nicht. Wahrscheinlich hat er die Nachricht hastig getippt, da einige Fehler drin sind. Vielleicht hatte er keine Möglichkeit, uns weitere Infos zukommen zu lassen.«

Die Kriminalbeamten stiegen in Grünbrechts BMW und fuhren los. Der Linzer Stadtverkehr war um diese Zeit nicht so stark, sodass sie mühelos vorankamen, Grünbrecht aber nicht zu sehr aufs Gaspedal drücken konnte. Die Gelegenheit nutzte Stern und telefonierte mit seiner Tochter.

Wenig später hielt der BMW vor dem Airport Linz in Hörsching in der Haltezone für ankommende Fluggäste. Die Inspektoren betraten das Flughafengebäude und suchten auf der Anzeigetafel für abfliegende Flüge nach jenem nach Belarus.

»Es gibt keinen«, resümierte Stern, als er die Auflistung überflogen hatte.

»Fragen wir am Schalter, ob eine Privatmaschine einen Flug angemeldet hat«, schlug Grünbrecht vor.

Die Kriminalbeamten drängten sich beim nächsten Informationsschalter bis ganz an die Spitze der kurzen

Schlange, die sich davor gebildet hatte. Der Dame hinter dem Tresen hielten sie ihre Dienstausweise hin.

»Geht in der nächsten Stunde ein Flieger nach Belarus?«, fragte Stern.

»Soweit ich weiß, nicht«, erklärte die Frau ihnen.

»Auch keine Privatmaschine?«, hakte Stern nach.

»Das kann ich von hier aus nicht einsehen, tut mir leid.«

»Von wem erfahren wir das? Es ist wirklich dringend. Ansonsten kann es sein, dass ein möglicher Straftäter das Land verlässt«, übte Stern Druck auf die Frau aus, auch wenn sie für diese Behauptung keinen Beweis hatten. Noch nicht. Ein Motiv, Jakob Grünwald zu ermorden, hatte Steffenberger nämlich schon.

»Warten Sie …« Die Frau nahm den Telefonhörer in die Hand und wählte eine Nummer. Ihrem Gesprächspartner am anderen Ende der Leitung stellte sie dieselbe Frage wie Stern zuvor ihr. »In 20 Minuten fliegt eine gecharterte Cessna nach Belarus zum Flughafen Minsk«, gab sie die Information an die Kriminalbeamten weiter.

»An welchem Terminal?«, fragte Stern.

»Wir haben nur ein Terminal«, antwortete die Frau.

»Wo?«

Die Frau deutete in die entsprechende Richtung.

Die Inspektoren liefen los.

*

»Was sind das für Geschäfte in Belarus, die nicht aufgeschoben werden können?«, fragte Martin Heinze nun schon zum wiederholten Male seinen neuen Dienstgeber. Er war von diesem nicht über den Grund der Reise informiert worden. Nur dass er geschäftlich dort zu tun habe, hatte Alfons Steffenberger ihn wissen lassen.

»Das braucht Sie nicht zu interessieren«, erwiderte dieser hörbar genervt, während sie das Gebäude des Airports Linz betraten.

»Wie lange werden wir bleiben?« Heinze musste unbedingt mehr erfahren.

»Das kann ich Ihnen noch nicht sagen, wahrscheinlich eine Nacht. Alles, was Sie benötigen, kaufen wir vor Ort«, erwiderte Steffenberger, da er Heinze keine Zeit gegeben hatte, ein paar Sachen einzupacken. Lediglich seinen Pass hatte er aus der Wohnung holen dürfen, dafür aber sehr lange gebraucht, weil er den mit seiner falschen Identität nicht sofort gefunden hatte. Seit seinem Umzug von Wien nach Linz hatte er das Dokument nicht mehr in Händen gehalten und sich auch nicht gleich daran erinnert, wo er es aufbewahrte. Seine Dienstwaffe hatte er in der Wohnung gelassen, denn damit wäre er nicht durch die Sicherheitskontrollen des Flughafens gekommen. Und natürlich hätte er keinesfalls erklären wollen, warum er eine Waffe trug, weder Steffenberger noch dem Flughafenpersonal. Doch jetzt würde er sich besser fühlen, wenn er die Glock bei sich hätte. Bevor er wieder in Steffenbergers Wagen gestiegen war, hatte er zumindest schnell eine Nachricht an seine Kollegen geschickt.

»Sie haben mich als Sicherheitschef eingestellt. Wenn ich nicht weiß, was wir in Minsk tun, wie soll ich Sie dann beschützen? Und vor wem?«, blieb Heinze hartnäckig und folgte seinem neuen Chef durch die Flughafenhalle.

»Das erzähle ich Ihnen, wenn wir im Flieger sitzen.«

»Hat mein Vorgänger deswegen gekündigt? Weil Sie ihn nie informiert haben und er dadurch seinen Job nicht richtig erledigen konnte?«

»Hat Ihnen schon mal wer gesagt, dass Sie eine Nervensäge sind?«, stieß Steffenberger leidend aus.

»Hin und wieder …«

»Ich kann die Leute verstehen.« Steffenberger hielt dem Flughafenpersonal beim Ausgang zur Start- und Landebahn die Genehmigung für den Flug sowie seinen Pass hin und verlangte Letzteres auch von Heinze. »Nun machen Sie schon!«

Heinze kramte in seiner Jacke nach dem Dokument und schaute sich unauffällig um. Von seinen Kollegen war niemand zu sehen. Also blieb ihm nichts anderes übrig, als der Flughafenangestellten seinen Pass auszuhändigen. Die Frau prüfte die Namen der angemeldeten Personen sowie die Gültigkeit der Ausweisdokumente. Als sie Heinze mit Erwin Sauer ansprach und ihnen eine gute Reise wünschte, wusste er, dass zumindest diese Hürde geschafft war. Doch wenn seine Kollegen es nicht rechtzeitig zum Flughafen schafften, würde er in weniger als 15 Minuten auf dem Weg in eine Diktatur sein. In ein Land, das mit europäischen Sanktionen belegt war und eng an der Seite Russlands stand. Er hatte nicht den blassesten Schimmer, was ihn dort erwartete.

Auf dem Rollfeld stand eine Cessna Citation CJ2.

Steffenberger steuerte darauf zu.

Erneut schaute sich Heinze um, weit und breit entdeckte er keine Polizisten. Nicht einmal einen Wachmann sah er, nur Flughafenpersonal.

Hatten seine Kollegen die Nachricht nicht erhalten?

Würde er wieder nach Hause kommen?

Wo war sein Vorgänger abgeblieben?

Sollte er tatsächlich in dieses Flugzeug steigen?

Er drehte sich um. Auf dem Rollfeld und nahe dem Flughafengebäude schien alles seinen gewohnten Lauf zu nehmen. Obwohl ein eisiger Wind wehte, schwitzte er. Im Wiener Untergrund zu arbeiten war etwas anderes als in Belarus, einem Diktatorenstaat, der Russlands Angriffskrieg gegen die Ukraine guthieß.

Sein Körper schüttete Adrenalin aus.

»Was ist?«, fragte Steffenberger, als sie die Cessna erreichten und er Heinzes Unruhe offenbar bemerkte. Mit einer Hand hielt sich der Firmenchef an der Haltestange neben der Einstiegsleiter fest.

»Ich hab mich nur umgesehen, ob eh alles passt«, erwiderte Heinze.

»Sehr gut!« Steffenberger schien zufrieden zu sein. »So stelle ich mir einen Sicherheitschef vor.«

»Ich hab keine Waffe bei mir.« Heinze klopfte auf die Stelle an seinen Körper, wo üblicherweise seine Glock im Brusthalfter steckte.

»Das lassen Sie meine Sorge sein. Sie bekommen eine, nachdem wir in Minsk gelandet sind.« Steffenberger wandte sich ab, um in die Cessna zu steigen.

Im selben Moment erschien Stern in der Luke des Fliegers. Er musste sich bücken, um sich nicht den Kopf zu stoßen.

»Was … was machen Sie hier?«, fuhr Steffenberger ihn an.

»Ich hab Ihnen doch gesagt, dass Sie das Land nicht verlassen sollen«, erwiderte Stern.

»Aber …« Steffenberger verstummte.

»Ich schlage vor, wir reden auf der Dienststelle weiter.« Stern kletterte die Treppe des Flugzeugs hinunter. Hinter ihm erschien Grünbrecht.

»Das geht nicht!«, begehrte Steffenberger auf, wich aber zurück.

»Natürlich geht das«, erwiderte Stern.

»Sie verstehen das nicht! Wenn ich nicht in Belarus auftauche, dann …« Der Geschäftsmann brach ab.

»Was dann?«, hakte Heinze nach.

»Stecken Sie etwa mit denen unter einer Decke?« Steffenberger musterte seinen vermeintlichen Sicherheitschef argwöhnisch.

Heinze grinste. »Das verrate ich Ihnen auf dem Landeskriminalamt. Sie wollten mir ja auch nicht sagen, was wir in Belarus tun werden.«

»Sie sind mir sowieso verdächtig vorgekommen!«, sagte Steffenberger verächtlich in Richtung des Gruppeninspektors. »Irgendetwas an Ihnen ist faul.«

»Aha, und deshalb haben Sie mich sofort eingestellt.«

Steffenbergers Blick wurde feindselig. »Sie wissen gar nicht, was Sie anrichten, wenn Sie mich jetzt festnehmen. Das kann mich das Leben kosten!«

»Dann nehmen wir Sie in Sicherheitsverwahrung, um das zu verhindern.« Stern gab Grünbrecht das Zeichen, den Mann vom Rollfeld zu führen.

20. KAPITEL

Im Vernehmungsraum des Landeskriminalamtes saß Chefinspektor Oskar Stern Alfons Steffenberger gespannt gegenüber und wartete darauf, wie dieser den Flug nach Belarus erklären würde. Neben ihm hatte Martin Heinze Platz genommen. Grünbrecht und Kolanski, der mittlerweile von Kefermarkt zurückgekehrt war, verfolgten das Verhör auf Monitoren im Raum nebenan. Stern startete das Aufnahmegerät und sprach Datum, Uhrzeit und die Namen der Anwesenden in das Mikrofon.

»Herr Steffenberger, wieso wollten Sie nach Belarus fliegen, obwohl ich Sie gebeten habe, das Land nicht zu verlassen?«, begann Stern mit der Vernehmung.

»Weil ich dort geschäftlich zu tun habe«, spie der Angesprochene aus, als hätte er etwas Giftiges im Mund.

»Welche Geschäfte?«, hakte Heinze nach. Als Sicherheitschef der NewÖfen Group hatte er keine Antwort darauf erhalten. Dass er jetzt als Kriminalbeamter am längeren Hebel saß, schien ihn zu freuen.

»Das muss ich Ihnen nicht sagen«, zischte Steffenberger mit zusammengepressten Kiefern.

»Dann müssen wir leider davon ausgehen, dass Sie sich nach Belarus absetzen wollten, weil Sie Jakob Grünwald ermordet haben«, übte Stern Druck auf den Beschuldigten aus.

»Das ist Blödsinn!«, fuhr Steffenberger den Chefinspektor an. »Und das wissen Sie!«

»Ich weiß nur, dass Sie nach Belarus fliegen wollten«, tat Stern kund. »Der Grund Ihrer Reise ist uns nicht bekannt, und wenn Sie ihn uns nicht nennen …«

»Ich kann Ihnen nicht sagen, welche Geschäfte das sind!«, blieb Steffenberger stur.

»Und wieso?«

»Weil … weil ich mich … weil es nicht … Ach!« Der Chef der NewÖfen Group machte eine wegwerfende Handbewegung.

»Geben Sie sich einen Ruck. Was ist schlimmer, als des Mordes bezichtigt zu werden?«

»Das können Sie mir nicht anhängen!« Steffenberger schüttelte energisch den Kopf. »Es gibt ja nicht einmal Spuren, die zu mir führen. Wie denn auch, wenn ich es nicht getan habe!«

»Und gerade deswegen, weil es keine eindeutigen Spuren gibt, kann jeder der Mörder sein, auch Sie, Herr Steffenberger. Wir haben ein Foto, das Sie und Jakob Grünwald auf dem Weinberger Schloss Advent kurz vor dem Mord zeigt. Und Sie wollten, obwohl ich es Ihnen untersagt habe, das Land verlassen. Das schaut schon sehr verdächtig aus. Auch wenn Ihnen Ihre Frau ein Alibi für die Tatzeit gibt, würde ich unter diesen Umständen nicht darauf wetten, dass das vor Gericht ausreicht. Bei einem Prozess werden Sie und Ihre Geschäfte von vorne bis hinten durchleuchtet. Also?«

Steffenberger seufzte. Vielleicht erkannte er, dass sich die Schlinge um seinen Hals immer enger zuzog, selbst wenn er nichts mit dem Mord zu tun haben sollte. »Ich kaufe in Belarus Holz für meine Firma. Es ist viel billiger als hier bei uns in Österreich oder in Tschechien und Polen. Wie Sie wissen, biete ich meinen Kunden nicht nur Öfen an, sondern den Energieträger gleich dazu. Alles aus einer Hand sozusagen. Reicht Ihnen das?«

»Und das konnten Sie uns nicht sagen, weil die EU in diesem Bereich Sanktionen gegen Belarus verhängt hat, stimmt's?«, hakte Heinze nach.

»Nicht nur«, gab Steffenberger zähneknirschend zu. Offenbar hatte er sich entschieden, reinen Tisch zu machen.

»Was noch?«, wollte Stern wissen.

»Weil … weil das Holz aus Russland kommt.« Steffenberger lehnte sich zurück und verschränkte die Arme. »So, nun wissen Sie, warum ich das nicht an die große Glocke hänge.«

»Indem Sie russisches Holz in Belarus kaufen, verstoßen Sie gleich gegen mehrere Sanktionen«, stellte Stern klar.

Steffenberger nickte. »Aber nicht dass Sie jetzt denken, dass ich es für richtig halte, was Russland mit der Ukraine macht. Ich bin gegen diesen Krieg!«

»Aber das liebe Geld lockt halt«, sagte Heinze süffisant.

»Der Konkurrenzkampf ist enorm, davon haben Sie als Beamte ja keine Ahnung. Sie müssen sich nicht auf dem freien Markt behaupten«, verteidigte Steffenberger sein Tun. »Wenn man mithalten will, muss man sich etwas einfallen lassen. Da muss man kreativ sein und Alternativen suchen.«

»Und Sie glauben, dass es eine Alternative ist, mit solchen Ländern Geschäfte zu betreiben?«

»Die großen Konzerne machen es vor, nicht alle haben sich aus dem Russlandgeschäft zurückgezogen, und die scheffeln dadurch weiterhin Geld. Warum nicht auch mal ein kleineres Unternehmen?«, argumentierte Steffenberger.

»Ist Jakob Grünwald dahintergekommen, was Sie da treiben? Hat er Ihnen gedroht, Ihre Geschäftspraktiken auffliegen zu lassen?« Stern erachtete dies als plausibles Mordmotiv.

»Sind Sie verrückt? Ich hab dem Grünwald nichts getan! Und gewusst hat er davon auch nichts. Niemand hat eine Ahnung. Außer der Konrad, mein ehemaliger Sicherheitschef, der mich bis jetzt nach Belarus begleitet hat. Er war bei den Verhandlungen dabei, zu meiner Sicherheit, ich meine, die Männer dort fackeln ja nicht lange herum. Ich hatte gehofft, dass sein Englisch nicht ausreichen würde, um die Gespräche zu verstehen, aber nach und nach hat er sich alles zusammengereimt und mir gesagt, dass er da nicht mehr mitmacht. Daraufhin hat er gekündigt.«

»Konrad und wie noch?«, bohrte Heinze nach.

»Konrad Auerman, mit einem N«, antwortete Steffenberger.

Stern schaute in die Kamera, die in der rechten hinteren Ecke an der Zimmerdecke hing, was das Zeichen für Grünbrecht und Kolanski war, Auerman ausfindig zu machen.

»Was passiert jetzt?«, fragte Steffenberger, dem das aufgefallen war.

»Die Kollegen überprüfen Ihre Aussage und setzen sich mit Herrn Auerman mit einem N in Verbindung«, ließ Stern den Mann wissen.

Der seufzte.

»Gibt es etwa noch mehr, das Sie uns erzählen möchten?«, hakte Stern sofort nach.

Steffenberger öffnete den Mund, schloss ihn jedoch wieder, ohne ein Wort zu sagen. Offenbar benötigte er einen Augenblick, um zu überlegen, wie er weiter vorgehen wollte. Dann beugte er sich nach vorne und flüsterte: »Hin und wieder, wenn wir auf Geschäftsreise waren, der Auerman und ich, haben wir ... Na, Sie wissen schon.« Durch die gedämpfte Stimme hoffte er wohl, dass seine Aussage nicht aufgenommen wurde.

»Nein, ich weiß nicht, was Sie meinen«, erwiderte Stern, obwohl ihn eine Ahnung beschlich.

»Ich auch nicht.« Heinze grinste.

»Na, mit Frauen halt«, flüsterte Steffenberger genervt, weil er es nun doch aussprechen musste.

»Ah, Sie haben auf Ihren Dienstreisen mit fremden Frauen, also nicht mit Ihren Ehefrauen, geschlafen«, brachte es Heinze übertrieben laut auf den Punkt.

Steffenberger verdrehte die Augen und lehnte sich wieder in seinem Stuhl zurück.

»Das geht uns nichts an«, meinte Stern lediglich. »Das ist eine Sache zwischen Ihnen und Ihrer Frau.«

»Sie muss es ja nicht erfahren, oder?«

Stern hob abwehrend die Hände. »Müssen nicht ...«

»Ich sag Ihnen ja eh schon alles, was Sie hören wollen!«, brauste Steffenberger auf.

»Sie sollen uns nicht sagen, was wir hören wollen, sondern die Wahrheit«, stellte Stern richtig.

»Das ist die Wahrheit! Sonst hätte ich längst einen Anwalt verlangt, damit ich mich hinter dem Anwaltsgelaber verstecken kann. Das hab ich aber nicht getan. Ich sitze hier und beantworte all Ihre Fragen. Ich bin unschuldig und hab nichts mit Jakob Grünwalds Tod zu tun.«

Da war etwas dran, musste Stern zugeben. Noch etwas anderes interessierte ihn. »Wieso haben Sie gesagt, dass es Sie das Leben kosten könnte, wenn Sie nicht nach Belarus fliegen? Meinen Sie das wörtlich oder finanziell, weil Sie dann das Holz für Ihre Kunden teuer einkaufen müssen und Ihre Firma das nicht verkraften würde?«

»Die Leute, die die Geschäfte mit Russland vermitteln, spaßen nicht«, erklärte Steffenberger. »Ich weiß nicht, was die tun, wenn ich dort nicht zum vereinbarten Termin auftauche.«

Die Tür ging auf und Grünbrecht trat ein. »Herr Auerman bestätigt die Aussage von Herrn Steffenberger, was die Reisen nach Belarus anbelangt. Er hat auch gesagt, dass er da nicht mehr mitmachen wollte und deshalb gekündigt hat.«

»Der Herr Steffenberger scheint damit ja kein Problem zu haben«, sagte Heinze spitz und stand auf.

»Die Vernehmung ist beendet.« Stern drückte auf die Stopptaste des Aufnahmegerätes und erhob sich ebenfalls.

»Und? Kann ich jetzt nach Belarus fliegen?« Steffenberger blieb noch sitzen.

»Sie können gehen, aber Sie dürfen das Land nicht verlassen, solange Sie zum Kreis der Verdächtigen gehören. Und das tun Sie, Herr Steffenberger. Geben Sie mir Ihren Reisepass!«, forderte Stern den Mann auf. »Außerdem wird sich jemand bei Ihnen melden, da Sie Holz aus Ländern kaufen, bei denen das untersagt ist.«

»Aber …«

»Ich kann Sie auch einsperren lassen«, drohte Stern ihm. »Ein Anruf beim Staatsanwalt und wir kriegen für Sie einen Haftbefehl, da bin ich mir sicher.«

Steffenberger knallte seinen Pass auf den Tisch. Wütend sprang er auf und verließ den Vernehmungsraum, kurz darauf auch das Landeskriminalamt.

»Na, Martin, bist du froh, dass du wieder bei uns arbeitest?«, fragte Grünbrecht den Kollegen, als er und Stern aus dem Verhörraum traten und sie sich im Flur begegneten.

»Natürlich, obwohl so ein Nervenkitzel hin und wieder nicht schlecht ist«, erwiderte Heinze.

»Was haltet ihr von Steffenberger?«, fragte Stern.

»Ich glaube nicht, dass er Jakob Grünwald ermordet und Anna Grünwald überfallen hat«, tat Heinze seine Meinung kund. »Er ist zwar ein riesiges Arschloch und kein besonders netter Chef, aber ein Mörder ist er nicht. Er macht sich vor den Belarussen tatsächlich in die Hose, das ist auch angebracht, in gewissen Kreisen fackeln die wirklich nicht lange, wenn etwas schiefläuft. Doch ich halte ihn nicht für einen kaltblütigen Killer wie denjenigen, der Grünwald den Tannenbaum in den Hals gerammt hat.«

»Wenn Grünwald ihm gedroht hat, seine Russlandgeschäfte auffliegen zu lassen, könnte er trotzdem zum Mörder geworden sein«, warf Grünbrecht ein. »Die Menschen tun bekanntlich unglaubliche Dinge, wenn sie in die Enge getrieben werden.«

»Da hast du natürlich recht«, pflichtete Heinze ihr bei. »Ich glaub aber nicht, dass er der Täter ist. Du, Chef?«

Stern überlegte. »Er hat etwas zu verbergen. Ob das allein das Umgehen der Sanktionen ist, seine Affären mit Frauen oder ob noch mehr dahintersteckt, kann ich nicht sagen. Wir behalten ihn auf alle Fälle im Auge.«

»Was hat eigentlich das Gespräch mit Felix Grünwald gebracht?«, fragte Grünbrecht Kolanski.

»Er hat auf den Fotos niemanden als den Angreifer seiner Mutter identifizieren können. Er meinte, es könnten alle gewesen sein oder genauso gut niemand davon. Und mit der Ski- oder Sturmhaube wird eine Identifizierung sowieso schwierig«, teilte der Gruppeninspektor ihnen mit.

»Ich hab ehrlich gesagt auch nicht damit gerechnet, dass er jemanden erkennt«, gab Stern zu, schon vorher Zweifel gehegt zu haben.

»Ich hab ihm auch ein Foto von Steffenberger gezeigt – mit dem gleichen Ergebnis. Nichts Handfestes, nur ein ›Vielleicht‹ und ein ›Möglicherweise nicht‹. Das bringt uns nicht weiter.« Kolanski zuckte mit den Schultern und stieß frustriert die Luft aus. »Seltsam war allerdings, dass er sich mit mir nicht bei sich zu Hause treffen wollte.«

»Sondern?«

»In einem Café. Und zur Verstärkung hat er einen Freund mitgebracht«, erzählte der Gruppeninspektor.

»Das ist doch für junge Menschen nichts Ungewöhnliches«, relativierte Grünbrecht. »Die wollen nun mal nicht zu Hause sein, wo die Eltern sind, und hängen immer zu zweit oder zu mehreren ab.«

»Hast wahrscheinlich recht. Wir stecken in den Ermittlungen fest, darum sehe ich schon überall etwas Verdächtiges«, meinte Kolanski.

»Es ist, wie Felix Grünwald es sagt: Jeder könnte der Täter sein oder auch keiner von unseren Verdächtigen. Wir haben keine Beweise und stellen nur Vermutungen an.« Stern bemühte sich, den Kollegen seinen Frust nicht spüren zu lassen. »Wir machen Feierabend und lüften mal unsere Köpfe durch.«

»Das ist eine gute Idee, Chef!«, schloss sich Heinze dem Vorschlag an.

Grünbrecht und Kolanski schienen ebenso froh über ein paar freie Stunden zu sein.

Stern ging in sein Büro und prüfte seine E-Mails. Abgesehen von der Ankündigung der bevorstehenden Polizeiweihnachtsfeier hatte er keine Nachricht bekommen. Er zog seine Jacke an und verließ das Landeskriminalamt.

Draußen war die Sonne längst untergegangen, dennoch herrschte keine völlige Dunkelheit in der Landeshauptstadt. Vor allem zu dieser Jahreszeit erhellten Millionen zusätzlicher Lichter die Häuser und Straßen. Und auch wenn die Geschäfte bereits geschlossen hatten, wollte Stern ein wenig flanieren und in den Auslagen nach einem Geschenk für Silvia Burgstaller Ausschau halten. Falls er es vor Weihnachten nicht mehr vor Ladenschluss nach Freistadt schaffte, um dort die Glitzerschuhe zu kaufen, würde er vielleicht in Linz etwas Passendes finden.

Mit dem Audi fuhr er in die Innenstadt und parkte ihn in der Tiefgarage unter der Promenade. Erstaunt darüber, wie viele Menschen die Straßen zu dieser Zeit bevölkerten, mischte er sich unter sie und schlenderte die weihnachtlich geschmückte Landstraße Richtung Hauptbahnhof entlang. Die Temperaturen lagen um den

Gefrierpunkt, Schnee war laut Wettervorhersage nicht zu erwarten.

Sterns Handy läutete. Er zog es aus der Tasche und wischte über das Display. »Stern.«

»Ich bin es.« Die weiche Stimme von Silvia Burgstaller drang in sein Ohr.

»Schön, dass du anrufst.« Stern stand gerade vor der Auslage einer Boutique und stellte sich vor, wie Silvia in einem roten Kleid aus weich fließendem Stoff aussehen würde, das dort auf einer Modepuppe drapiert war. »Ich hab gerade an dich gedacht.«

»Ja? Das freut mich.« Burgstaller lachte. »Wie gehen die Ermittlungen voran?«, erkundigte sie sich.

Sterns Blick fiel auf den Preis, der auf dem Kärtchen zu Füßen der Puppe geschrieben stand, und seufzte. »Es geht.«

»So schlimm?«, erwiderte seine Freundin.

»Schlimmer. Wir haben keine Beweise und fischen im Trüben.« Das traf bei ihm sogar doppelt zu, fand Stern, dieses Im-Trüben-Fischen. Sowohl im Mordfall als auch, was Silvias Geschenk anbelangte. Es gab so viele Möglichkeiten, aber irgendwie war nicht das Richtige für seine Freundin dabei. Er ging zur nächsten Auslage, wo Schmuck in Gold und Silber im Spotlicht funkelte. Die Preise strahlten ebenfalls – bis in schwindelerregende Höhen.

»Wo bist du?«, fragte Silvia.

»Ich stelle gerade ein paar Nachforschungen an«, murmelte Stern auf einen Ring mit einem Saphir in der Mitte und mehreren rundum angebrachten Diamanten konzentriert. Ob er Silvia gefallen würde?

»Dauert es noch lange?«

»Eine halbe Stunde vielleicht.« Viel länger wollte er in der Kälte nicht mehr durch die Stadt laufen.

»Dann koch ich uns was Gutes.«

»Wo bist du?«

»In deiner Wohnung.«

»Ich fahr gleich los.«

»Ich freue mich.«

»Ich mich auch.«

21. KAPITEL

»Das Schwammerlrisotto war herrlich!«, lobte Stern die Kochkünste seiner Freundin und wischte mit einer Serviette seinen Mund ab. Sie hatten vereinbart, während des Essens nicht über den aktuellen Fall zu reden, was die angenehme Stimmung gewiss verdorben hätte.

»Recht viel mehr hattest du ja nicht im Kühlschrank«, erwiderte Silvia. Sie war mit dem Essen längst fertig und nahm genüsslich einen Schluck Weißwein.

»Ich meine es ernst, Silvia, du verwöhnst mich zu sehr.« Stern strich über seinen Bauch, der von Tag zu Tag anzuwachsen schien. Was würde er erst auf die Waage bringen, wenn die Adventzeit und die Feiertage vorbei waren? Er nahm sich vor, in den nächsten Wochen ein bisschen weniger zuzulangen.

»Miro scheint da anderer Meinung zu sein.« Silvia deutete zu der Stelle, wo die Katzendame ihr Futter bekam. Sie hatte ihre Portion Risotto in dem Futternapf nicht angerührt und saß wie eine Statue daneben, um ihren Protest über das fleischlose Essen auszudrücken. Sie hatte allerdings vorher schon ihre Ration Katzenfutter gefressen.

Stern lachte. »Die weiß gutes Essen halt nicht so sehr zu schätzen wie ich.«

»Hast du es Barbara schon erzählt, dass wir beide Weihnachten zusammen feiern werden?«, fragte Silvia.

»Dazu hatte ich bislang keine Gelegenheit«, gab Stern zu, wollte es aber so schnell wie möglich nachholen.

»Tu das, damit sie vorbereitet ist.«

»Gleich morgen ruf ich sie an.«

»Wir könnten einen Film anschauen«, schlug Silvia vor. »Oder möchtest du lieber gleich ins Bett gehen?«

Stern lächelte seine Freundin an. »Wenn ich wählen darf, dann …«

An der Wohnungstür läutete es.

»Erwartest du so spät noch Besuch?«

»Nicht dass ich wüsste. Ich schau mal, wer es ist.« Stern stand auf, ging in den Flur und späte durch den Spion. Überrascht blickte er in drei verängstigte Gesichter. Eines davon war übel zugerichtet. Er öffnete und trat zur Seite. »Kommt rein!« Anschließend beugte er sich im Stiegenhaus über das Geländer und prüfte sowohl nach oben als auch unten, ob sich jemand darin aufhielt. Jemand, der die drei verfolgte und sich ins Gebäude geschlichen hatte.

Kein Mensch war zu sehen. Auch hörte Stern keine verdächtigen Geräusche. Der Lift stand still.

Stern kehrte zurück in die Wohnung und schloss hinter sich die Tür. Er brauchte nicht zu fragen, was passiert war, das blutunterlaufene Gesicht von Carola Mayerkop erzählte alles. »Sie haben völlig richtig gehandelt«, wehrte Stern jeglichen Entschuldigungsversuch im Vorhinein ab.

»Ich hab net g'wusst, wohin …«, wollte die Frau ihr plötzliches Auftauchen dennoch erklären.

»Bei mir seid ihr sicher.«

Nathalie und Beni hielten sich an den Händen fest und sahen zu Stern auf. Der Junge rückte näher an seine ältere

Schwester heran. Beide schwiegen. Aus ihren Augen sprang die Angst regelrecht heraus – Angst, die aus der Vergangenheit stammte, und Angst, die der ungewissen Zukunft galt.

Stern führte die Familie ins Wohnzimmer und kündigte Silvia Burgstaller an, dass sie Gäste hatten.

Durch den Durchgang zum Esszimmer sah Sterns Freundin zuerst nur die Kinder. »Grüß euch«, sagte sie unbekümmert. Als jedoch Carola Mayerkop in ihr Blickfeld rückte, erschrak sie. »Mein Gott! Sind Sie überfallen worden?« Sofort kam sie ins Wohnzimmer herüber.

Die Frage ließ einen Damm in Carola Mayerkop brechen. Sie wollte etwas erwidern, fing aber an zu weinen.

»Setzen Sie sich!« Stern deutete auf die Couch.

Silvia führte die Frau behutsam dorthin und ließ sich neben ihr auf das weiche Polster sinken.

»Ich kann nicht mehr!«, stieß Carola Mayerkop aus. »Es wird immer schlimmer! Von Mal zu Mal wird er brutaler. Er schlägt mich überall und tritt mich, selbst wenn ich schon auf dem Boden liege.« Ihr geschundener Körper wurde von Weinkrämpfen durchgeschüttelt.

Silvia nahm sie in die Arme. Sanft streichelte sie über ihren Rücken.

Die Kinder saßen daneben und weinten still, die Augen auf ihre Mutter gerichtet. Hilflos erlebten sie ihr Martyrium mit. Gegen den Vater hatten sie alle drei keine Chance. Stern hob Miro hoch und setzte sie auf Nathalies Schoß. Die Katze ließ sich von den Kindern streicheln und sorgte für einen Hauch heile Welt.

»Können Sie uns erzählen, was passiert ist?«, fragte Stern.

Die Frau hob den Kopf, und Silvia reichte ihr ein Taschentuch.

»Harald ist schon betrunken nach Hause gekommen. Er hat sich vor den Fernseher gesetzt und ein Bier nach dem anderen getrunken. Und dann, als kein Bier mehr da war, ist er über mich hergefallen und hat mich verprügelt. Die Kinder haben geschrien, dass er mich in Ruhe lassen soll, aber er hat nicht aufgehört. Ich hab geglaubt, heute bringt er mich um. Als er aufs Klo gegangen ist, sind wir davongelaufen.« Die Frau streckte die Arme nach ihren Kindern aus. Die kamen herbei und drückten sich an ihre Mutter.

»Ich schicke eine Streife zu Ihrer Wohnung«, beschloss Stern.

»Aber … was werden die tun? Dann wird Harald nur noch wütender. Und unsere ganzen Sachen sind ja noch dort.«

»Jemand muss Ihrem Mann Einhalt gebieten, sonst macht er immer weiter, bis er eines Tages alle Grenzen überschreitet«, erklärte Stern. Er sprach nicht aus, was genau er damit meinte, aber die steigende Anzahl an Femiziden in Österreich war regelmäßig in den Nachrichten. Meist wurde das Thema erst wieder behandelt, wenn es das nächste Opfer zu beklagen galt.

»Das tut er doch längst, schau sie dir an.« Silvia deutete auf die Blessuren im Gesicht der Frau. Sie wandte sich ihr zu. »Am besten wäre, wenn Sie ihn ganz verlassen würden.«

Die Frau blickte sie verzweifelt an. »Wo sollen wir denn hin? Er wird uns überall finden. Wir müssten Linz verlassen …« Carola Mayerkop schüttelte den Kopf.

»Hier lebt meine Familie, hier leben meine Freunde, die Freunde meiner Kinder.«

»Sie müssen vor allem erst einmal weg von Ihrem Mann«, sagte Burgstaller sanft. »Alles Weitere wird sich finden.«

»Heute Nacht bleibt ihr jedenfalls hier«, entschied Stern.

»Ich bezieh das Bett frisch.« Silvia wollte aufstehen, doch die Frau hielt sie zurück.

»Das können wir nicht annehmen, jetzt verursachen wir Ihnen auch noch Arbeit«, sagte sie.

»Das ist keine Arbeit, ich mach das gerne für Sie und Ihre Kinder. Ihr schlaft in dem Doppelbett, da habt ihr zu dritt locker Platz. Nein, eigentlich seid ihr zu viert ...« Silvia lächelte Nathalie und Beni an.

Deren Neugierde war geweckt. »Willst du etwa auch bei uns schlafen?«, fragte das Mädchen.

Silvia lachte und deutete auf die Katze. »Nein, aber Miro. Sie ist die Königin im Haus und schläft dort, wo es ihr gerade gefällt. Am allerliebsten rollt sie sich in der Mitte des Bettes zusammen und beansprucht es für sich.«

»Hat sie denn kein eigenes Katzenbett? Ein Körbchen oder so etwas?«, fragte Nathalie.

»Das hatte sie mal, aber darin wollte sie nicht liegen«, erzählte Stern. »Sie hat es als Klo benutzt.«

Die Kinder kicherten.

»Wollt ihr mir helfen, das Bett für euch herzurichten?« Silvia lächelte die Kinder aufmunternd an.

Nathalie und Beni nickten und folgten Silvia Burgstaller ins Schlafzimmer.

Stern und Carola Mayerkop blieben im Wohnzimmer zurück. Die Stimmung änderte sich umgehend, denn den kleinen Funken Fröhlichkeit hatten die Kinder mitgenommen.

»Wahrscheinlich ist es zu früh, das zu fragen, aber was haben Sie jetzt vor? Vorerst können Sie gerne hierbleiben, doch was dann?« Stern setzte sich Carola Mayerkop gegenüber.

»Gilt Ihr Angebot noch, dass Sie mich in einem Frauenhaus unterbringen?«, fragte die Frau.

»Natürlich. Das kriegen wir hin. Und falls dort im Augenblick kein Platz frei ist, bleiben Sie und die Kinder so lange bei mir.«

»Sie sind ein guter Mensch«, schluchzte Carola Mayerkop.

»So wie wir alle es sein sollten«, erwiderte Stern.

Die Frau nickte. Offenbar schöpfte sie Hoffnung. Stern zeigte ihr einen Ausweg. Dank Tobias, der mit Nathalie geredet hatte und seinem Großvater, ohne zu zögern, den simplen Plan, die Familie solle in ihren Betten schlafen, ans Herz gelegt hatte.

Wenig später rief Stern auf der Dienststelle an und schickte eine Streife zur Wohnung der Mayerkops. Als er aufgelegt hatte, fragte er: »Wollen Sie Anzeige gegen Ihren Mann erstatten?«

Carola Mayerkop schüttelte den Kopf. »Das hab ich schon mal gemacht. Damals hat er mir gedroht, falls ich meine Aussage nicht zurückziehe, würde er mir die Kinder wegnehmen und sie und sich umbringen. Er liebt mich«, schluchzte sie. »Auf eine kranke Art und Weise liebt er mich.«

Das ist keine Liebe, sondern reine Macht, ging es Stern durch den Kopf, doch er sprach es nicht aus. »Wir sollten zumindest ins Krankenhaus fahren und die Verletzungen anschauen lassen. Auch wäre es gut, wenn davon Fotos gemacht werden, damit Sie im Notfall etwas gegen Ihren Mann in der Hand haben«, sagte Stern in der Hoffnung, dass er die Frau damit nicht überforderte. Normalerweise übernahmen es dafür ausgebildete Kolleginnen, solche Notwendigkeiten möglichst sanft und behutsam an die misshandelten Frauen heranzutragen. Er fühlte sich damit ein wenig überfordert.

»Ich ... ich kann nicht«, stieß die Frau aus.

»Sie müssen nicht, aber es wäre gut, falls Sie einmal Beweise für die Brutalität Ihres Mannes benötigen. Bei einer Scheidung, bei einer Wegweisung oder einem Betretungsverbot für Ihre Wohnung«, zählte Stern auf.

»Ich schaffe das nicht.«

»Ich lasse Sie nicht alleine, ich komme mit. Oder ich rufe eine Kollegin von mir an, Mara Grünbrecht, Sie kennen sie bereits. Wir waren gestern gemeinsam bei Ihnen.«

»Ich erinnere mich ...«

»Die Kinder werden nichts bemerken, Sie bleiben einstweilen hier und kriegen etwas zu essen. Silvia ist eine hervorragende Köchin!« Auf dem Gesicht der Frau zeigte sich eine Regung, die Stern nicht deuten konnte. Aber Carola Mayerkop hatte keinen Widerspruch eingelegt, das wertete er als positives Zeichen. »Und wenn wir zurückkommen, ist für Sie auch noch etwas zu essen da«, ließ er nicht locker.

»Wenn Sie meinen, dass das wirklich notwendig ist ...«

»Es kann hilfreich sein, falls sich Ihr Mann weigert, Sie und die Kinder freizugeben.«

»Und mein Mann erfährt davon erst mal nichts?«

»Nur wenn Sie das wollen. Ich lege Ihnen jedenfalls ans Herz, Anzeige zu erstatten. Allein wegen der Kinder. Sie sollen ohne Angst aufwachsen können.«

»Ich bin noch nicht so weit …«

»Dann lassen Sie uns zumindest dokumentieren, was Ihnen Ihr Mann angetan hat. Die Leute im Krankenhaus kennen sich damit aus. Sie sind nicht die einzige Frau, die von ihrem Mann geschlagen wird. Glauben Sie mir, da draußen gibt es mehr Frauen, als Sie denken, die Ähnliches erleben müssen.«

Carola Mayerkop nickte. »Gut … Ich mach es. Mit Ihrer Kollegin, wenn das okay ist.«

»Ich rufe Mara gleich an.«

»Danke.«

Die Gruppeninspektorin erklärte sich am Telefon sofort bereit, mit der Frau ins Krankenhaus zu fahren, und versprach, in einer Viertelstunde da zu sein. Nach zehn Minuten läutete es an Sterns Wohnungstür. Grünbrecht musste sofort nach dem Anruf ins Auto gesprungen und hergerast sein. Während sie sich mit Carola Mayerkop auf den Weg ins Spital machte, kümmerten sich Stern und Silvia Burgstaller um die Kinder.

22. KAPITEL

Als Stern am nächsten Morgen verspätet das Großraumbüro betrat, hatte sich der nächtliche Einsatz bereits auf der Dienststelle herumgesprochen.

»Guten Morgen, Chef!«, begrüßte Kolanski ihn.

»Guten Morgen, Leute«, brummte Stern müde. Nathalie und Beni waren lange nicht eingeschlafen, er hatte ihnen gefühlt hundert Gutenachtgeschichten vorgelesen. Erst als Silvia ihnen warme Milch mit Honig ans Bett gebracht hatte, waren die Kinder bereit gewesen, ihn als Geschichtenerzähler zu entlassen. Miro hatte zwischen den Kindern gelegen, laut geschnurrt und die kleinen streichelwilligen Hände genossen. Erst weit nach Mitternacht war endlich Ruhe gewesen.

»Du und Mara, ihr hattet wohl eine anstrengende Nacht, wie man so hört«, versuchte Heinze, seinem Vorgesetzten nähere Informationen zu entlocken.

»Was hört man denn?«, fragte Stern nach.

»Dass du eine Streife zu einem Betrunkenen geschickt hast und der sie angegriffen hat. Ein Kollege musste sich sogar im Krankenhaus verarzten lassen«, berichtete Heinze, was er von anderer Stelle erfahren hatte.

»Hm«, brummte Stern.

»Und? Ist da etwas dran?«

Stern schilderte den Gruppeninspektoren den tatsächlichen Ablauf, wie er ihm von den Polizisten, die den Einsatz durchgeführt hatten, berichtet worden war. »Der Mann hat die Uniformierten nicht in die Wohnung gelassen. Er hat sich eingesperrt, herumgebrüllt und immer mehr gesoffen. Die Nachbarn haben sich über ihn beschwert, weil er zuvor gegen ihre Wohnungstüren gehämmert und sie bezichtigt habe, seine Frau zu verstecken. Und dass er sie alle fertigmachen werde, habe er gedroht, wenn sie ihm nicht sagten, wo Carola sei. Sogar das Haus wollte er anzünden, wenn sie weiterhin schweigen. Der war völlig neben der Spur!«

»Deshalb haben die Kollegen die Wohnungstür aufgebrochen«, glaubte Kolanski zu wissen.

»Nein, einer der Hausbewohner arbeitet bei einem Schlüsseldienst. Der hat die Tür geöffnet, ohne einen Kratzer zu hinterlassen. Es war Gefahr im Verzug, so betrunken, wie der Mann gewesen ist und wie er herumgeschrien hat. Der hätte alles Mögliche anstellen können, auch sich selber umbringen. Und wenn er tatsächlich Feuer gelegt hätte, wären vielleicht noch andere Hausbewohner zu Schaden gekommen. Bei der Festnahme sind er und die Polizisten dann aneinandergeraten. Dabei hätten sie ihn bloß verwarnen sollen«, stellte Stern richtig. »Aber so ist es auch recht, jetzt sitzt er erst mal in der Ausnüchterungszelle.«

»Und wo ist Mara?«, fragte Heinze. Er fand es offenbar ungewöhnlich, dass die Gruppeninspektorin nicht als Erste im Büro eingetroffen war.

»Die ist mit der Familie ins Gewaltschutzzentrum gefahren. Dort erhält die Mutter eine ausführliche Beratung über die Möglichkeiten, die sie hat, und sie kriegt natürlich Unterstützung. Durch den tätlichen Angriff auf den Kollegen haben wir noch einen weiteren Beweis für die Gewalttätigkeit von Harald Mayerkop. Das kann nützlich sein«, erzählte Stern.

»Dann hat dein Vortrag in der Schule doch etwas gebracht«, resümierte Kolanski.

In diesem Augenblick kam Bormann zur Tür herein. Er hatte den letzten Satz des Gruppeninspektors wohl gehört. »Das wollte ich ebenfalls gerade sagen«, verkündete er. »Das ist ein Ergebnis, das ich dem Schuldirektor umgehend mitteilen werde, und der soll es an die aufgebrachten Eltern weiterleiten. Gut gemacht, Stern! Weitermachen!« Schon wirbelte der Dienststellenleiter wieder zur Tür hinaus.

»War das ein Lob?«, fragte Stern. Er wollte sich vergewissern, dass er richtig gehört hatte.

»Ich glaube schon.« Kolanski schmunzelte.

»Vielleicht ist er krank?«, witzelte Heinze. »Oder er möchte dich um einen Gefallen bitten und will sich bei dir einschleimen.«

Stern lachte. »Es geschehen noch Zeichen und Wunder.«

»So ein Wunder brauchen wir im Mordfall Jakob Grünwald auch«, kam Kolanski auf die Mordermittlungen zurück.

»Haben wir die Kontodaten von Steffenberger und den Grünwalds?«, fragte Stern.

»Nein. Die richterlichen Beschlüsse haben wir erst heute Morgen bekommen, ich hab die Unterlagen aber bereits angefordert«, berichtete Kolanski. »Und da sind sie!« Der Gruppeninspektor deutete auf seinen Monitor. »Hab eben das Mail gekriegt.«

»Dann lass ich euch die mal prüfen.« Stern ging in sein Büro. Er wollte eine Sache klären, die er bislang aufgeschoben hatte. Irgendwie hatte er gehofft, dass sich das Ganze von alleine erledigen würde, weil sich Beweise im Mordfall Grünwald auftäten. Dem war aber nicht so.

Er holte sich Maike Grünwalds Daten auf den Bildschirm. Die Frau war 40 Jahre alt und in Hamburg zur Welt gekommen. Dort hatte sie bis vor neun Jahren gelebt. Zu jener Zeit hatte sie Jakob Grünwald kennengelernt und ihn kurz darauf geheiratet, erinnerte sich Stern an die Aussage der Frau. Das passte zeitlich also gut zusammen. Zuvor hatte ihr Name Braunböck gelautet, las er auf dem Monitor. Ihr erster Ehemann, Jens, hatte einen Kiosk in der Hafenstadt geführt und war vor zwölf Jahren im Alter von 56 bei einem Treppensturz ums Leben gekommen. Die Hamburger Polizei hatte in dem Fall ermittelt, jedoch nicht klären können, ob es sich um ein Gewaltverbrechen oder um einen Unfall gehandelt hatte. Mehr Informationen gaben die Berichte in den Onlinemedien nicht her.

Stern beschloss, mit den Hamburger Kollegen zu telefonieren, um Details zu erfahren, und suchte die entsprechende Nummer heraus. Nachdem er sich minutenlang bei der Kripo in Hamburg durchgefragt hatte, hatte er endlich den seinerzeit ermittelnden Hauptkommissar am Apparat.

»Krauck!«, meldete sich eine tiefe Männerstimme.

»Chefinspektor Oskar Stern.«

»Ah, ein Ösi!«, erkannte sein Gegenüber Sterns Nationalität sofort. Entweder aufgrund der Berufsbezeichnung, die in Österreich anders lautete als in Deutschland, oder an der gewiss auf dem Display angezeigten ausländischen Telefonnummer. Es könnte aber auch an Sterns Aussprache liegen, denn trotz Bemühungen gelang es ihm nicht, ein erstklassiges Hochdeutsch zu sprechen. »Moin!«

»Ja, ein Ösi«, wiederholte Stern amüsiert, da er wusste, dass viele Deutsche die Österreicher so nannten.

»Wie kann ich helfen?«, fragte Hauptkommissar Krauck nach dem freundschaftlichen Geplänkel.

»Ich untersuche einen Mordfall in Oberösterreich, bei dem eine Maike Grünwald, vormals Maike Braunböck aus Hamburg, eine Verdächtige ist. Sie könnte ihren Ehemann ermordet haben. Mir ist zu Ohren gekommen, dass ihr erster Mann unter ungeklärten Umständen ums Leben gekommen ist und dass Sie in diesem Fall die Ermittlungen geleitet haben.«

»Ich erinnere mich daran, ist an die zehn Jahre her«, erwiderte Krauck.

»Zwölf Jahre sind es nun schon.«

»Der Altersunterschied zwischen den beiden war groß, das weiß ich noch ...«

»28 Jahre«, ergänzte Stern. Er hatte nachgerechnet.

»Warten Sie, ich hol mir mal die Akte auf den Schirm.« Klicken war im Hintergrund zu hören. »Hier, das ist sie ... hm ...« Der Hauptkommissar verstummte, wahrscheinlich las er sich in den Bericht von damals ein. »Ah ja! Wie ich es in Erinnerung habe. Gehöre ich also doch noch nicht zum alten Eisen.« Tiefes Lachen drang aus der Leitung.

»Auch meine Tage sind gezählt, irgendwann wird es für uns wohl Zeit für den Ruhestand«, merkte Stern an.

»So weit bin ich noch lange nicht«, begehrte sein Gegenüber im hohen Norden Deutschlands auf.

»Bei mir ist es ähnlich«, stimmte Stern ihm zu.

Für einen Augenblick herrschte eine stille Eintracht, die die zwei Männer verband. Hauptkommissar Krauck durchbrach sie als Erster. »Die Braunböck hat also wieder geheiratet?«

Stern bestätigte. »Einen Unternehmer aus Oberösterreich. Die beiden haben sich im Internet kennengelernt.«

Krauck gab seltsame Geräusche von sich. »Ich erzähle Ihnen, wie das damals war. Jens Braunböck ist in der Nacht die Treppe hinuntergefallen und hat sich das Genick gebrochen. Angeblich wollte er sich aus der Küche etwas zu trinken holen. Seine Frau hat geschlafen und nichts mitbekommen. Weil ihr Mann stark geschnarcht hat, hat sie beim Schlafen Ohrenstöpsel benutzt. Deshalb hat sie das Poltern angeblich nicht gehört und erst am Morgen bemerkt, was passiert ist. Sie war total fertig – glaubwürdig, wenn Sie mich fragen. Ich hab es ihr abgekauft, obwohl ich manchmal schon auch Zweifel gehegt habe. Die Nachbarn haben nämlich ausgesagt, dass es in den Monaten vor Jens Braunböcks Unfall immer wieder Streit zwischen den Eheleuten gegeben hat. Er hat angeblich Kinder gewollt und sie nicht. Und Geld hat er gehabt, der Jens Braunböck. Das hat alles seine Witwe geerbt.«

»Wie viel war das?«, fragte Stern nach.

»Warten Sie einen Moment, vielleicht steht es wo … Da! 150.000 Euro sind es gewesen. Damit kommt man eine ganze Zeit lang über die Runden«, meinte der Norddeutsche.

»Und es ist ein Motiv«, brummte Stern.

»Ich hab schon Menschen ins Gefängnis gebracht, die für viel weniger jemanden ermordet haben.«

»Ich ebenso.«

»Die Maike könnte also eine *falsche Krot* sein«, lachte der Hauptkommissar. »So sagt ihr Ösis doch, nich'? Wenn jemand verlogen ist. Ich hab das noch nie verstanden, weil ich Kröten eigentlich ganz gerne mag. Für mich sind sie natürliche Schädlingsbekämpfer, so wie wir ja irgendwie auch.« Tiefes Lachen dröhnte aus dem Lautsprecher, was Stern sympathisch fand.

»Wir nennen solche Leute auch *foische Fuffzger*«, gab Stern in bester österreichischer Mundart wieder.

»Was?«, fragte Krauck glucksend nach.

»Falsche 50er«, übersetzte Stern.

»Die gibt es bei uns ebenso, und zwar haufenweise!«

Stern lachte. Er fand die ungezwungene Unterhaltung mit dem deutschen Kollegen sehr angenehm, wenngleich der Grund seines Anrufes ernst war. Auf den kam er nun wieder zurück. »Heißt das, dass Sie Maike Grünwald, vormals Braunböck, zutrauen, ihren Mann umgebracht zu haben?«

»Ich glaube schon, dass sie dazu in der Lage gewesen wäre. Sie hat immerhin mehrere Stunden Zeit gehabt, in die Rolle der erschütterten Ehefrau zu schlüpfen. Unsere Gerichtsmedizin hat eindeutig festgestellt, dass der Tod bei Jens Braunböck zwischen Mitternacht und 2 Uhr morgens eingetreten ist. Maike hat aber erst um 7 Uhr Polizei und Rettung verständigt. Aber wir konnten ihr nichts nachweisen, es könnte tatsächlich so gewesen sein, wie sie behauptet hat. Oder eben nicht. Und dass sich die beiden hin und wieder gestritten haben, ist als Beweis für einen Mord eindeutig zu wenig.«

»Da haben Sie natürlich recht«, pflichtete Stern dem Kollegen bei und stellte seine nächste Frage. »Als was hat Maike in Deutschland eigentlich gearbeitet? Darüber habe ich bei uns nichts finden können.«

Hauptkommissar Krauck schien die Datenbank der Kriminalpolizei in Hamburg nach den gewünschten Informationen zu durchsuchen. »Hm ... Hier steht, dass sie eine Ausbildung zur Frisörin gemacht und ein paar Jahre in diesem Beruf gearbeitet hat. Zum Zeitpunkt des Todes ihres Mannes ging sie keiner geregelten Arbeit nach, sondern hat davon gelebt, was er nach Hause gebracht hat, und das war nicht schlecht. Er hat in Hamburg einen Kiosk betrieben, der ganz gut gelaufen ist. Damals hat das noch funktioniert. Maike hatte es nicht nötig, eigenes Geld zu verdienen.«

»Was meinen Sie mit ›damals‹?«

»Die Welt verändert sich, ebenso das Kaufverhalten der Kunden. Viele nehmen sich heute die Zeitung und die Zigaretten aus dem Supermarkt mit nach Hause und trinken ihr Bier nach Feierabend im Wohnzimmer auf der Couch und nicht mehr am Kiosk. Heute kannst du damit nicht mehr viel Geld verdienen«, schloss der Hamburger seine Erklärung.

»Was ist mit dem Kiosk vom Braunböck geschehen?«

Einen Moment herrschte Schweigen. »Dazu finde ich hier keine Infos, aber ich nehme an, dass die Witwe ihn verkauft hat.«

»Ich danke Ihnen für die unkomplizierte Amtshilfe,

Herr Hauptkommissar«, sagte Stern zu dem deutschen Kollegen.

»Da nich' für, Herr Chefinspektor«, erwiderte dieser. »Und jetzt sind Sie dran, mir eine Frage zu beantworten …«

»Schießen Sie los!« Stern war neugierig, bei welchem Thema er dem Norddeutschen behilflich sein konnte.

»Was bedeutet *du beidlst aum Watschnbam?*« Stern lachte und fragte sich, woher der Kollege diesen urösterreichischen Spruch hatte, als dieser eine Erklärung nachschob. »Im letzten Sommer sind wir in Salzburg im Urlaub gewesen und wurden an einem Abend unfreiwillig Zeugen einer Rauferei in der Innenstadt. Ich bin dazwischengegangen, und da hat einer von den Raufbolden zu mir gesagt: *Du beidlst aum Watschnbam, Oida!*«

»›Du fängst dir gleich eine Ohrfeige ein, Alter!‹ – Das heißt es übersetzt«, erklärte Stern. »Und? Haben Sie eine kassiert?«

»Eine Ohrfeige? Nein, die Gelegenheit hab ich denen nicht gegeben«, sagte Krauck.

»Dann ist es ja gut.«

»Ja, so ist es.«

Wieder herrschte für einen Moment Schweigen. Keiner schien das Gespräch beenden zu wollen.

»Falls Sie einmal in Hamburg sind, würde ich mich freuen, wenn Sie bei mir vorbeikommen«, lud Krauck seinen österreichischen Kollegen auf einen Besuch ein.

»Dasselbe gilt für Sie, wenn Sie mal in Linz sind«, schloss sich Stern ihm an. »Auf Wiedersehen, Herr Hauptkommissar.«

»Moin, Herr Chefinspektor.«

Stern legte auf und grübelte über das Gehörte nach. Die erhaltenen Informationen schwächten den Verdacht gegenüber Maike Grünwald im Mordfall Jakob Grünwald nicht ab. Im Gegenteil! Möglicherweise hatte die Frau beide Ehemänner auf dem Gewissen, weil sie es auf deren Geld abgesehen hatte. Um sorgenlos leben zu können. Alle zwei Männer waren erheblich älter als Maike gewesen, vielleicht hatte sie bei ihnen ein leichteres Spiel gehabt, da sich Männer oftmals geschmeichelt fühlten, wenn sich eine jüngere Frau für sie interessierte.

Oder hatte die Frau einen Vaterkomplex?

Stern stand auf und ging in das Büro seiner Kollegen, wo Grünbrecht inzwischen eingetroffen war. »Wie ist es gelaufen?«, fragte er die Kollegin.

»Die Familie ist in guten Händen«, erwiderte die Gruppeninspektorin. »Sie wird sicher untergebracht, um zur Ruhe zu kommen. Carola Mayerkop wird sich entscheiden müssen, ob sie ihren Mann verlässt oder nicht. Aber dafür braucht sie Zeit und Unterstützung. Beides bekommt sie jetzt.«

Stern nickte. »Danke, Mara.«

»Maike Grünwald hat monatlich 2.000 Euro auf ein deutsches Bankkonto überwiesen. Und das seit über sechs Jahren«, berichtete Heinze, während er auf seinen Bildschirm starrte. »Das sind hochgerechnet über 140.000 Euro.«

»Wissen wir, wem das Konto gehört?«, fragte Stern.

»Nein. Es ist leider nicht bei den Auszügen dabei, weil unser Gerichtsbeschluss nur für Österreich gilt.«

»Maike Grünwald ist Deutsche und stammt aus Hamburg«, wusste Stern.

»Vielleicht unterstützt sie ihre Eltern«, warf Grünbrecht ein. »Das ist nicht selten. Die Renten in Deutschland sind um einiges niedriger als die bei uns in Österreich.«

»Oder sie hat Geld beiseitegeschafft für … Keine Ahnung für was«, meinte Heinze.

»Und ihr Mann hat nichts davon gemerkt?«

»Vielleicht hat er ja, und dann hat er sie zur Rede gestellt. Es kam zum Streit und er musste sterben«, stellte Kolanski eine neue Theorie auf.

»Wegen 2.000 Euro?«, fragte Grünbrecht, die nicht so recht daran glauben wollte.

»Wegen 140.000 Euro«, zeigte Kolanski die Dimension auf.

Grünbrecht schüttelte den Kopf. »Das kann ich mir nicht vorstellen. Ich glaube ihr, dass sie Jakob Grünwald geliebt hat.«

»So abwegig erscheint mir das Ganze nicht«, tat Stern seine Meinung kund. »Ich hab eben mit einem Hamburger Kollegen telefoniert, weil ich wissen wollte, wie Maikes erster Mann gestorben ist …«

»Und?« Die Kollegen warteten gespannt auf die Information, die Stern in Erfahrung gebracht hatte.

»Jens Braunböck – so hieß ihr erster Ehemann – ist in der Nacht die Treppe hinuntergestürzt und hat sich das Genick gebrochen«, berichtete Stern.

»Das heißt gar nichts«, winkte Grünbrecht ab. »Zu solchen Treppenstürzen kommt es leider gar nicht mal so selten.«

Da hatte die Gruppeninspektorin recht. Im Schnitt gab es in Österreich jährlich an die 58 Todesopfer bei derartigen Unfällen. Solange keine Beweise vorlagen, dass jemand nachgeholfen hatte, brachte sie das also nicht weiter. Und da dieser Fall bereits einige Jahre zurücklag, würden wohl keine neuen Hinweise in diese Richtung auftauchen. Außer sie erhielten ein Geständnis. »Ich rufe den Kollegen von der Hamburger Kripo noch mal an und bitte ihn, für uns herauszufinden, wem das Bankkonto gehört. Gib mir mal die Kontonummer.« Stern deutete auf Heinze.

Der Gruppeninspektor notierte die Zahlen auf einen Zettel und reichte ihn Stern. Der ging damit in sein Büro.

»Krauck!«, donnerte die tiefe Stimme des Hauptkommissars wenig später erneut aus dem Lautsprecher.

»Hier ist noch einmal der Ösi«, meldete sich Stern.

Lautes Lachen folgte. »Hast du was vergessen?«, verwendete der deutsche Kollege nun das vertraute Du, was Stern nur recht war.

»Etwas Neues hat sich aufgetan, wobei ich noch mal deine Hilfe gebrauchen könnte«, erwiderte er.

»Lass hören!«

Stern erzählte seinem deutschen Kollegen von Maike Grünwalds Überweisungen und trug sein Anliegen vor. Eigentlich hätte er dafür einen offiziellen Amtshilfeantrag stellen müssen, aber dann hätten sie Zeit verloren.

»Kein Problem. Ich melde mich, sobald ich etwas habe«, bot Krauck unkompliziert an und beendete das Gespräch.

Stern überlegte, ob er in seinem Büro auf den Anruf warten sollte, wusste aber nicht, wie lange das dauern würde. Er hätte dem Kollegen seine Handynummer geben sollen, so konnte dieser ihn nur auf dem Festnetz erreichen. Ob er ihn noch einmal anrufen sollte?

Die Tür ging auf und Kolanski kam herein.

»Was gibt's?«, fragte Stern.

»Wir sind die Bankkonten von Steffenberger durchgegangen, da ist nichts auffällig. Bis auf die Geschäfte, die er in Belarus abwickelt, haben wir auf die Schnelle nichts Ungewöhnliches feststellen können. Auch haben wir keine Zahlungen gefunden, die nicht nachvollziehbar wären. Und in Geldnöten stecken er und seine Firma gewiss nicht, sondern es ist eher andersrum. Er weiß wahrscheinlich gar nicht, was er mit dem vielen Zaster anfangen soll«, berichtete Kolanski.

»Und trotzdem kauft er das billige Holz in Belarus«, sagte Stern.

»Gewinnmaximierung nennen die Kollegen von der Finanz das«, erklärte Kolanski.

Stern schüttelte den Kopf. »Und was ist mit den anderen – Matteo und Anna Grünwald?«

»Matteo investiert einen Teil seines Geldes in den Umbau des Bauernhofes, in dem er wohnt, und hat zudem einen Kredit dafür aufgenommen, aber dass er deswegen am Hungertuch nagen würde, kann man nicht behaupten. Und bei Anna Grünwald ist es ähnlich. Die leben zwar auf großem Fuß, wie man so schön sagt, haben allerdings auch ein entsprechendes Einkommen. Von denen hat niemand Geldsorgen, wenn du mich fragst, und …«

Das Telefon läutete und unterbrach den Gruppeninspektor.

»Wir reden nachher weiter.« Stern hob ab und meldete sich.

»Moin, Krauck hier!«

»Grüß dich. Und? Hast du etwas rausgefunden?«

»Das Bankkonto wird bei einer Hamburger Bank geführt und gehört Maike Braunböck, es läuft noch auf ihren alten Namen.«

»Und wie viel Geld hat sich dort angesammelt?«

»Das kann ich dir leider nicht sagen, dazu müsste ich einen richterlichen Beschluss anfordern, und den gibt es nur, wenn du mir einen Amtshilfeantrag schickst. Du weißt ja, wie das läuft.«

Natürlich wusste Stern das, trotzdem hatte er gehofft, dass er auch anders an diese Information gelangen und Maike Grünwald bei einer Konfrontation damit entsprechend unter Druck setzen könnte. Wie es ausschaute, war das nicht der Fall. Aber möglicherweise reichte das bloße Wissen um die Existenz des Bankkontos aus, um die zweifache Witwe zum Reden zu bewegen, was es damit auf sich hatte. »Ich danke dir. Vielleicht kann ich mich ja mal revanchieren …«

»Da fällt mir bestimmt etwas ein.« Wieder drang das tiefe Lachen aus dem Lautsprecher, das den Hamburger Kollegen so sympathisch machte.

Die Männer verabschiedeten sich und Stern ging hinüber in das Büro der Kollegen. Dort setzte er die Anwesenden über das Gespräch in Kenntnis und endete mit: »Mara, wir beide fahren zu Maike Grünwald und hören uns an, was sie uns über das Bankkonto in Hamburg zu erzählen hat.«

23. KAPITEL

Stern und Grünbrecht läuteten an Maike Grünwalds Villa ein wenig außerhalb von Kefermarkt. Die Temperaturen waren gestiegen, und die Sonne blitzte immer öfter zwischen den Wolken hervor, nur der Wind machte einen Aufenthalt im Freien für Stern weiterhin zu einer ungemütlichen Angelegenheit. Als sich im Inneren des Hauses nichts rührte, drückte er erneut auf die Klingel. Kurz darauf kam die Witwe zur Tür. Ihr Gesicht war vom Weinen gerötet, ihre Augen waren geschwollen.

»Ist etwas passiert?«, fragte Stern einem Impuls folgend.

»Sie meinen, außer dass mein Mann ermordet wurde und mich seine Familie loswerden will?«, erwiderte Maike Grünwald bitter.

»Das tut mir leid«, sagte Stern rasch.

»Sie können ja nichts dafür.« Die Frau bat die Kriminalbeamten ins Haus und ging ihnen voraus ins Wohnzimmer. Ohne zu fragen, bereitete sie in der Küche Kaffee zu und setzte frisches Teewasser auf. »Gibt es etwas Neues?«, rief sie den Kriminalbeamten von dort aus zu.

»In der Tat«, erwiderte Stern.

Die Witwe betrat den Raum und schaute den Chefinspektor in Erwartung von Neuigkeiten an.

»Wir haben festgestellt, dass Sie monatlich Geld auf ein Konto in Deutschland überweisen«, konfrontierte Stern sie und beobachtete sie dabei ganz genau.

Doch für die Angesprochene schien diese Tatsache nichts Ungewöhnliches zu sein, auch nicht, dass die Kriminalbeamten Kenntnis davon hatten. Sichtlich wartete sie darauf, was nun folgen würde. »Ja. Und?«

Stern und Grünbrecht tauschten Blicke aus.

»Für wen oder was ist das Geld?«, fragte Grünbrecht.

»Für mich. Für wen denn sonst?« Die Frau kehrte ihnen den Rücken zu und ging wieder in die Küche. Mit zwei Tassen Kaffee und einem Häferl Kräutertee auf einem Tablett kehrte sie wenig später zurück und stellte alles auf den Tisch.

»Für was brauchen Sie das Geld?«, wollte Stern erfahren.

Maike Grünwald setzte sich und trank einen Schluck. »Für mein zukünftiges Leben. Jakob und ich waren glücklich miteinander. Ich hab aber schon bald nach unserer Hochzeit gespürt, dass ich der Familie ein Dorn im Auge bin, und da ich nicht gewusst hab, wie das hier ausgeht, hab ich angefangen, jeden Monat 2.000 Euro auf mein altes Konto in Hamburg zu überweisen, das ich Gott sei Dank nicht aufgelöst hab. Als Rückversicherung für mich, falls so ein Fall eintritt, wie es jetzt geschehen ist.«

»Sie meinen, wenn Ihr Mann ermordet wird?«, hakte Stern ungläubig nach. Das wäre ja beinahe ein Geständnis, wenn sie dafür Vorsorge getroffen hätte.

»Nein, nicht das! Mit so etwas rechnet doch niemand.«

»Was meinten Sie dann?«

»Wenn mich seine Familie rausschmeißt und ich nichts mehr habe und auch nichts bekomme.«

»Tut die Familie das denn?«

Die Witwe nickte. »Matteo war vor einer Stunde bei mir und hat mir klargemacht, dass ich verschwinden muss, egal, was sein Vater in seinem Testament verfügt hat. Ich bekomme nichts, hat er mir gedroht, er würde gerichtlich dagegen vorgehen. Er hat mir vorgeworfen, dass ich seinen Vater nur wegen des Geldes geheiratet habe und dass er es beweisen könne. Er ist ja Anwalt und hat die besten Verbindungen nach ganz oben.« Tränen rannen der Frau über die Wangen. Sie zog ein Taschentuch aus dem Ärmel und tupfte damit ihr Gesicht trocken.

»Wann ist die Testamentseröffnung?«, erkundigte sich Stern.

»Morgen um 13 Uhr. Normalerweise dauert so etwas ja viel länger, einen Monat vielleicht, aber Matteo und Anna haben derart großen Druck ausgeübt, weil ihr Vater die Nachfolge des Unternehmens in dem Testament geregelt hat und sie behaupten, dass die Firma nicht einen Monat lang ohne einen Chef oder eine Chefin sein kann.«

»Frau Grünwald, sagen Sie uns auch noch, welche Summe sich auf Ihrem Hamburger Bankkonto befindet?«, bat Stern.

»Muss ich das?«

»Sie müssen nicht, aber dann holen wir uns …«

»Schon gut«, unterbrach die Witwe den Chefinspektor. »Es sind an die 195.000 Euro.«

»Eine Menge Geld«, kommentierte Stern.

»Das auch notwendig ist, wenn ich weiterhin so leben will wie bisher. Und glauben Sie mir, das hätte Jakob für mich gewollt.«

»Hat er gewusst, dass Sie Geld zur Seite geschafft haben?«, formulierte Stern seine Frage bewusst provokant, denn er wollte sehen, wie Maike reagierte.

»Zur Seite geschafft, wie sich das anhört. Als wenn ich eine Straftat begangen hätte.« Entrüstet über Sterns Wortwahl schüttelte die Witwe den Kopf. »Ich könnte ganz leicht behaupten, dass Jakob davon Kenntnis hatte, doch das tue ich nicht, weil es nicht der Wahrheit entspricht. Nein, er hat es nicht gewusst, da er sich nicht vorstellen konnte, dass seine Familie gegen mich ist. In dieser Angelegenheit war er auf beiden Augen blind. Na ja, das sind viele, wenn es um die eigenen Kinder geht.«

»Hat er nie die Kontoauszüge kontrolliert?«

Die Witwe lächelte. »Schon, aber über aus seiner Sicht kleinere Beträge wie 2.000 Euro hat er sich nicht den Kopf zerbrochen. Die sind ihm gar nicht aufgefallen. Jakob hat in größeren Dimensionen gedacht.«

»Frau Grünwald, erzählen Sie uns doch bitte von Ihrem verstorbenen ersten Ehemann Jens.«

Durch die Angesprochene fuhr ein Ruck, der Themenwechsel traf sie offenbar unerwartet. Sie setzte sich gerade hin und umklammerte die Kaffeetasse. »Wieso? Was hat er mit Jakobs Tod zu tun?«

»Das versuchen wir herauszufinden«, erwiderte Stern, die Frau im Blick behaltend.

»Ich … ich weiß nicht, was ich Ihnen da sagen soll … Wir sind glücklich gewesen … Nachts ist er die Treppe hinabgestürzt. Die Ärzte sagten, dass er sofort tot war und nicht leiden musste. Ich habe ihn erst am nächsten Morgen gefunden, da war er schon ganz kalt. Es war schrecklich! Und als dann Jakob …« Die Frau schluchzte laut auf. »Ich bringe Unglück! Alle, die mit mir zusammen sind, sterben!«

»So würde ich das nicht unbedingt ausdrücken, auffällig ist es allerdings schon«, gab Grünbrecht ungerührt zu bedenken.

»Matteo hat mich auch gefragt, wie Jens gestorben ist. Heute, als er bei mir gewesen ist. All die Jahre hat es ihn nicht interessiert, und ausgerechnet jetzt will er es wissen. Er verdächtigt mich, seinen Vater umgebracht zu haben, auch wenn er es nicht ausgesprochen hat. Ich habe es ihm angesehen. Und nun kommen Sie daher …« Wieder übermannte die Witwe ein Heulanfall, sodass Stern beinahe Mitleid mit ihr bekam. Aber es passte alles zusammen. Maike Grünwald hatte für beide Todesfälle kein Alibi, mit jedem Ehemann schien ihr Kontostand um einiges angewachsen zu sein, und die Morde hätte sie ohne Weiteres ausführen können.

Doch sie hatten keinerlei Beweise.

Es war zum Aus-der-Haut-Fahren!

»Wenn Sie nichts getan haben, haben Sie auch nichts zu befürchten, Frau Grünwald«, erwiderte Stern. Er war mit der Situation unzufrieden. Er hatte gehofft, dass sich die Witwe im Gespräch in Widersprüche verstricken würde. Doch das war nicht geschehen. Entweder war sie tatsächlich unschuldig oder eine gute Schauspielerin.

»Ja klar. Ich verstehe das«, antwortete sie und schnäuzte sich.

Stern stand auf und bedankte sich für ihre Zeit. Grünbrecht tat es ihm gleich und folgte ihm zur Tür.

»Ist sie nun die Mörderin oder nicht?«, fragte Stern seine Kollegin im Wagen.

»Wenn sie es ist, dann spielt sie die unschuldige Witwe gut, das muss ich ihr lassen. Und wenn sie es nicht ist, tut sie mir echt leid, weil sie eine schlimme Zeit durchmacht. Nicht nur, dass sie nun schon zum zweiten Mal den Mann, den sie liebt, auf tragische Weise verloren hat, sie muss auch ihr Leben ein weiteres Mal völlig ändern. Hierbleiben wird sie bei der Feindseligkeit, die ihr von den Kindern offenbar entgegenschlägt, sicher nicht«, erwiderte Grünbrecht.

»Irgendetwas übersehen wir«, brummte Stern.

»Ja, aber was?«, grübelte die Gruppeninspektorin.

»Wir fahren zurück auf die Dienststelle und gehen noch mal alles durch, was wir bislang haben«, entschied Stern und startete den Motor. »Dann sehen wir, wo es Lücken gibt. Es muss einfach einen Hinweis geben. Irgendeinen, verdammt noch mal!«

*

Auf dem Landeskriminalamt hatte sich die Inspektoren vor der Magnetwand versammelt, auf der der Fall Jakob Grünwald mit sämtlichen Ergebnissen bildlich dargestellt war. Neben den Fotos von der Leiche hafteten Bilder der Ehefrau, der Kinder sowie der Ex-Frau. Auch Alfons Steffenberger lachte ihnen entgegen. Daneben oder darunter standen mehr oder weniger aussagekräftige Notizen zum Motiv und Alibi oder andere Hinweise.

»Gehen wir alles noch mal der Reihe nach durch, von Anfang an«, bat Stern die Kollegen. »Jakob Grünwald ist auf dem Weinberger Schloss Advent ermordet worden, ziemlich exponiert, was darauf hindeuten kann, dass er jemandem begegnet ist, der infolgedessen eine große Wut entwickelt und ihn erstochen hat. Also im Affekt. Wir haben jedoch keine Beobachtungen diesbezüglich in Erfahrung bringen können, niemand hat etwas mitgekriegt, Grünwald hatte mit keinem auf dem Markt Streit. Den hätte es aber geben müssen, wenn diese Theorie zuträfe.«

»Es könnte auch ein alter Konflikt sein, der zu der Tat geführt hat. Einer, der nie beigelegt wurde«, warf Grünbrecht ein. »Der Widersacher hat Jakob Grünwald zufällig gesehen, sein ganzer Groll ist wieder hochgekommen, und er hat die Chance genutzt, seinen alten Gegner aus dem Weg zu räumen. Doch auch dafür haben wir bislang keine Indizien gefunden.«

»Bleibt nur die Familie«, machte Heinze weiter. »Aber wieso sollte die Jakob Grünwald ausgerechnet auf dem Weinberger Schloss Advent umbringen? Wieso haben sie ihn nicht im Unternehmen, bei einem Spaziergang oder sonst wann ermordet? Auf dem Schloss erkannt zu werden, ist doch viel zu riskant.«

»Vielleicht haben sie jemanden dafür engagiert«, brachte Kolanski eine neue These ins Spiel.

»Einen Auftragskiller?«, sprach Grünbrecht es aus.

»Möglich wäre es.« Kolanski machte einen Schritt zur Seite und wanderte grübelnd im Büro auf und ab. »Wenn ich mir die Hände nicht selber schmutzig machen möchte, sorge ich dafür, dass ich in der Zeit, in der die Tat geschehen soll, ein Alibi habe. Und wer hat das beste Alibi von unseren möglichen Kandidaten?« Kolanski blieb stehen und grinste.

»Matteo Grünwald«, schoss es aus Grünbrecht heraus.

»Er war zur Tatzeit bei einem Freund in Freistadt«, erinnerte sich Stern.

»Der auch Anwalt ist und sich folglich mit Beweisen und Strafverfolgung auskennt. Wie hast du gesagt?« Grünbrecht deutete auf Heinze. »Ein besseres Alibi hätte er nur, wenn es von einem Richter käme. Was, wenn dieser Freund Matteo Grünwald ein falsches Alibi gegeben hat? Dann braucht es gar keinen Auftragskiller, dann könnte er selber der Täter sein.« Grünbrecht gefiel dieser Gedanke offensichtlich.

»Ich muss euch leider enttäuschen«, sagte Heinze, setzte sich hinter seinen Monitor und machte ein paar Mausklicks. »Während ich bei Steffenberger undercover ermittelt habe, haben die Kollegen von der Technik die Standortdaten von Matteos Handy überprüft. Es war zu den angegebenen Uhrzeiten seiner Aussage entsprechend in die Funkmasten auf der Strecke von Kefermarkt nach Freistadt und zurück eingeloggt. Ich hab hier den Bericht und …«

»Er kann das Handy ja seinem Anwaltfreund mitgegeben haben, weil die beiden wissen, wie wir zu unseren Beweisen kommen«, unterbrach Grünbrecht den Gruppeninspektor.

»Daran habe ich natürlich auch gedacht und die Kollegen von der Technik gebeten, die elektronischen Daten von Matteos Auto auszulesen. Diese Daten ergaben das gleiche Bild«, machte Heinze die Hoffnung, ein Indiz gefunden zu haben, zunichte.

»Das muss allerdings nicht heißen, dass Matteo hinterm Steuer gesessen ist«, zeigte Grünbrecht auf, dass es trotzdem immer noch möglich war, dass der von ihr Verdächtigte die Tat begangen haben könnte.

»Er ist auf keinem Foto vom Adventmarkt zu sehen, auf keinem einzigen«, hielt Kolanski dagegen. »Und wir haben Hunderte!«

»Vielleicht war er nur kurz dort, hat seinen Vater umgebracht und ist wieder weg. Oder er hat sich vor und nach dem Mord im Schloss versteckt und erst zugeschlagen, als er die Chance gesehen hat, von den Besuchern bei der Tat nicht beobachtet zu werden«, gab Grünbrecht nicht auf.

»Schon, ich halte es trotzdem für unwahrscheinlich, wenn wir kein einziges Indiz haben, das deine Theorie bestätigt«, meinte Heinze.

»Aber sollen wir nicht auch das Unmögliche in Betracht ziehen?«, fragte Grünbrecht mehr rhetorisch, als dass sie darauf eine Antwort erwartete. »Denn wenn sich jemand damit beschäftigt, wie man Beweise fingiert, dann macht der das doch genau so, wie ich gesagt habe. Und nicht wie einer, der im Affekt handelt, oder?«

»Ein Motiv hat er«, gab Kolanski zu bedenken. »Jakob Grünwald hat Anna als seine Nachfolgerin bei der Grünwald Ofen GmbH testamentarisch verfügt. Vielleicht hat Matteo davon Wind gekriegt, ist wütend geworden und hat seinen Vater ermordet.«

»Wenn er wütend geworden wäre, wäre es wieder eine Tat im Affekt, und das war es meines Erachtens nicht. Denn dann müsste Matteo auf einem der Fotos vom Markt zu sehen sein, weil er dort gewesen ist, und sein Vater müsste ihm vor Ort mitgeteilt haben, dass nicht er der neue Chef der Grünwald Ofen GmbH wird, sondern seine Schwester.« Stern schüttelte den Kopf. »Außerdem hätte er das ja eigentlich schon vorher wissen müssen, um seinen Freund vor dem Besuch auf dem Adventmarkt mit seinem Auto und seinem Handy nach Freistadt schicken zu können.«

Auch Grünbrecht sah ein, dass ihre Theorie einen Haken hatte. »Wir haben ja gesagt, dass er einen Auftragskiller engagiert haben könnte. Vielleicht hat der Freund in Freistadt auch gar keine Ahnung, dass er für ein Alibi benutzt wurde. Angeblich hatten sich die beiden seit Langem nicht mehr gesehen.«

»Wenn Matteo jedoch angenommen hat, dass er die Nachfolge antritt, wieso sollte er seinen Vater dann umbringen lassen?«, stellte Stern noch einmal die Frage nach dem Motiv.

»Um endlich die Geschäfte zu übernehmen. Womöglich hat es ihm schon zu lange gedauert«, antwortete Grünbrecht.

»Was aber – und das wissen bislang nur wir – nicht eintreffen wird, da Anna die neue Chefin der Grünwald Ofen GmbH wird.«

»Die Indizienlage ist verdammt dünn«, tat Kolanski seine Meinung kund.

»Ich weiß«, gab Grünbrecht zu.

»Was ist mit Maike?«, fragte der Gruppeninspektor. »Sie hat kein Alibi, war ihres zweiten Mannes möglicherweise überdrüssig, kriegt einen Haufen Kohle durch die Lebensversicherung und hat in den letzten Jahren Geld beiseitegeschafft. Was, wenn sie einen Teil davon für einen Profikiller ausgegeben hat?«

»Das traust du ihr zu?« Grünbrecht hegte offensichtlich Zweifel an dieser Theorie.

»Ich tue das«, antwortete Stern statt des Kollegen. »Und ich kann mir ebenfalls vorstellen, dass sie ihren ersten Mann umgebracht hat. Wir wissen nicht, wie viel Geld sich auf dem Hamburger Konto tatsächlich befindet, dazu haben wir nur ihre Aussage. Und die kann stimmen oder auch nicht. Vielleicht hat Kolanski ja recht.«

»Ich schlage vor, wir finden es heraus«, meinte der Gruppeninspektor sichtlich zufrieden.

»Ich übernehme das.« Stern hatte sich das ohnehin schon vorgenommen. Er würde den Hamburger Kollegen erneut kontaktieren, dieses Mal mit einem offiziellen Amtshilfeansuchen, aber zuerst wollte er noch die anderen Verdächtigen und Indizien mit seinem Team besprechen. »Was ist mit Anna Grünwald?«

»Sie hat meiner Meinung nach das unwahrscheinlichste Motiv«, sagte Grünbrecht.

»Ach ja?« Heinze wirkte nicht gerade überzeugt. »Anna hatte es vielleicht satt, hart zu arbeiten und nicht die angemessene Anerkennung dafür zu bekommen. Dann holt der Vater auch noch den abtrünnigen Sohn nach Hause, gibt ihm einen bedeutenden Job in der Firma, und Anna befürchtet, dass er die Nachfolge des Vaters antritt. Das ist ein Motiv, wenn du mich fragst.«

»Schon, aber sie war zum Zeitpunkt des Mordes mit ihrer Familie zu Hause ...«

»Die für sie lügen könnte ...«

»Und der Überfall?«

»Inszeniert, um den Verdacht von ihr zu lenken.«

»Und wer soll in diesem Fall der vermeintliche Angreifer gewesen sein?«

»Ihr Ehemann.«

»Oder der Auftragskiller. Vielleicht hat sie ihn ja engagiert.«

»Wir gehen jetzt also tatsächlich davon aus, dass wir es mit einem Auftragskiller zu tun haben?«, fragte Grünbrecht in die Runde.

»Weil es sonst nicht passt«, antwortete Stern. »Wir können es drehen und wenden, wie wir wollen, alles deutet darauf hin, dass eine weitere Person involviert sein muss. Entweder jemand, der beauftragt wurde, oder ein Unbekannter mit eigenem Motiv. Denn ein bekanntes Gesicht hätten wir auf den vielen Fotos vom Markt bereits ausfindig gemacht.«

»Die meisten Tötungsdelikte sind Beziehungstaten oder die Täter sind im direkten Umfeld der Opfer zu finden. Nachbarn, Arbeitskollegen, Verwandte. Ich kann mir nicht vorstellen, dass ein völlig Fremder Jakob Grünwald umgebracht hat, ohne dazu angestiftet worden zu sein«, widersprach Grünbrecht.

»Wenn einer von der Familie der Auftraggeber für den Killer ist, ist es wieder eine Beziehungstat«, resümierte Heinze. »Und ein möglicher Unbekannter kann ja aus Jakob Grünwalds Umfeld stammen, wir kennen ihn nur noch nicht.«

»Ich glaube, es ist an der Zeit, dass wir anfangen, nach jedem Strohhalm zu greifen«, gab Kolanski dem Kollegen recht. »Ich lade das Ehepaar Steinwim ein, das sind Aussteller vom Weinberger Schloss Advent. Die Frau konnte sich genau daran erinnern, wem sie drei Christbäume am Tag des Mordes verkauft hat. Vielleicht ist ihr Erinnerungsvermögen so gut, dass wir brauchbare Phantombilder bekommen.«

»Sind nicht insgesamt 27 solcher Christbäume verkauft worden?«, glaubte Stern zu wissen.

Kolanski nickte.

»Es ist ein sehr dünner Strohhalm, an den wir uns da klammern, dass unser Täter ausgerechnet unter diesen drei Käufern ist«, meinte der Chefinspektor.

»Ausschließen würde ich es trotzdem nicht.« Kolanski verschränkte die Arme vor der Brust. »Etwas Besseres fällt mir im Augenblick nicht ein.«

»Gut, dann kümmere dich bitte darum«, erteilte Stern ihm den Auftrag.

»Wenn wir schon dabei sind, Theorien zu spinnen, möchte ich euch noch etwas zeigen.« Heinze deutete auf seinen Bildschirm.

»Was denn?«, fragte Stern.

Der Gruppeninspektor öffnete ein Foto, auf dem mehrere Autos zu sehen waren.

»Was schauen wir uns da an?«, hakte Stern nach.

»Das ist der Parkplatz vor dem Schloss Weinberg. Die Aufnahme stammt von einem Besucher, der einmal einen Parkschaden gehabt hat, bei dem der Verursacher Fahrerflucht begangen hat. Deshalb hat er sich angewöhnt, immer Fotos zu machen, wenn er sein Auto irgendwo abstellt …«

»Und wie hilft uns das weiter?«

Heinze deutete mit dem Finger auf ein Fahrzeug. »Der Wagen hier hat ein Wiener Kennzeichen.«

»Der Weinberger Schloss Advent ist über die Landesgrenze hinaus bekannt, da kommen halt auch Besucher aus der Bundeshauptstadt«, warf Kolanski ein.

»Das ist aber kein Privatauto, sondern ein Mietwagen. Seht euch die Aufschrift an der Seite an. Wer kommt von Wien mit einem Mietwagen hierher?«

»Einer, der kein Auto hat und zum Weinberger Schloss Advent will«, antwortete Grünbrecht.

»Fährt der nicht mit den Öffis?« Heinze runzelte die Stirn. »Diejenigen, die sich aus welchen Gründen auch immer keinen Wagen zulegen, sind meist gut darin, mit den öffentlichen Verkehrsmitteln überallhin zu gelangen, auch nach Kefermarkt«, gab Heinze zu bedenken.

»Hm …« Allgemeines Grübeln setzte ein.

»Vielleicht ist es nichts, ich möchte dem aber nachgehen. Wir klammern uns ohnehin an Strohhalme, warum nicht auch an diesen?«

»Wahrscheinlich bringt es uns nicht weiter«, zeigte sich Stern nicht überzeugt. »Aber wir haben gerade eh keine heiße Spur, und schaden kann es nicht. Finde also heraus, wer den Wagen gemietet hat.«

»Mach ich, Chef!«

Stern ging zurück in sein Büro. Dort bemerkte er, dass er drei entgangene Anrufe hatte. Zwei von Tobias und einen von seiner Tochter Barbara.

24. KAPITEL

Stern rief Tobias an, doch der ging nicht ran. Dann wählte er die Nummer seiner Tochter. Wenn beide versucht hatten, ihn zu erreichen, musste es dringend sein.

»Papa! Danke, dass du zurückrufst«, meldete sich Barbara nach dem zweiten Läuten.

»Was ist los, Liebes?«, fragte Stern.

»Nathalie ist heute nicht in der Schule gewesen und Tobi hat deswegen totale Schuldgefühle«, erzählte seine Tochter.

»Wieso hat Tobias Schuldgefühle?« Stern verstand nicht, was Barbara meinte.

»Er glaubt, dass Nathalie wegen ihm nicht in die Schule gekommen ist, weil alle Mitschüler nun Bescheid wissen könnten«, erklärte sie ihm.

»Das ist doch Blödsinn!«

»Das sage ich ihm schon die ganze Zeit, aber er hat sich in seinem Zimmer eingesperrt und heult. Kannst du ihn bitte anrufen?«

»Hab ich versucht, er hebt nicht ab.«

»Das ist nicht gut.« In Barbaras Stimme schwang Verzweiflung mit.

»Weißt du was? Ich komme zu euch. Jetzt gleich!« Der Chefinspektor griff nach seiner Jacke und machte sich zum Gehen bereit.

»Danke, Papa!«

Stern beendete das Gespräch und gab den Kollegen Bescheid. Es war ohnehin längst Abend, da würden auch sie nicht mehr viel in Erfahrung bringen und bestimmt bald nach Hause gehen.

»Die Steinwims kommen morgen«, ließ Kolanski ihn noch schnell wissen.

»Und ich telefoniere gerade mit der Wiener Autovermietung.« Heinze hielt das Mikrofon des Hörers zu. »Die wollten eigentlich Feierabend machen, als ich angerufen hab. Ich hab meinen ganzen Charme spielen lassen, um heute noch Informationen zu erhalten.«

»Dann bis morgen, Leute!« Stern verließ das Landeskriminalamt und fuhr mit dem Audi durch die weihnachtlich beleuchtete Landeshauptstadt. Der Abendverkehr war in vollem Gange, die Blechkolonnen schoben sich durch die Straßen und verlangten den Lenkern einiges an Geduld ab. Auf der Stadtautobahn habe es einen Unfall gegeben, drang es aus dem Radio, was naturgemäß zusätzlich für Stau sorgte, das wusste Stern. Als er endlich vor dem Wohnhaus seiner Tochter ankam, war seit ihrem Telefonat eine halbe Stunde vergangen.

»Danke, dass du gekommen bist«, empfing Barbara ihn mit sorgenvoller Miene. »Ich weiß nicht, was ich tun soll, er will einfach nicht mit mir reden.«

»Wo ist Stefan?«, fragte Stern nach seinem Schwiegersohn, dessen Aufgabe als Elternteil es wäre, mit Tobias zu sprechen. Ihn beim Älterwerden zu begleiten.

»In Rumänien. Sie stellen dort eine neue Anlage auf, ich weiß nicht genau, wo. Er kommt erst nächstes Wochenende, bleibt dann aber bis Anfang Jänner«, erzählte Barbara.

Stern glaubte, Frust herausgehört zu haben, und schlüpfte aus seiner Jacke. »Wo ist Tobi?«

Barbara nahm ihm die Jacke ab und hängte sie an die Garderobe. »Noch immer in seinem Zimmer. Er antwortet mir nicht, aber ich höre Geräusche. Ich mache mir echt Sorgen.«

»Und Meli?«

»Die ist bei einer Freundin. Die beiden waren zusammen Weihnachtsgeschenke einkaufen und reden sicher noch ein wenig.«

Stern nickte und klopfte an die Tür seines Enkels. »Tobi? Ich bin's, Opa!«

Stille.

»Tobi, mach bitte auf, ich muss mit dir reden.«

Keine Reaktion.

»Nathalie und ihre Familie sind heute mit Mara unterwegs gewesen, du weißt schon, wegen dieser schlimmen …«

Der Schlüssel wurde innen im Schloss gedreht, doch die Tür ging nicht auf.

»Darf ich reinkommen?«, fragte Stern.

»Ja«, drang es leise aus dem Zimmer.

Der Chefinspektor drückte die Klinke nach unten, öffnete die Tür zuerst einen Spalt und dann ganz.

Tobias saß im Schneidersitz in seinem zerwühlten Bett.

Stern setzte sich zu ihm auf die Bettkante. »Die Mama hat mir erzählt, was los ist. Du bist nicht schuld, dass Nathalie nicht in der Schule war.«

»Aber wenn ich nichts gesagt hätte, wäre sie da gewesen. Ich hab Angst, dass ihr etwas passiert ist.« Tobias schaute seinen Großvater sorgenvoll an.

»Ihr geht es gut. Sie, Beni und ihre Mutter sind in Sicherheit. Und wenn du nichts gesagt hättest, wären sie das nicht. Dann würde Nathalies Vater ihre Mutter weiterhin schlagen, und das habt ihr beide verhindert. Dass das nicht leicht ist, weiß ich. Ihr habt großen Mut bewiesen, du und Nathalie«, erklärte Stern seinem Enkel.

»Es fühlt sich aber nicht so an«, stieß Tobias leidend aus.

»Das verstehe ich …«

»Keiner in der Schule hat gewusst, wo Nathalie steckt. Ob ihr Vater sie auch verprügelt hat. Ob sie überhaupt noch lebt. Es wäre meine Schuld gewesen, wenn …!« Tobias war aufgebracht.

»Ich hätte dir immer sagen müssen, was gerade passiert«, erkannte Stern seinen Fehler. »Es tut mir schrecklich leid, dass du diese Ängste durchstehen musstest. Mara hat Nathalie und ihre Familie heute Morgen in ein Gewaltschutzzentrum gebracht. Dort bekommen sie Hilfe. Es kann natürlich sein, dass Nathalie die Schule wechseln muss, aber vielleicht lässt sich alles auch friedlich regeln. Die Menschen, die in dem Gewaltschutzzentrum arbeiten, kennen sich mit solchen Situationen aus.« Stern streckte die Arme nach seinem Enkel aus.

Der rappelte sich aus seiner Kauerstellung hoch und ließ sich von seinem Großvater umarmen.

»Ich hab also nichts falsch gemacht?«, fragte Tobias nach einer Weile.

»Nein, du hast alles goldrichtig gemacht.«

»Ich bin so stolz auf dich«, sagte Barbara in der Tür stehend. Sie hatte von dort aus das Gespräch mitgehört.

Tobias löste sich aus den Armen seines Großvaters und lief zu ihr. Wortlos umklammerte er seine Mutter.

»Ich liebe dich«, sagte Barbara zu ihm.

»Ich dich auch, Mama«, flüsterte der Junge.

*

Stern sperrte seine Wohnungstür auf. In Erwartung, die Schuhe und Jacke seiner Freundin im Flur zu sehen, ließ er sie aufschwingen.

Silvias Sachen waren nicht da.

Er hatte sich schon so sehr daran gewöhnt, dass Silvia abends bei ihm war, dass er nun enttäuscht war.

Miro schien sie genauso zu fehlen. Miauend kam sie auf ihn zu und forderte Futter und Streicheleinheiten ein. Er hob die Katze hoch und strich mit der Hand mehrmals über ihr weiches Fell. Dann setzte er sie zu Boden und ging in die Küche. Auch dort empfing ihn Stille, die Silvia ansonsten mit ihrer Fröhlichkeit vertrieb. Mit Geschirrklappern und ihren Fragen, wie sein Tag gewesen sei. Mit ihrem Lachen.

Stern füllte Miros Futternapf und schaute lustlos in den Kühlschrank. Käse und Speck, dazu Essiggurken und zwei Scheiben Brot. Ausreichend für ihn, aber es war nicht zu vergleichen mit den Speisen, mit denen Silvia ihn verwöhnte.

Hatte er diese Frau überhaupt verdient?

Erst neulich hatte sie groß für ihn aufgekocht, und er hatte während des Essens wegmüssen. Wegen seiner Arbeit …

War sie deshalb heute nicht da?

Reichte es ihr mit ihm?

Sollte er sie anrufen?

Aber hatte sie nicht ein Recht darauf, mal einen Tag ohne ihn zu verbringen? Um zum Beispiel etwas mit ihren beiden Töchtern Evelyn und Gloria zu unternehmen. Oder einfach nur für sich selbst zu sein.

Er entschied, ihr eine Nachricht zu schicken, wie sehr er sie vermisste ... und löschte sie wieder. Denn wenn er das so schriebe, könnte sie sich unter Druck gesetzt fühlen, jeden Tag bei ihm sein zu müssen. Das wollte er nicht.

Er wünschte sich, dass sie aus freien Stücken seine Gesellschaft suchte. Nur so war es richtig.

Schweren Herzens legte er das Handy weg, zog bequeme Sachen an und setzte sich mit seinen Broten auf die Wohnzimmercouch. Während er aß, liefen im Fernsehen die Nachrichten im ORF. An allen Enden und Ecken auf diesem Planeten gab es Gewalt, Kriege und Umweltkatastrophen.

Und bald war Weihnachten.

Das passte nicht zusammen.

25. KAPITEL

Als Stern am nächsten Morgen auf die Dienststelle kam, herrschte im Büro seiner Kollegen bereits Hochbetrieb. Neben Mara Grünbrecht, Hermann Kolanski und Martin Heinze waren mehrere Spezialisten von der Cybercrime-Einheit anwesend und telefonierten oder tippten auf ihren Laptops herum.

»Was ist hier los?«, fragte Stern verwundert. Gleichzeitig keimte die Hoffnung in ihm auf, dass sie endlich auf eine heiße Spur gestoßen waren.

Oder war gar das Landeskriminalamt gehackt worden?

»Guten Morgen, Chef«, begrüßte ihn Heinze aus der Menge arbeitender Menschen. Seine Haare standen kreuz und quer, und unter seinen Augen hatten sich dunkle Ringe eingegraben. »Wir haben etwas gefunden!«

»Warst du die ganze Nacht hier?« Stern hätte sich die Frage eigentlich sparen können, denn dass Heinze keine Minute geschlafen hatte, war ihm anzusehen.

»Ja, und es hat sich gelohnt.« Heinze strahlte trotz seiner Übermüdung.

»Schieß los!«

»Ich hab gestern noch herausgefunden, wer den Wagen mit dem Wiener Kennzeichen gemietet hat. Und zwar wurde das Auto am Flughafen Schwechat von einem Kusma Jefimow aus Russland in Empfang genommen.

Ob das seine richtige Identität ist, wissen wir natürlich nicht. Die Frau von der Autovermietung hat uns die Kopie von Jefimows Führerschein gemailt, sie fertigen bei jedem Kunden eine an. Hier, das ist er.« Heinze deutete auf die Magnetwand, an der ein entsprechender Ausdruck hing. Zwar war das Foto nicht besonders scharf, dennoch war der Mann gut zu erkennen.

»Weiter!« Stern brannte darauf, Details zu erfahren. Denn wenn so viele Kollegen im Einsatz waren, steckte hinter Heinzes Entdeckung gewiss mehr als bloß ein Reisender aus Russland.

»Kusma Jefimow ist am Freitag mit einem Flieger aus Moskau nach Schwechat gekommen und hat anschließend den Wagen von der Autovermietung geholt. Am Samstag ist Jakob Grünwald ermordet worden, und das Auto stand auf dem Parkplatz vor dem Schloss Weinberg. Am frühen Sonntagmorgen ist Kusma Jefimow nach Moskau zurückgeflogen. Wir haben die Bestätigung der Airline erhalten, dass er im Flugzeug gesessen ist. Er hat Österreich also schon wieder verlassen«, erzählte Heinze.

»Und was machen all die Kollegen hier?« Stern deutete auf die in ihre Bildschirme starrenden Männer und Frauen.

»Die versuchen herauszufinden, ob sich dieser Kusma Jefimow im Darknet als Auftragskiller anbietet. Wie du dir sicher vorstellen kannst, ist das nicht so leicht. Solche Typen verwenden Decknamen und sind äußerst vorsichtig, da muss man zuerst einmal Vertrauen aufbauen. Wenn wir Glück haben, wird im Darknet über den Mord an Jakob Grünwald geschrieben, es wurde ja genug in den Medien darüber berichtet. Dadurch bietet sich vielleicht die Möglichkeit, herauszufinden, wer sich für den Mord interessiert und wer in solchen Chats mitdiskutiert. Es werden Codewörter verwendet, um Interesse zu bekunden, und andere, um einen Deal abzuschließen. Die Kollegen kennen sich damit aus, aber wie gesagt, es ist nur eine kleine Chance. Noch haben wir ihn nicht gefunden. Und solange wir nicht wissen, wer ihn beauftragt hat …«

»Wie könnte man das denn herausfinden?«, unterbrach Stern den Redefluss des Kollegen.

»Entweder durch einen Fehler von dem Typen oder durch einen Fehler vom Auftraggeber«, sagte Heinze lapidar.

»Könnte es nicht trotzdem sein, dass dieser Kusma ein harmloser Tourist ist?«

Heinze zog die Augenbrauen hoch. »Der extra aus Moskau zum Weinberger Schloss Advent fliegt, um ein Weihnachtsgeschenk für seine Mutter zu kaufen, und am nächsten Tag wieder zurückreist? Der Weinberger Schloss Advent ist zwar sehr bekannt, aber so bekannt dann auch wieder nicht.«

»Dieser Steffenberger hat doch Kontakte nach Belarus. Könnte er unser Auftraggeber sein?«, klinkte sich Grünbrecht in das Gespräch ein.

»Steffenberger hat Zahlungen nach Belarus getätigt, und ob er damit wirklich Holz gekauft oder einen russischen Killer bezahlt hat, lässt sich von hier aus nicht herausfinden«, antwortete Heinze. »Da bräuchten wir entweder einen Kontaktmann vor Ort, oder jemand von uns fliegt rüber und schaut sich das an. Aber ob die belarussischen Behörden uns ermitteln lassen, ist eine ganz andere Geschichte. Dort haben wir nämlich keine Befugnisse, und das ist noch untertrieben.«

»Dass Steffenberger für seine Reisen einen eigenen Sicherheitschef engagiert, spricht dafür, dass da etwas nicht so läuft, wie er uns weismachen will. Vielleicht hätte die Reise von Belarus aus nach Russland weitergehen sollen?« Grünbrechts Blick wanderte zwischen Stern und Heinze hin und her. »Und vielleicht war das der Grund, warum er dir beim Bewerbungsgespräch nichts von der Reise erzählt hat. Und vielleicht hatte dein Vorgänger …«

»Vielleicht, vielleicht, vielleicht«, unterbrach Stern Grünbrecht ungeduldig. »Was brauchen wir, um endlich Nägel mit Köpfen zu machen?«

Einer der Kollegen, die sich mit Internetkriminalität beschäftigten, hatte das Gespräch offenbar mit angehört und antwortete: »Die Computer, Laptops, Handys und Tablets von den Verdächtigen wären ein Hit. Damit könnten wir herausfinden, was die in letzter Zeit im Internet so alles getrieben haben. Selbst gelöschte Browserverläufe können wir unter bestimmten Umständen wiederherstellen. Aber wer löscht die schon? Und wenn doch, ist es zumindest ein Indiz dafür, dass der- oder diejenige etwas verbergen will.«

»Üblicherweise wird ein Auftragsmord in zwei Tranchen bezahlt. Die eine Hälfte vor dem Mord und die zweite nach Erfüllung des Auftrages. Wenn wir Glück haben und sich alles so zugetragen hat, wie wir vermuten, dann wurde die zweite Hälfte des Geldes vielleicht noch nicht überwiesen. Wenn wir das weiterhin verhindern können, wird sich der Killer gewiss noch mal bei seinem Auftraggeber melden.«

»Los! Alle Computer, Laptops, Handys und Tablets

einkassieren!«, erteilte Stern den Befehl. »Und zwar von jedem!«

»Und der Gerichtsbeschluss?«, fragte Kolanski.

»Wenn sie euch die Dinger nicht freiwillig aushändigen, wird der Beschluss nachgeliefert. Es ist Gefahr im Verzug! Browserverläufe oder Chats könnten gelöscht werden und die zweite Tranche des Geldes könnte überwiesen werden, falls das nicht ohnehin schon passiert ist. Tempo, Leute! Und nehmt Verstärkung mit!«

*

Mara Grünbrecht läutete nun schon zum wiederholten Male an dem Bauernhaus.

Hinter ihr standen zwei uniformierte Polizisten und zogen die Schultern hoch, bestimmt war ihnen kalt.

Auch Grünbrecht fror. »Wahrscheinlich ist Matteo Grünwald in der Firma«, vermutete sie. »Um 13 Uhr beginnt die Testamentseröffnung bei Jakob Grünwalds Anwalt in Freistadt.« Sie trat zur Seite und spähte durch ein Fenster. Drinnen war es ruhig. »Ich bin mir sicher, dass er einen privaten Computer hat. Heutzutage hat jeder irgendwo einen rumstehen.« Zu dem Polizisten zu ihrer Rechten sagte sie: »Wir beide fahren zur Grünwald Ofen GmbH und schauen, ob Matteo dort ist.« Dann wandte sie sich dem anderen Kollegen zu. »Sie bleiben hier und warten, falls er zurückkehrt. Sollte das der Fall sein, rufen Sie mich sofort an.«

*

Hermann Kolanski wippte ungeduldig auf den Zehen. Er hoffte, dass zumindest ein Familienmitglied zu Hause war, weil in der Einfahrt ein Auto stand. Endlich hörte er im Inneren des Gebäudes Geräusche, jemand kam zur Tür.

»Ja?«, fragte Felix Grünwald erstaunt.

»Sind deine Eltern da?« Der Gruppeninspektor hatte den Eindruck, dass sein Gegenüber bis vor Kurzem geschlafen hatte.

Der Bursche schüttelte den Kopf. »Die sind in der Arbeit.«

»Und du musst nicht zur Schule?«

»Heute nicht«, blieb Felix wortkarg.

»Verstehe. Wir brauchen eure Computer, Handys, Laptops und Tablets. Können wir die haben?«

»Wieso?«

»Weil wir euch als Täter für den Mord an deinem Großvater ausschließen müssen«, erklärte Kolanski geduldig, obwohl er am liebsten gleich ins Haus gestürmt wäre.

»Ich ruf mal Mama an.«

»Tu das.«

Die Tür wurde geschlossen.

»Mist!«, fluchte Kolanski. Nicht nur, weil er und die zwei uniformierten Kollegen, die ihn begleiteten, in der Kälte warten mussten, sondern weil er gehofft hatte, dass der Bursche die Geräte sofort herausrücken würde. Weil Felix Grünwald unschuldig war und glaubte, dass alle anderen Familienmitglieder ebenfalls nichts mit dem Tod des Großvaters zu tun hätten. Jetzt würde ihm die Mutter sicher einbläuen, dass er die Gegenstände nur nach Vorzeigen eines richterlichen Beschlusses herausgeben durfte.

Die Tür ging auf und Felix stand wieder vor ihnen. »Okay«, sagte er und ließ die Polizisten ein.

*

Vor dem Firmengebäude der NewÖfen Group stiegen die Beamten aus. Ein Signalton von Heinzes Handy verkündete, dass eine Nachricht eingegangen war. Der Gruppeninspektor öffnete sie und las, dass der Gerichtsbeschluss zur Herausgabe der relevanten elektronischen Geräte digital vorliege und die Papierversion bei Bedarf nachgereicht werde. Zufrieden betrat er mit den zwei uniformierten Kollegen das Firmengebäude und verlangte, zu Alfons Steffenberger vorgelassen zu werden.

»Sie schon wieder!«, entfuhr es dem Firmenchef, als Heinze ihm kurz darauf in seinem Büro gegenüberstand.

Der Gruppeninspektor hielt ihm sein Smartphone mit dem richterlichen Beschluss entgegen. »Sehen Sie es positiv, Herr Steffenberger. Wenn Sie nichts getan haben, ist das jetzt der Zeitpunkt, um Sie ein für alle Mal von jeglichem Mordverdacht freizusprechen.«

Der Firmenchef stieß verächtlich Luft aus. »Und was ist mit der Belarus-Sache?«

»Ich bin von der Mordgruppe, alles andere interessiert mich nicht.« In Gedanken fügte der Gruppeninspektor jedoch hinzu, dass dafür die Wirtschafts- und Korruptionsstaatsanwaltschaft zuständig sei und die Kollegen gewiss einen Tipp bekämen.

»Dann tun Sie, was Sie ohnehin tun werden«, sagte Steffenberger resigniert. »Ich rufe meinen Anwalt an.«

»Das ist eine gute Idee. Und sagen Sie ihm auch gleich,

dass wir Ihren privaten Laptop von zu Hause abholen werden.«

*

»Chefinspektor Oskar Stern, machen Sie bitte auf, Frau Grünwald.«

»Einen Moment.« Ein Knacksen war aus der Gegensprechanlage zu hören. Wenig später erschien die Frau an der Tür, ganz in Schwarz gekleidet.

»Wir haben einen richterlichen Beschluss, dass wir Ihren Computer, Laptop, Ihr Handy und Tablet beschlagnahmen dürfen«, sagte Stern und zeigte der Frau besagtes Dokument.

»Weshalb?«, wollte sie erfahren.

»Wir gehen einer Spur nach«, antwortete Stern ausweichend.

»In meinem Laptop?«

Stern nickte.

»Bitte schön. Er befindet sich oben im Büro.« Die Frau deutete die Stiege hinauf. »Zweite Tür rechts.«

»Hatte Ihr Mann einen eigenen Computer zu Hause oder nur den in der Firma?«

»Natürlich hatte er hier einen, er konnte ohne gar nicht sein. Er hat manchmal von zu Hause aus gearbeitet, wie viele Menschen seit der Pandemie. Sein Computer steht auch oben, gleich neben meinem«, gab die Witwe Stern Auskunft.

»Darum kümmern sich die Kollegen.« Der Chefinspektor wies die Männer an, die Geräte zu holen. Die Uniformierten stiegen die Treppe hoch.

Maike Grünwald knetete die Hände.

Stern sah ihr an, dass ihr das offenkundige Misstrauen unangenehm war und sie vielleicht sogar überlegte, was es denn auf den Computern zu finden geben könnte.

»Haben Sie sonst etwas Neues im Fall meines Mannes?«, fragte sie, als Stern in der Redepause nicht das Wort ergriffen hatte.

»Macht Sie der Umstand, dass wir die Computer beschlagnahmen, nervös?«, fragte Stern.

»Sie machen mich nervös. Und die Tatsache, dass Sie den Mörder noch immer nicht gefunden haben und es morgen schon eine Woche her ist, dass Jakob umgebracht worden ist«, antwortete die Witwe.

»Herr Chefinspektor, kommen Sie mal!«, rief einer der Polizisten vom oberen Stockwerk herunter.

Maike Grünwald schaute Stern mit überrascht aufgerissenen Augen an.

»Ich komme!«, antwortete Stern dem Kollegen und deutete der Witwe, dass sie vor ihm die Stiegen hinaufgehen solle. Die Frau zögerte, sodass Stern mit einem »Bitte schön« verbal nachlegte und nach oben zeigte.

Im ersten Stock standen sämtliche Türen offen. Die Kollegen hatten in jedem Raum nachgesehen, ob sich darin ein Computer oder ein Laptop befand. Im Schlafzimmer waren sie dabei auf gepackte Koffer gestoßen.

»Wollten Sie abhauen?«, fragte Stern Maike Grünwald ungehalten.

Die Witwe senkte den Blick und schloss für einen Moment die Augen. »Ja … Ich halte es hier nicht mehr länger aus. Es ist so still. Ich bin alleine, alle hassen mich. Matteo will mich verklagen, und Anna und ihre Mutter organisieren Jakobs Begräbnis ohne mich. Ich existiere hier nicht mehr. Sobald Sie wissen, wer Jakob umgebracht hat, bin ich weg.«

Stern seufzte. Er würde der Frau gerne sagen, dass sie die Villa erben und eine monatliche Apanage von 5.000 Euro erhalten würde. Doch er hatte dem Anwalt des Toten versprochen, sein Wissen für sich zu behalten. In wenigen Stunden war die Testamentseröffnung, dann würde Maike die Bestätigung bekommen, dass nicht alle sie hassten, sondern ihr Ehemann sie sehr geliebt hatte.

*

»Nichts!«, machte Stern seinem Frust lautstark Luft. »Wir haben rein gar nichts!« Der Chefinspektor raufte sich die Haare.

Sämtliche Computer, Tablets und Handys waren sauber. Sowohl die Firmen- und Privatgeräte der Grünwalds als auch jene von Alfons Steffenberger. Letzter hatte zwar Zahlungen nach Belarus getätigt, aber der Empfänger war eindeutig ein belarussischer Waldbesitzer. Sämtliche Unterlagen dazu waren stimmig, die Kaufverträge über das Holz, die Lieferscheine, die Rechnungen und die Zahlungsbelege. Auf keinem einzigen Gerät gab es einen Hinweis, dass damit im Internet oder im Darknet auf Mördersuche gegangen worden wäre. Sämtliche Browserverläufe waren vorhanden, demnach hatte keiner seine Spuren verwischen wollen.

»Scheiße!«, fluchte Stern.

»Wir sind auf dem Holzweg«, fasste Grünbrecht die Lage zusammen.

»Dabei hat alles so gut gepasst.« Heinze war fassungslos.

»Ich kann nicht glauben, dass wir uns geirrt haben.« Kolanski ging zur Tür. »Will noch jemand Kaffee?«

»Ein Russe fliegt extra von Moskau zum Weinberger Schloss Advent und wieder zurück. Leute, daran ist doch etwas faul!« Stern war sich sicher, nur beweisen konnte er es nicht. »Ist da jemandem der perfekte Mord gelungen?«

»Es gibt keinen perfekten Mord«, warf Grünbrecht ein.

»Und es gibt keine perfekten Ermittlungen. Wir müssen alles noch mal von vorne durchgehen«, verlangte Stern.

»Hey, seht mal!« Heinze drehte seinen Monitor so, dass die anderen einen Blick darauf werfen konnten. »Die Phantombilder, die unser Polizeizeichner mit den Steinwims angefertigt hat, sind da.« Kolanski kam zurück und schaute gespannt auf den Bildschirm. Heinze klickte die Bilder der Reihe nach durch und blieb beim letzten hängen.

»Den kennen wir doch«, fiel Kolanski sofort auf. Er holte von der Magnetwand den Ausdruck der Führerscheinkopie des Automieters und hielt ihn neben den Monitor.

»Das ist er!«, bestätigte Grünbrecht.

»Nun wissen wir, dass unser Freund aus Moskau nicht nur das Auto gemietet hat, sondern außerdem einen Christbaum auf dem Adventmarkt in Kefermarkt gekauft hat. Aber hat er auch die Tat begangen? Und was für ein Motiv hätte er, Jakob Grünwald zu ermorden? Kannte dieser Ku…« Stern kniff die Augen zusammen, um den Namen des Mannes auf dem Papierausdruck lesen zu können, doch die Schrift war zu klein. Und seine Brille hatte er nicht dabei. Die lag auf seinem Schreibtisch.

»Kusma Jefimow«, kam ihm Grünbrecht zu Hilfe.

»Kusma Jefimow«, wiederholte Stern und redete weiter, »kannten er und Jakob Grünwald sich?«

»Das halte ich nicht für wahrscheinlich«, meinte Kolanski. »Will jetzt jemand Kaffee?«

»Ich«, schloss sich Grünbrecht ihm an.

»Ich brauche auch einen.« Heinze stand von seinem Drehstuhl auf und folgte dem Kollegen zur Tür. Dort blieb er stehen und wandte sich um. »Kommst du, Chef?«

Stern starrte auf die Bilder. Wo war die Verbindung zwischen diesem Kusma Jefimow und Jakob Grünwald? Außer dass der eine der mutmaßliche Killer war und der andere das Opfer?

Wer profitierte von Jakob Grünwalds Tod?

Alle, die eine Rolle in der Grünwald Ofen GmbH spielen wollten, beantwortete sich Stern selbst die Frage. Matteo und Anna.

Sie hatten beide überprüft.

Bei der Witwe und der Ex-Frau hatten sie ebenfalls keine Spuren gefunden. Auch gab es in deren Umfeld niemanden, der für sie einen Auftragsmörder hätte engagieren können. Dazu brauchte es Vertrauen, ein Nahverhältnis. Als sie die Leben der Frauen durchforstet hatten, waren sie über niemanden gestolpert, mit dem sie derart eng befreundet waren. Die Ex-Frau lebte nach wie vor allein und pflegte eher Bekanntschaften, mit denen sie sich hin und wieder zum Kaffee traf, und Maike hatte hierzulande niemanden, wie sie ihnen bereits mehrmals zu verstehen gegeben hatte. Hin und wieder schrieb sie mit einer Freundin aus Hamburg Mails oder WhatsApp-Nachrichten, aber die Kontakte waren in den letzten Jahren immer seltener geworden.

Matteo war Single, das hatte er ihnen bei der ersten Vernehmung erzählt, als Grünbrecht und er aneinandergeraten waren, daran erinnerte sich Stern.

Aber Anna war verheiratet …

Hatten sie Alfred Herml, ihren Ehemann, überprüft? Der war doch Lehrer. An welcher Schule und für welches Fach eigentlich? Stern kramte in den Unterlagen nach der Information und fand sie. Alfred Herml war IT-Lehrer an einer Höheren Technischen Lehranstalt.

Sterns Puls beschleunigte sich.

Und in einer HTL, wo Informatik unterrichtet wurde, standen Computer … Viele Computer!

Herml war am Tag nach dem Mord in der Schule gewesen, angeblich, um etwas zu erledigen, damit die Kollegen ihn vertreten konnten. Vielleicht hatte er stattdessen die zweite Hälfte der vereinbarten Summe an den Profikiller überwiesen.

»Verdammt!« Stern rannte aus dem Büro.

26. KAPITEL

Es war Freitagabend. Die Sonne war längst untergegangen und der Wind pfiff mit der Kälte eines Dezembertages zwischen den Häusern hindurch. Die Temperaturen lagen nur wenige Grade über dem Gefrierpunkt und ließen die Hoffnung auf weiße Weihnachten mancherorts aufflackern.

Die Kriminalbeamten läuteten an dem Haus auf dem Kefermarkter Weinberg. Im Inneren brannte Licht. Die Testamentseröffnung am frühen Nachmittag hatte hier gewiss für Erleichterung gesorgt, vielleicht sogar für Freude.

Felix Grünwald wirkte gut gelaunt, als er die Tür mit Schwung öffnete. Sein Gesichtsausdruck änderte sich jedoch, als er die Inspektoren erkannte. »Ja?«

»Wir müssen mit deinen Eltern sprechen«, verlangte Stern.

»Mama?«, rief Felix ins Haus hinein, ohne einen Schritt zur Seite zu treten und die Kriminalbeamten einzulassen.

»Ich bin gleich da!«, hörten Stern und Grünbrecht von drinnen.

Augenblicke später stand Anna Grünwald neben ihrem jüngeren Sohn. »Was gibt es denn so spät noch? Haben Sie den Täter gefasst?«

»Dürfen wir reinkommen?«, fragte Grünbrecht.

»Aber wir …« Anna Grünwald räusperte sich, denn offenbar wurde ihr bewusst, dass ihr nächster Satz ein seltsames Licht auf die Situation werfen könnte. »Wir feiern ein bisschen, weil mein Vater mich als seine Nachfolgerin eingesetzt hat. Heute war ja die Testamentseröffnung.« Anna Grünwald konnte ihre Freude nicht verbergen, obwohl das gewaltsame Ableben ihres Vaters ihren Aufstieg im Unternehmen zum jetzigen Zeitpunkt erst möglich gemacht hatte. Der innere Konflikt darüber war ihr anzusehen.

»Wir müssen trotzdem mit Ihnen reden«, forderte Stern und betrat das Haus. Da er eine Vermutung hegte, wo sich der Rest der Familie aufhielt, um auf die neue Grünwald-Ofen-Chefin anzustoßen, ging er geradewegs in die Stube. Luca und sein Vater saßen in der Sitzecke neben dem Kachelofen, der mit seiner angenehmen Wärme Gemütlichkeit verbreitete. Auf dem Tisch standen vier gut gefüllte Weingläser, eine Flasche in einem Weinkühler und ein Teller mit Lebkuchen und Vanillekipferln.

»Gibt es etwas Neues?«, fragte Alfred Herml die eintretenden Inspektoren.

»So könnte man es sagen«, antwortete Stern und wartete, bis alle im Raum versammelt waren.

»Jetzt machen Sie es nicht so spannend«, verlangte der Hausherr. »Wir wollen nämlich auf meine Frau anstoßen, auch wenn Ihnen das vielleicht als unpassend erscheint. Alles im Leben hat eben zwei Seiten.«

»Wir haben schon gehört, dass Ihre Frau die Nachfolgerin von Ihrem Schwiegervater ist«, erwiderte Stern.

»Aber was ist denn nun?«, drängte Anna Grünwald auf eine Antwort. »Haben Sie den Mörder meines Vaters gefunden?«

»Dann hätte das alles endlich ein Ende«, stieß Alfred Herml aus. »Es dauert ohnehin schon viel zu lange.«

»Frau Grünwald, wir gehen davon aus, dass Ihr Vater von einem Auftragsmörder umgebracht wurde«, ließ Stern die Katze aus dem Sack.

»Was?« Die Frau schlug die Hände zusammen. »Das … das kann nicht sein, Sie müssen sich irren! Wieso ein Auftragskiller? Das macht doch gar keinen Sinn!«

»Wir irren uns nicht«, stellte Stern klar. »Wir haben Beweise.« Stern sah in die Runde und wartete auf Reaktionen.

»Was heißt das?«, fragte Felix.

»Das heißt, dass wir wissen, mit welchem Computer der Auftragskiller engagiert wurde«, antwortete Grünbrecht.

Vier Augenpaare waren auf die Gruppeninspektorin gerichtet.

»Herr Herml«, sprach Stern den Hausherrn direkt an. »Es ist Ihr Computer in der Schule.«

»Alfred?« Anna Grünwald schien nicht glauben zu wollen, was sie hörte. »Sag Ihnen, dass das ein Missverständnis ist!«

Der Angesprochene schwieg.

»Papa? Was hast du getan?«, schrie Felix seinen Vater an, weil dieser nicht reagierte.

Es war gut erkennbar, dass in Alfred Herml ein Orkan wütete. Die Erkenntnis, dass das Spiel vorbei war, drang in sein Bewusstsein. Die Fassade bröckelte.

Jetzt musste er sich entscheiden, wie es weiterging. Ob er den Unschuldigen mimte und versuchte, alles abzustreiten, oder ob er seiner Familie die Wahrheit sagte. Stern hoffte, dass der Mann keine Kurzschlusshandlung beging, und machte sich bereit, notfalls seine Glock zu ziehen.

»Ich musste es tun.« Herml schaute seine Söhne und seine Frau um Verständnis heischend an. »Sonst hätte euer Großvater eure Mutter net als seine Nachfolgerin eing'setzt. Und sie hat doch die ganzen Jahre so hart dafür g'arbeitet und net einmal meinen Familiennamen bei unserer Hochzeit ang'nommen, damit der Name Grünwald untrennbar mit dem Unternehmen verbunden bleibt. Damit eine Grünwald die Firma leitet und net eine Herml.«

»Was redest du da?«, fuhr Anna ihn an.

»Er wollte sein Testament ändern, Anna …«

»Weshalb?«, kreischte die Angesprochene ungläubig. »Und wieso weißt du davon?«

»Weil er mich g'sehen hat, wie ich in Linz das Casino verlassen hab. Daraufhin hat er mich beschatten lassen und herausg'funden, dass ich regelmäßig dort hingehe. Er hat mich zur Rede g'stellt und mir g'sagt, dass du in seinem Testament als seine Nachfolgerin genannt wirst, aber dass er das nach Weihnachten ändern wird. Meinetwegen. Weil er das Risiko net eingehen wollt, dass ich eines Tages das Unternehmen verspiele. Weil man sich als Spielsüchtiger net unter Kontrolle hat und der Einsatz immer höher würde. Er hat mir gar net zug'hört, wie ich ihm g'sagt hab, dass ich sofort mit dem Spielen aufhör.«

»Du hast …?« Anna Grünwald verschlug es die Sprache. Zu viel Neues stürzte auf sie ein. Zu viel Schreckliches. Ungläubig ob der Erkenntnis, was ihr Mann getan hatte, ließ sie sich auf einen Stuhl nieder.

»Du wolltest immer die Firma übernehmen, das war dein Traum, Anna! Dafür hast du g'lebt und g'arbeitet! Wie der Matteo plötzlich wieder da g'wesen ist, warst du am Boden zerstört, weil du dachtest, er würde die Nachfolge vom Jakob antreten. Wir alle haben das geglaubt. Ich hab deinen Vater g'fragt, warum er dir das antut, schließlich bist du stets für die Firma da g'wesen, hast alles gegeben. Er hat g'sagt, dass ich keinen solchen Schmarren daherreden soll. Du solltest seine Nachfolgerin werden, das sei immer sein Wunsch g'wesen, und bis zu dem Zeitpunkt hatte er das auch so in seinem Testament verfügt. Er wollt lediglich, dass Matteo dich dabei unterstützt und die Familie wieder vereint ist. Und dieser Moment, als ich aus dem Casino g'kommen bin und der Jakob mich g'sehen hat, hat alles zerstört. Das konnte ich dir net antun, Anna!« Alfred Herml sah seine Frau flehend an, sie möge ihn doch verstehen. Als sie nichts erwiderte, redete er weiter. »Ich hab g'wusst, dass er oben im Schloss beim Adventmarkt sein wird. So wie jedes Jahr. Und ich hab darauf vertraut, dass er zu viel Glühwein trinkt, auch wie jedes Jahr. Damit er es net kommen sieht. Damit er seinen Schatten net bemerkt … Im Darknet hab ich nach einem Auftragsmörder g'sucht, das ist gar net so schwer, wie ich anfangs g'dacht hab. Natürlich gibt es auch Fakeseiten, aber das merkt man. Die bieten dort alles an. Alles! Jegliche Art von Drogen, Waffen, gestohlene Daten, falsche Ausweise … Wenn du beispielsweise den Ruf von jemandem vernichten möchtest, Stück für Stück, kannst du das für ein paar Hundert Dollar in Bitcoins kaufen. Hacker schieben der Zielperson kinderpornografisches Material unter und legen in deren Computer Spuren, die die Kriminalpolizei später findet, und voilà, schon ist es mit dem sauberen Leben vorbei. Bloß für ein paar Hundert Dollar!« Alfred Herml schüttelte den Kopf. Offenbar hatte er sich dafür entschieden, reinen Tisch zu machen. Mit den Händen fuhr er sich übers Gesicht. »Die Verlockung ist zu groß g'wesen, mein Problem so einfach aus der Welt zu schaffen.« Sein Blick wanderte zu seiner Frau zurück, die ihn anstarrte. Ihre Welt hatte sich von einem Augenblick zum anderen grundlegend verändert. »Wenn dich dein Vater meinetwegen net als seine Nachfolgerin eing'setzt hätt, hättest du mich g'hasst, Anna. Alles, für das du g'arbeitet hast, hätte ich zerstört. Du hättest mir vielleicht vergeben, dass ich einen Teil von unserem Geld ins Casino trage, aber net, dass ich schuld daran bin, dass der Matteo der neue Chef von der Grünwald Ofen GmbH ist.«

»Ist dir klar, was du getan hast?«, schrie Anna Grünwald ihren Mann an und sprang vom Stuhl auf. Offenbar hatte sie den ersten Schock überwunden.

»Es tut mir so leid, Anna …«

»Du hast mein Leben ruiniert! Du hast mir alles genommen! Alles!«, kreischte sie. Felix nahm seine Mutter in die Arme. Luca, der bislang neben seinem Vater gesessen hatte, stand auf und schaute auf seinen Vater hinab. In seinem Gesicht lag Abscheu.

Alfred Herml saß einfach nur da.

»Hatten Sie persönlichen Kontakt zu dem Auftragsmörder?«, fragte Stern.

Der IT-Lehrer schüttelte den Kopf. »Wir haben uns nur im Darknet g'schrieben.«

»Kennen Sie seine Identität?«

»Nein.«

»Wie haben Sie den Mord geplant?«

»Der Weinberger Schloss Advent schien mir ideal, weil es dort viele mögliche Verdächtige gibt. Also habe ich den Mann im Darknet informiert, wann Jakob im Schloss sein wird.«

»Haben Sie sich auch darüber ausgetauscht, wie er ihn umbringen soll?«, fragte Stern.

»Nein. Er hatte freie Hand. Ich bin ja kein Mörder, ich wollte das net bereden …«

»Natürlich bist du ein Mörder!«, sagte Luca zu seinem Vater. »Du hast Opa umg'bracht, auch wenn ein anderer zug'stochen hat.«

»Wie haben Sie ihn bezahlt?«

»Mit 15.000 Euro in Bitcoins vor der Tat und derselben Summe danach.«

»Deshalb waren Sie am Sonntag nach dem Mord in der Schule. Sie haben die zweite Hälfte des Geldes an den Auftragskiller überwiesen.«

Herml nickte.

»Der Überfall auf mich. War das auch dieser …?« Anna Grünwald scheute sich davor, das Wort auszusprechen: Auftragskiller. Ein einziges Wort für eine böse Sache, die alles zerstört hatte. Tränen rannen ihr über die Wangen. »Hätte er mich auch umbringen sollen?«

Herml stand abrupt auf, doch Stern war sofort bei ihm und hinderte ihn daran, zu seiner Frau zu gelangen.

»Nein, Liebes!«, sagte er entsetzt.

»Nenn mich nie wieder Liebes!«, schrie Anna.

Herml erschrak ob der Heftigkeit von Anna Grünwalds Reaktion. Seine Kiefer malmten. »Das war net er. Ich hab ihn nur für …« Herml brach ab. Dann wandte er sich Stern zu. Offenbar wich er dem Blick seiner Frau aus. »Das mit Anna bin ich g'wesen.« Hermls Augen wurden wässrig. Er hatte Mühe, mit seinem Geständnis weiterzumachen. Sein Gesicht spiegelte die Scham wider, die er empfand. »Ich … ich hab mich sehr überwinden müssen, auf Anna einzuschlagen, aber ich hab keine Wahl g'habt, wenn ich wollte, dass es glaubwürdig wirkt. Es tut mir so leid! Aber es musste alles darauf hindeuten, dass Matteo das Erbe für sich alleine haben will. Dass er net nur seinen Vater, sondern auch seine Schwester aus dem Weg räumen will, damit der Weg frei ist für ihn. Bitte bringen Sie mich hier weg! Meine Frau hält meine Gegenwart net mehr aus.«

Stern legte dem Mann Handschellen an. »Herr Herml, ich nehme Sie fest, weil Sie den Mord an Jakob Grünwald in Auftrag gegeben haben. Und wegen dem Überfall auf Ihre Frau. Sie haben das Recht, einen Rechtsanwalt zu kontaktieren und die Aussage zu verweigern. Haben Sie verstanden, was ich gesagt habe?«

»Jedes einzelne Wort.«

»Gehen wir.«

27. KAPITEL

24. Dezember. Die Klänge von »Leise rieselt der Schnee« fluteten Silvia Burgstallers Haus in Bad Kreuzen. Der Duft nach Bratwürsteln und Sauerkraut lag in der Luft. Kinderlachen drang vom ersten Stock ins Erdgeschoss herunter, wo die Erwachsenen gerade dabei waren, die letzten Kugeln und Süßigkeiten aufzuhängen und die bunt verpackten Geschenke unter den Christbaum zu legen.

»Er sieht wunderschön aus«, sagte Silvia zu Stern, der den Baum erst gestern von einem heimischen Landwirt geholt hatte. Auch er war mit der Auswahl zufrieden, schließlich hatte er deswegen zwei Stunden in eisiger Kälte verbracht. Doch dafür, dass Silvia der Baum gefiel, hatte sich das Frieren ausgezahlt, fand er und schenkte sich noch etwas von dem selbst gemachten Eierlikör nach.

»Na, schmeckt er dir?« Grünbrecht stellte sich neben ihn und Silvia, die die letzten Vorbereitungen beobachtete.

»Ausgezeichnet«, befand Stern, immerhin war es sein drittes Glas. Da hätte er auch gar nichts anderes sagen können.

»Das Rezept stammt von meiner Oma. Ich hab es schon lange nicht mehr gemacht, aber heute ist der richtige Zeitpunkt, diese Tradition wieder aufleben zu lassen. Meine Großmutter hat den Eierlikör jedes Jahr zu Weihnachten literweise zubereitet und die ganze Verwandtschaft damit versorgt. Wir Kinder durften natürlich nichts davon haben, aber meine Mutter hat mich manchmal ein wenig an ihrem Glas nippen lassen«, erzählte die Gruppeninspektorin.

»Einen Dank an deine Oma!« Heinze hängte eine rote Christbaumkugel an den Baum und kam zu ihnen. »Ich will auch ein Likörchen, jetzt brauch ich mir keine Sorgen mehr zu machen, dass mir eine Kugel aus der Hand fällt, wenn ich nicht nüchtern bin. Es hängen alle oben.«

»Schenk mir bitte ebenfalls einen ein«, bat Kolanski den Kollegen. Er schob mehrere Geschenke unter den Baum und ächzte. »Die haben ja gar keinen Platz mehr.«

»Ich danke euch so sehr, dass Nathalie, Beni und ich heute bei euch sein dürfen. Ich wüsste nicht …« Carola Mayerkop hatte Tränen in den Augen. Dieses Mal waren es Tränen der Rührung und nicht, weil sie Angst empfand.

»Das war Silvias Idee«, sagte Stern rasch, um den Dank an richtiger Stelle zu platzieren.

»Ich wollte schon immer ein großes Weihnachtsfest feiern«, erwiderte Silvia und trat an ihre beiden Töchter heran. »Evelyn, Gloria und ich sind halt nur zu dritt, allein mit uns kriegen wir das Haus nie voll. Doch heute ist es endlich wieder mit Kinderlachen gefüllt. Ach, wie sehr hab ich das vermisst, seit meine Töchter groß sind.«

»Wir lieben dich auch, Mama«, sagte Evelyn Burgstaller und prostete ihrer Mutter zu. Gloria Petrovsky, die Stern seit dem Mord an ihrem Mann heute zum ersten Mal wiedersah, schloss sich ihrer Schwester an.

»Wir bedanken uns ebenfalls für die Einladung«, richtete Barbara ihre Worte an Silvia. »Da du ja für uns kochst, haben wir den Nachtisch mitgebracht. Ich hoffe, ihr mögt Zimteis mit Birnen und Lebkuchensoße.«

Ein bejahendes Durcheinander ging durch den Raum, nur Stefan, Sterns Schwiegersohn, hielt sich auffallend zurück. Überhaupt bildete sich Stern ein, dass er zwischen Barbara und Stefan eine Distanz spürte. Das hätte ihn auch nicht gewundert, da sein Schwiegersohn beruflich viel unterwegs war und mindestens die Hälfte des Jahres in Hotelbetten verbrachte.

»Ich glaube, dieser Fall ist abgeschlossen.« Kolanski hatte das letzte Päckchen unter dem Baum platziert, trat einen Schritt zurück und begutachtete das Ergebnis wohlwollend.

»Du meinst den Baum, oder?«, hakte Heinze nach.

»Natürlich, was sonst.« Kolanski lachte.

»Aber auch der Fall in Kefermarkt ist abgeschlossen, obwohl wir den Killer nicht erwischt haben, weil er längst zurück in Russland ist. Dennoch sollten wir uns entspannt zurücklehnen und den Abend genießen, da wir den Verantwortlichen für den Mord gefasst und die Tat aufgeklärt haben.« Stern legte seinen Arm um Silvia, in der anderen Hand hielt er das bereits erneut geleerte Glas.

»Heute keine Gespräche über Mord und Totschlag«, erinnerte seine Freundin ihn an das, was sie vereinbart hatten.

»Nicht in Gegenwart der Kinder, hast du gesagt«, verteidigte sich Stern.

»Das stimmt«, gab Silvia ihm recht.

»Wenn der Auftragsmörder wieder in Russland ist,

heißt das aber, dass ihn jederzeit jemand anderer engagieren kann«, gab Barbara zu bedenken.

Stern warf ihr einen Blick zu, dann schaute er zu Stefan hinüber, der einen Schluck Eierlikör trank.

»Schon, aber wir glauben, seine Identität zu kennen, und wir haben Fotos von ihm von den Überwachungskameras am Flughafen. Auch wenn die Identität wahrscheinlich falsch ist, so haben wir alles, was wir über ihn wissen, an die Bundesbehörden und an Interpol weitergegeben. Als Kusma Jefimow kann er jedenfalls nirgendwo mehr einreisen«, erwiderte Heinze.

»Amen!« Kolanski hielt sein Glas Eierlikör hoch.

Alle lachten.

»Wir haben im Haus von Anna Grünwald und Alfred Herml eine Skihaube gefunden. Alfred Herml hat sie bei dem Überfall auf seine Frau getragen«, informierte Grünbrecht die Anwesenden.

»Dass wir die Skihaube entdeckt haben, ist ohnehin nur eine Formsache, da Herml ja geständig ist«, ergänzte Stern.

»Jeder Beweis ist wichtig«, dozierte Grünbrecht.

»Klar«, bestätigte Stern und lächelte. Das war es, was er seinen Leuten ständig predigte.

»Außerdem haben wir nachvollziehen können, wie Herml das Geld für den Mord vom Konto abgehoben hat, ohne dass seine Frau etwas bemerkt hat. Es waren kleine Beträge, die sich in letzter Zeit gehäuft haben. Irgendwann wäre es Anna Grünwald wohl aufgefallen, denn er hat ja zudem das Geld, das er zum Spielen gebraucht hat, ebenso in kleinen Beträgen abgehoben«, berichtete Kolanski.

»Wie lange dauert es denn noch?«, rief Tobias vom ersten Stock die Treppe herunter. Er, Melanie, Nathalie und Beni mussten oben bleiben, bis die Erwachsenen mit dem Schmücken des Baumes fertig waren, das hatten sie so ausgemacht.

»Eine Minute«, rief Silvia zurück. »Los! Kerzen anzünden!«

»Eines möchte ich euch noch sagen, bevor die Kinder kommen …«, bremste Stern den Startschuss für die bevorstehende Bescherung ein wenig ein.

»Ja, weil es dann nämlich keine Gespräche mehr über die Arbeit gibt, sondern ausschließlich über schöne Dinge geredet werden darf«, mahnte Silvia ihn.

»Ich hab gestern mit Maike Grünwald telefoniert. Sie hat mir erzählt, dass sie und Jakob Grünwalds erste Frau Helene gemeinsam eine schöne Ruhestätte für Jakobs Asche suchen, da das mit dem Ausstreuen im Schiederweiher ja nicht gemacht werden darf«, erzählte der Chefinspektor. Dass sich die Frauen tatsächlich an das Verbot halten würden, bezweifelte er, dennoch freute er sich, dass sie sich besser zu verstehen schienen.

»Das ist doch schön«, erwiderte Grünbrecht.

»Ja, finde ich auch«, schloss sich Barbara ihr an. »Die beiden haben ihn wirklich geliebt.«

Stern schaute wieder zu Stefan hinüber. Dessen Miene verriet nicht, ob Barbaras Aussage indirekt an ihn gerichtet gewesen war oder nicht. Vielleicht bildete sich Stern auch nur ein, dass es zwischen seiner Tochter und seinem Schwiegersohn Spannungen gab.

»Wird Maike Österreich verlassen?«, fragte Grünbrecht.

»Ich glaube, das hat sie noch nicht entschieden«, antwortete Stern. »Maike und Helene Grünwald feiern gemeinsam Weihnachten. Maike hat mir anvertraut, dass Helene sie nicht gehen lassen will. Helene hat ihrem Sohn ordentlich die Leviten gelesen, nachdem Maike ihr erzählt hatte, dass der sie aus dem Haus haben will – egal, was sein Vater testamentarisch verfügt hat. Helene soll sich sogar dafür entschuldigt haben, dass sie Maike nicht stärker in die Vorbereitung der Trauerfeierlichkeiten eingebunden hat. Wie es ausschaut, haben sich da zwei gefunden.«

»Na, wenn das mal gut geht. Zwei Ehefrauen ... oder eine Ehefrau und eine Ex ... Oder wie sagt man da?« Heinze schien nicht nur mit der Vorstellung eines solchen Bündnisses, sondern auch mit dessen Bezeichnung überfordert zu sein. »In einem Monat sind die so zerstritten ...« Der Gruppeninspektor machte eine eindeutige Geste, die unterstrich, wie heftig der Streit ausfallen würde. »Wir sollten jedenfalls im Auge behalten, dass dieser Russe nicht wieder einreist.«

Alle lachten.

»Hallo? Was ist da unten so lustig? Die eine Minute ist längst um!«, beschwerten sich die Kinder von oben.

»Gleich!«, rief Silvia und trieb ihre Gäste mit Handzeichen an.

Stern stellte sein leeres Glas ab. Mit einem Feuerzeug zündete er die erste Kerze an. Weitere folgten. Am meisten freute er sich auf den Moment, wenn Silvia sein Geschenk auspacken würde. Auf ihr Gesicht war er gespannt. Er liebte diese Frau mit dem großen Herzen so sehr, dass er sich auch jetzt wieder fragte, ob er sie überhaupt verdient hatte. Sie war das allerbeste Geschenk für ihn, das er sich vorstellen konnte.

DANKE

Das Darknet ist ein versteckter Teil des Internets, für die meisten von uns ist er wohl auf ewig unsichtbar. Dennoch existiert er. Und mit ihm viele böse Absichten. Ein Workshop zum Thema Cybersecurity und ein damit verbundener Ausflug ins Darknet hat mich dazu inspiriert, diesen Krimi zu schreiben. Ich danke Daniel Rossgatterer von der Secutec GmbH für die tiefen Einblicke in die Machenschaften von Internet-Kriminellen und die Möglichkeiten, gegen sie anzukämpfen.

Ich bedanke mich ganz herzlich bei Markus P. Ladendorfer von den Bildungsschlössern OÖ und dem Land OÖ für die Erlaubnis, meinen Krimi an dem Wochenende auf Schloss Weinberg spielen lassen zu dürfen, an dem dort der Weinberger Schloss Advent stattfindet. Schon seit Jahren besuche ich diesen Weihnachtsmarkt, da er einer meiner Lieblingsmärkte und jedes Jahr ein Highlight in der vorweihnachtlichen Zeit ist. Natürlich spielen bei meinen Besuchen auch die köstlichen Schmankerln eine Rolle, die mir jährlich ein Kilo mehr auf die Hüften schlagen. Schöne Stücke des feilgebotenen Kunsthandwerkes stehen bei mir zu Hause als Deko oder wurden auch schon verschenkt.

Siegfried Mülleder und seinem Team danke ich dafür, dass ich Stern und Grünbrecht zu ihnen in die Schlossbrauerei Weinberg, die erste oberösterreichische Gasthausbrauerei, zum Essen schicken durfte. Wie immer wurden die Kriminalbeamten ausgezeichnet verköstigt.

Eva Wagner-Unter und ihrem Team vom Schlosscafe in Linz danke ich für das vorweihnachtliche Essen, bei dem beinahe die Verlobung von Oskar Stern und Silvia Burgstaller stattfand. Als mein Mann und ich dort zum Probeessen waren, ist mir diese Szene eingefallen.

Wenn Fehler bezüglich des Schlosses Weinberg, des Adventmarktes oder anderer Örtlichkeiten in dem Krimi vorkommen, gehen sie allein auf mein Konto, genauso wie sachliche Fehler zum Thema Darknet. In dem Zusammenhang möchte ich anmerken, dass ich mir die künstlerische Freiheit genommen habe, in meinem Roman die Wirklichkeit mit Fiktion zu vermischen. Natürlich sind alle Figuren, die in dem Krimi auftauchen, frei erfunden.

Ich danke Ihnen, liebe Leserinnen und Leser, aufrichtig dafür, dass Sie meine Bücher kaufen, lesen und weiterempfehlen. Ihre langjährige Treue und Ihre zahlreichen positiven Rückmeldungen bedeuten mir viel und sind eine Quelle ständiger Motivation. Ohne Sie würde es meine Krimis mit Oskar Stern nicht geben.

Ich danke dem Gmeiner-Verlag, der mit »Mühlviertler Todesstoß« bereits den achten Fall für Chefinspektor Oskar Stern in die Buchhandlungen bringt. Vor allem danke ich meiner wunderbaren Lektorin Katja Ernst, die jede Ungereimtheit in dem Text entdeckt hat, wodurch ein Buch entstanden ist, das Sie, liebe Leserinnen und Leser, in eine unterhaltsame Welt entführen vermag. Danke an das Team vom Marketing, allen voran Alexander Schulz und Maike Worczewsky-Schwarz für das tolle Cover. Danke an alle im Verlag, die an der Entstehung des Buches mitgewirkt haben, und an all jene, die sich nach dem Erscheinen um die Vermarktung kümmern, insbesondere Laura Oberndorff, Petra Asprion und Jochen Große Entrup.

Danke an die Verlagsagentur Neuhold in Graz, die schon vor dem Erscheinungstermin von »Mühlviertler Todesstoß« die Buchhändler auf den Krimi aufmerksam macht und dafür sorgt, dass das Buch zum Erscheinungstermin von Ihnen, liebe Leserinnen und Leser, überhaupt gekauft und gemocht werden kann.

Elisabeth Katzensteiner und Stephanie Stummer von der Agentur Wolkenlos danke ich für die PR-Begleitung. Durch ihre unermüdliche Pressearbeit wird der Kreis der Oskar-Stern-Leserinnen und Leser immer größer.

Danke auch an die vielen großartigen Buchhändlerinnen und Buchhändler, Bibliothekarinnen und Bibliothekare, Veranstalterinnen und Veranstalter, dass ihr meinem Buch eine Chance auf dem Buchmarkt gebt und es unter die Leute bringt.

Ingrid und Manfred Peil danke ich von Herzen, dass ich seit dem vierten Oskar Stern-Krimi ihren wunderschönen Mühlviertler Bauernhof immer wieder fotografieren darf, sodass daraus die einzigartigen Cover mit dem Mühlviertler Steinbloßstil entstehen.

Auch bedanke ich mich ganz herzlich bei meinen Testleserinnen für die Offenheit, was euch gefällt und was lieber nicht geschrieben werden sollte. Danke für eure Mühen!

Wie immer an dieser Stelle danke ich meiner Familie, die für mich Inspiration und Stütze zugleich ist. Ohne euch wären meine Bücher nicht so, wie sie sind. Ich liebe euch!

Wenn Sie mir mitteilen wollen, wie Ihnen »Mühlviertler Todesstoß« gefallen hat, schreiben Sie mir bitte unter mail@eva-reichl.at. Ich freue mich auf Ihre Nachricht!

Ihre Eva Reichl

Alle Bücher von Eva Reichl:

Chefinspektor Oskar Stern ermittelt:

1. Fall: Mühlviertler Blut
ISBN 978-3-8392-2238-6

2. Fall: Mühlviertler Rache
ISBN 978-3-8392-2515-8

3. Fall: Mühlviertler Grab
ISBN 978-3-8392-2741-1

4. Fall: Mühlviertler Kreuz
ISBN 978-3-8392-0063-6

5. Fall: Mühlviertler Gift
ISBN 978-3-8392-0288-3

6. Fall: Mühlviertler Todesspur
ISBN 978-3-8392-0497-9

7. Fall: Mühlviertler Leichenschmaus
ISBN 978-3-8392-0717-8

8. Fall: Mühlviertler Todesstoß
ISBN 978-3-8392-0895-3

Chefinspektorin Lotta Meinich ermittelt:

1. Fall: Drei Leichen zum Frühstück
ISBN 978-3-8392-0775-8

Thriller mit Diana Heller:

Todesdorf
ISBN 978-3-8392-0203-6

Rachedorf
ISBN 978-3-8392-0403-0

Lügendorf
ISBN 978-3-8392-0628-7